殷商龜甲 × 戍鼎銘文 × 出土竹簡……
從古符到漢字，探索漢字跨越千年的流動與共鳴

李運富 主編

字裡的乾坤

漢字從何處而來？失傳的結繩記事傳遞什麼訊息？
如何解讀龜甲上的易經八卦爻文？

漢字起源、字形結構、傳播演變……
一部漢字的文化史，溯源文字與中華文明的共生之路

目 錄

內容簡介

前言

第一章　漢字起源探祕

　　一、美麗傳說 …………………………………… 009

　　二、遠古的神祕符號 …………………………… 022

　　三、字從何處來 ………………………………… 049

第二章　一片甲骨驚天下

　　一、甲骨文驚豔「現身」 ……………………… 069

　　二、認識甲骨文 ………………………………… 079

　　三、甲骨文揭開商代畫卷 ……………………… 103

第三章　漢字「全家福」

　　一、漢字的不同媒介 …………………………… 131

　　二、漢字的不同風格 …………………………… 154

　　三、漢字的共同特徵 …………………………… 168

目錄

第四章　漢字的構造與使用

　　一、先有「文」，後有「字」…………………………… 176

　　二、漢字構造的理與智 …………………………………… 188

　　三、漢字的特殊功用 ……………………………………… 198

第五章　生活中的漢字話題

　　一、網路中的漢字生態 …………………………………… 211

　　二、姓名中的漢字文化 …………………………………… 215

第六章　漢字傳播

　　一、漢字走進少數民族地區 ……………………………… 222

　　二、漢字文化圈 …………………………………………… 242

　　三、「絲綢之路」上的漢字 ……………………………… 263

結語

內容簡介

　　漢字是中華文明的代表和媒介，也是中華文脈的源頭。本書以河南為原點和中心，選擇典型材料和圖片，透過生動有趣的故事，以專題形式介紹了漢字起源探祕、一片甲骨驚天下、漢字「全家福」、漢字的構造與使用、生活中的漢字話題、漢字傳播的內容，完整地反映漢字起源和發展演變的歷史。本書以中原的文字資料和文化事項為主，透過展示漢字產生、發展、傳播的軌跡，闡述其對中華文明發展過程和世界文明交流互鑑的貢獻。

內容簡介

前言

　　漢字是中華文明的媒介，也是中華文明的組成部分。漢字的產生與發展，帶著智慧之光，照亮了中華文明的前進方向，促進了中華文明的發展，也影響了世界文明的融合。

　　河南是甲骨文發源地，是漢字的故鄉。河南具有豐富的古文字材料和悠久的漢字研究傳統。漢字文明是中原文明的核心，也是中華文脈的源頭。文源於斯，文物、文字、文獻、文學、文化，根植中原；學成於斯，學校、學術、學識、學養、學風，浸染天下。

　　本書以中原的文字資料和文化事項為主，透過展示漢字產生、發展、傳播的軌跡，分析漢字的內涵和功用，闡述其對中華文明和對世界文明互鑑的貢獻。全書包括六個方面的內容：一是講述遠古的神祕符號及有關漢字由來的美麗傳說；二是講述甲骨文驚豔「現身」的故事，讓讀者認識甲骨文，進而欣賞商代社會的生活畫卷；三是漢字「全家福」，展現漢字成員的不同面貌和共性特徵；四是漢字的構造與使用，解析構形，認知古人的思維智慧，描述職用，體驗漢字承載的文明；五是生活中的漢字話題，希望漢字傳承能與現實接軌，解答漢字在網路、姓名方面的應用困惑；六是漢字傳播，分別展現漢字傳播到少數民族地區、傳播到周邊國家的過程及其影響。最後的結語，概括揭示漢字文明的本質特徵及其對中華文明的光照之功。

　　本書兼顧學術性與通俗性，盡量以通俗化的方式呈現學術內容，期能雅俗共賞。寫作上大體每章由故事或問題引起，選擇性闡述若干知識亮點，並將漢字知識與中華文明傳承發展相連結。內部構成具有邏輯

前言

性，形式表現具有靈活性。希望該書能生動展現漢字具有的生命力、創造力、表現力、凝聚力、藝術力和影響力，能幫助讀者透過漢字品味中華民族的精神品格和文化自信，從而為傳承發展漢字文明和中華文明作出貢獻。

  本書由主編李運富教授提出內容框架、基本觀點、編寫要求和統改全稿。具體章節的初稿作者是：第一章 —— 周妮；第二章 —— 閆瀟；第三章 —— 任健行；第四章 —— 王瑜；第五章 —— 紀凌雲；第六章 —— 韋良玉；前言、結語 —— 李運富。書稿撰寫中，參考、利用了大量的相關論著和網路資源，出於普及性讀物的通常體例，沒有像學術著作那樣隨文詳加注腳。在此謹向所有對本書有所貢獻的原著作者表示衷心感謝，謝謝大家的精誠合作！

李運富

第一章　漢字起源探祕

一、美麗傳說

先說個故事吧！

也許是 8,000 年前，也許更久遠。有那麼一天，陽光特別明媚，晒得人渾身舒坦。風掠過草尖，順便帶來各種花香。大朵大朵的白雲，在天空中慢悠悠地挪動。

那個牧羊的少年，大約十四、五歲的年紀，我們可以叫他羖（ㄧㄤˇ）。羖就這樣沐浴著陽光，他好像聞不到花香，也感知不到山風在拂動他額前的黑髮。他正痴痴地看著面前的岩石。

平整光滑的石壁上，有一隻動物的輪廓。那是一隻四蹄獸，頭不大，腿腳細長。此刻還看不出來那到底是什麼動物。羖的創作還未完成。

漫長的冬季結束，族人從避寒的山洞中走出來，羖就開始了他的創作。他使用的工具是一塊打磨好的黑石。這片綿延的山脈裡多得是這樣的石頭，通體發黑，太陽下會有金色光澤，非常堅硬，不易崩碎。族人的石斧、石刀都用它打製。羖現在使用的這一塊，花了他一個冬季的時間，才打磨成上大下尖的錐形。工具必須用起來順手，因為這可是個精細的工作。

好在羖的時間很多。去年夏天的一場羊瘟，使他的羊群數量銳減，

第一章　漢字起源探祕

加上兩次野狼的偷襲和冬季食物匱乏時族人宰殺，他要照顧的羊現在只剩下三隻。於是有了大把富餘的時間，可供他慢慢打磨他的作品。黑石一點點磨去石壁表面的介質，灰白的內部岩體顯露出來。羖回想他在山頂石壁上見過的太陽神神蹟。那是一塊巨大的岩石，岩石上有一個鑿刻的大圓圈，圓圈上連著很多條向四周發散的線條，中間像人的面部（圖1-1）。傳說，最早的幾位祖先從遠方遷徙到這片土地時，曾得到太陽神的眷顧。為了永遠照拂族人，神明在山頂留下了那個神蹟。這神蹟也成了羖所在部族的圖騰。

圖 1-1　賀蘭山的太陽神岩畫

　　神蹟所在的山頂是族人的禁地，平時是不能踏足的。一年前的禮祭儀式，羖和其他幾個男孩，被父母帶去圖騰前參加祭祀，第一次看到神蹟。從那以後，那塊石頭彷彿有一種魔力，總在召喚他靠近。終於有一天，羖獨自登上山頂，站在那塊岩石前。他端詳著那個圓圈，有點激動地想像威嚴的太陽神從岩石中現身。

一、美麗傳說

羖連去了三天，沒有發生任何事情。他心裡卻醞釀出一個大計畫。他要創造出一種符號來跟太陽神對話！他不會唱念咒歌，也沒有巫師所用的龜甲神器。這些都只屬於老族母，所以跟太陽神溝通的權利，也只屬於族母。

但是現在，羖構想出一種人神間交流的新途徑。羖有把握，他的心願一定能讓太陽神「看見」。

羖的心願就是保護好僅剩的那三隻羊。羊是他朝夕相處的夥伴，照顧羊群是羖第一次承擔的部落工作。第一次承擔工作就失敗，這是任何男子漢都無法接受的。「萬能的太陽神啊！請您保佑我的羊吧！」羖一邊磨刻，一邊虔誠地祈禱。石壁上慢慢呈現出一對彎彎的獸角。如果此前人們還會混淆這動物的種類，此刻應該不會再有任何誤會了。這分明就是羊啊！

快到夏天的時候，羖完成了這項工程。岩石上除了三隻「羊」，還有一個像「神頭」的符號（圖 1-2）。「神頭」位於「羊」的上方，彷彿是來自天上，以神的視角看顧下方的羊。羖欣賞著自己的作品，心中充滿喜悅和希望：「明天清晨的第一縷陽光照射在這塊石頭上，那時，太陽神就會看到我的心意，他一定會保護我的羊！」

其實，那一刻，受到庇佑的又何止是那幾隻羊，羖自己一定也不曾想到，當他在石壁上留下他的祈願時，文明的光已漸次射透億萬年的蒙昧，人類將進入一個全新的時代。

第一章　漢字起源探祕

圖 1-2　羖的神靈護羊圖符 —— 摹繪大麥地岩畫

　　這個故事是根據發現的早期岩畫虛構的，模擬遠古時代表意性符號被創造出來的一個情景片段。生活在 21 世紀的我們，早已習慣了文字的存在。我們透過文字間接吸收前人的經驗，使用文字表情達意，藉助文字完成跨越時空的交流。可以說，文字是文明的基石，也是現代人生活不可或缺的一部分。

　　對炎黃子孫來說，漢字承載著五千年的中華文明，是融入血液的共同基因。古中國是四大文明古國中唯一一個文化始終延續、不曾斷絕的泱泱大國。這相當程度上應歸功於漢字強大的生命力和神奇的魅力。那麼，漢字從何而來，它是怎樣產生的？那石破天驚的一刻，有著怎樣的傳奇呢？不僅我們在追問，先人也從未停止過探索和研究。以下，就讓我們一起看看千百年來關於文字起源的種種傳說吧！

1. 結繩以記事

「古者無文字，其有約誓之事，事大大結其繩，事小小結其繩，結之多少，隨物眾寡；各執以相考，亦足以相治也。」這是孔穎達在《周易正義》裡關於結繩記事的記載。

在 21 世紀的今天，日常生活中，我們還能接觸到一些美麗的繩結作品，比如中國結、如意結、同心結、金剛結。人們編織它們，並用它們傳遞情誼。蕭衍在〈有所思〉中寫道：「腰中雙綺帶，夢為同心結。」就表達了一種刻骨的相思之情。

但在前文字時代，繩結恐怕沒有這麼浪漫。它是作為一種輔助記憶的工具而被發明出來的，實用性遠遠大於藝術性。因為材料易腐，我們現在不太容易看到史料遺物。但在繩子上打結，靠結的大小和結數的多少來記事，在 20 世紀還被一些民族和部落使用，可供我們參照了解。

如西藏的僜人，會把打結的繩子作為請柬，發送給受邀的親友。繩子上打有幾個結，就表示宴會定在幾日後舉行。收到繩子的人，每過一天，割掉一個結，等全部繩結都被割完，便動身赴宴。又如佤族記錄債務也用結繩。有人見過佤族一條繩子上結著大小不同的結，上端的三個大結表示借款三元；中間一個大結、一個小結，表示半年的利息是一元半；下端的三個大結表示借出已有三個半年。

實際上，世界上很多不同地區的人民都發現了繩結在輔助記事時的妙用。遠在太平洋另一端的秘魯人，在印加文化時期就發明了「吉氆（ㄆㄨˇ）」來記事（圖 1-3）。吉氆由一根主繩組成，上面懸掛著一系列不同顏色的棉線，棉線上有若干個結。結的位置和類型，表示的是基於十進位制的數字。歷史、宗教、統計等各種資訊，都可以由這些數字編碼記

錄。曾經，這一套編碼方法，由專門的學校對專人進行培訓。可惜，現在這些知識已經失傳。

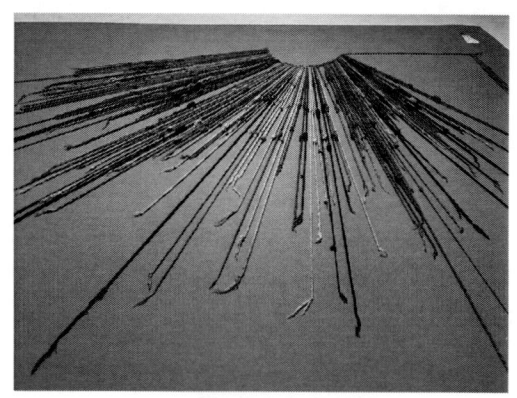

圖 1-3　吉龂

　　類似用實物記事的方法還有契刻。宋朝戴侗《六書故·六書通釋》中說，人類在文字發明之前曾用結繩記事，而後，又有了在竹子、木頭上鑿刻以記事的方法。這樣的記事工具，稱為「契」。根據所使用的材料，有木契、竹契、骨契、玉契等。具體說來，就是在木、竹、骨、玉條的邊緣鑿刻出缺口，根據缺口的數目和刻劃方式來記事和表意。

2. 八卦以化文

　　我們對八卦並不陌生，最通俗的理解是將它與算命、占卜連結。但這樣狹義的理解，大大委屈了這套蘊含著博大精深文化的神祕符號。實際上，八卦是祖先對宇宙運轉、萬物生滅、社會人生等進行深入哲學思考後的智慧結晶。

　　相傳，八卦是由伏羲所作。伏羲是中國最早有文獻記載的創世神，位居三皇之列，也是中華神話中人類的始祖（圖 1-4）。東漢的文字學家許慎認為，先有伏羲製八卦，然後神農氏創結繩，進而倉頡造書契（文

字)。也就是說,在文字發明之前,人們是用八卦和結繩來記事和表達思想的。

圖1-4　傳說中伏羲人首蛇身

許慎所著《說文解字》是中國第一部系統的文字學著作,所以許慎的說法和觀點影響很大。《說文解字》之後,伏羲畫出八卦、文字發源於八卦的觀點,就廣為世人接受。到了唐代,這種說法被確定為科舉考試的標準答案,成為官方標準。宋代以後,有人將八卦的「卦畫」跟文字形體進行比對,直接把八卦符號視為文字形體的來源。如宋人鄭樵說,「天」取形於乾卦☰,「地」取形於坤卦☷,「水」取形於坎卦☵,「火」取形於離卦☲。但鄭樵舉的「天、地、水、火」等字例,用的是秦漢時的小篆字形,還要把卦畫豎起來並且變形,才能跟小篆形體勉強近似。如下:

乾　☰　　天

坤　☷　　(地)

坎　☵　　水

離　☲　　火

而且可以牽強比附的還僅限這幾個，其他卦畫形體跟小篆形體根本連結不了，更別說早期的甲骨文和金文了。所以我們認為，八卦跟漢字的構形系統沒有關係。再說，根據出土的文獻資料，較早的「卦象」是由數字組成的，後來對這些「數字卦」進一步抽象歸納，把單數叫「陽」，用一長橫表示；雙數叫「陰」，用兩短橫表示，這才出現了陰陽組合的「卦畫」。也就是說，在「卦畫」產生之前，文字（數字）就已經存在，後起的卦畫，怎麼可能成為文字的先祖呢？

當然，比之於「結繩」和「木（竹、骨、玉）刻」，「卦畫」已是一種平面記事符號，且每個卦符都具有特定的象徵意義，可以代表一個封閉體系內的固定資訊。但它們過於抽象簡單，與筆畫豐富、構形優美的漢字，在視覺上難有共同之處，在功能上難有替換之用。八卦無法記錄具體的語句，不能在八卦系統之外表示別的意義，所以八卦只是象徵性符號，而不是文字符號。

3. 河圖載錦繡

圖 1-5 是一幅資訊量很大的圖畫。右側上為河圖，下為洛書，左側分別是關於河圖洛書的兩個傳說。

今天的我們對河圖洛書略感陌生，但在儒學體系裡，它們曾是極為重要的典故，是連皇帝都要學習的經典。宋人夏竦在〈皇帝聽講尚書徹太清樓錫宴〉中記述：「洛書初罷講，漢苑特開筵。」河圖洛書到底有什麼玄妙呢？文天祥〈贈蕭巽齋〉詩云：「八卦與五行，皆自河圖出。」何夢桂〈次山房韻〉詩也說：「天教龍馬現河圖，盡把先天授伏羲。」由此看來，八卦五行都出自河圖洛書。其實，還不止於此，這兩幅神祕的圖案，據說蘊含著宇宙星象、術數易理的微言大義，文字、玄學、算學、

圖譜、典籍皆寓於其中。我們還是先來聽聽傳說故事吧！

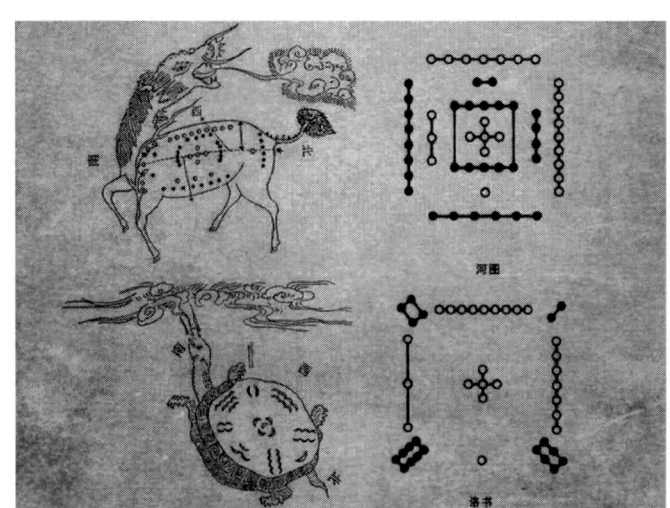

圖 1-5　河圖洛書

　　圖 1-5 左上是「龍馬負圖」的故事。相傳伏羲教導人民各種工作技能，大大促進生產力的發展，人們的生活品質得到很大的改善，豐衣足食，安居樂業。伏羲的豐功偉業感動了天神，降下祥瑞。一天，一隻龍首馬身的神獸，凌波踏水而來，由黃河進入圖河。只見它身披龍鱗，側生雙翼，背上還有圖點。伏羲看見了，便將神獸背上的圖樣描摹下來，創造出八卦。

　　《周易·繫辭上》關於此事的記載是：「河出圖，洛出書，聖人則之。」《禮記·禮運》中也能找到這個傳說的影子：「山出器車，河出馬圖。」

　　圖 1-5 左下講述的是「靈龜負書」的傳說。這個傳說有不同的版本。一說為洛水中的靈龜「丹甲青文」授「書」與倉頡。另一說為大禹治水有功，洛河出現神龜，龜背現 65 個赤文篆字，顯示治理國家的九種大法，所以有了《尚書·洪範》裡的「九疇」。

　　現代人當然不會把這些傳說視為科學定論。「天上掉餡餅」的事情

都不會發生,我們又怎麼能希望「水中出文字」呢?撇開河圖洛書的來源不說,「八卦」不是漢字之源,即便由「河圖」而生「八卦」,「河圖」與漢字也沒有承續關係。「九疇」是文獻,文獻的產生晚於文字,因此,即使「洛書」是「九疇」的來源,也不應該是漢字的來源。

但這些傳說就毫無價值嗎?辯證地考察這些故事,會發現它們之中也暗含著一些文字產生的線索。

第一,文字(文獻)產生的時代多為「治世」,產生的動因是人類希望社會能借由文字(文獻)的幫助得到進一步發展。伏羲、黃帝(也有黃龍負書給舜帝或黃帝的傳說)、倉頡、舜、禹所處的時代,都是上古社會生產力相對發達、人民安居樂業的時代。隨著物質生活的富足,社會生產技術的進步,統治階層對文字和由文字記載的經驗、知識,已經有了剛性需求。

第二,文字(文獻)呈現的媒介多為動物的身體,符合原始漢字筆畫線條來源於自然物象的紋理。圖點出現在龍馬獸背上,篆字出現在龜殼上,由神獸和常見動物擔任人神間的媒介,傳遞文字和文獻,故事中的這些設計是頗有深意的。許慎《說文解字・序》中寫道:「黃帝之史倉頡,見鳥獸蹄迒之跡,知分理之可相別異也,初造書契。」《路史》記載:倉帝「俯察龜文鳥羽、山川、掌指而創文字形」。這跟傳說中伏羲描摹龍馬獸背上圖點的情節十分契合,從側面佐證了象形造字法為原始文字產生的重要來源。

第三,「河圖」、「洛書」所言之「河洛」,地處中原,以洛陽為中心,正是漢字發源和成熟的區域。傳說中龍馬獸出沒的圖河,發源於今洛陽市孟津區朝陽鎮卦溝村的一條溝壑,在北邙山中流淌10多公里後匯入黃河。圖河流域遠古時代即有先民定居。洛河,古稱雒水,流經陝西省東

南部和河南省西部。在河南省境內長 300 多公里，西周時期洛陽附近就修築有洛河水利工程。洛河與黃河在河南鞏義附近交會。這裡古稱「河洛」，是華夏文明發祥地，歷史上是否有「河圖」、「洛書」降世於此不可考，但漢字發源於這裡，卻是學界公認的。最早成熟的漢字甲骨文也誕生於這裡。

第四，文字（系統）的誕生，並非某一個人所創，但需有才幹者加工整理才能完善。而整理推行者一定是有權勢、有地位之人。在這些傳說裡，不論是伏羲、倉頡，抑或是黃帝、舜、禹，都是帝王聖賢，他們不是單憑一己之力創造出河圖洛書的。除了得到上界的恩賜，天授神物外，他們都需透過自己的聰明才智，並且利用自己的權勢地位，才能組織對文字的加工整理和推行，從而使文字形成系統，並產生文獻。

透過以上分析，我們會驚喜地發現，在民間傳說光怪陸離的故事情節背後，有一些邏輯和細節是可以幫助我們發現歷史真相的。

4. 聖人造書契

上一小節的傳說故事讓我們了解到，在古人的思維裡，「聖人」對推動文字產生至關重要的作用，即所謂「後世聖人易之以書契」（「書契」代指文字）。倉頡就是造字的聖人代表，「倉頡造字」的故事自戰國以來流傳很廣，影響也很大。

圖 1-6　倉頡四目造像

據傳，倉頡是黃帝的史官。他天賦異稟，剛出生就會寫字，還生有四隻眼睛（圖 1-6），特別善於觀察。倉頡抬頭觀察天上日月星辰，低頭觀察身邊鳥獸魚蟲，覺察到萬事萬物形態上的差別，意識到不一樣的紋理可以發揮區分、辨別事物的作用。於

是，他畫出事物的樣子，象形的漢字就此被創造出來。從此，文字的力量被人類掌握，民智被開啟。

天地間的神靈鬼怪恐懼萬分，以至於天上下起了粟米，鬼怪在夜裡哭泣。倉頡有四目而創造文字，以及文字被發明出來後，驚天地、泣鬼神的這些志怪之說，在《荀子》、《呂氏春秋》、《韓非子》、《淮南子》等古籍中均有提及。當然，這不過是以魔幻和誇張的文學手法突出強調倉頡善觀察和文字所蘊含的巨大力量，不必當真。但透過對史料的整理和對遺跡的考證，我們相信歷史上確有倉頡其人。

倉頡造字的遺跡，目前全中國約有八處。有趣的是，其中六處號稱是他的冢墓所在。河南境內有三處，分別是南樂、開封和虞城。此外，還有陝西的白水和山東的壽光、東阿。相對而言，河南的三處和陝西白水墓均始建於漢代，去古不遠，可信度較高。

河南南樂縣的倉頡祠始建於東漢，祠內有倉頡冢墓和古殘碑一塊，上刻有「倉頡生於斯葬於斯，乃邑人之光也」。這座古祠，歷經千年風雨，多次被毀，又屢屢重建。人們對它似乎有一種莫名的敬重和深情。北宋名臣寇準曾專程來此拜謁，並題字：「盤古斯文地，開天聖人家。」後來，倉頡祠遭到破壞，倉頡墓也被挖開。墓中出土的大部分文物，經鑑定，竟是龍山和仰韶時期的器物。由此，世人更傾向於相信河南南樂為「字聖」的生卒地。

（1）從結繩記事到書契

從單純靠頭腦記憶，到借用實物輔助記憶，是文明程序中人類邁出的第一步。但這種形式並不完美。繩結等實物形態變化不夠豐富，無法跟語言一一對應，記事籠統、模糊，也不能表達複雜的思想。比如，一

條繩子上的三個大繩結是代表三頭豬，還是三天，又或者是三次？只有當時參與結繩的人清楚，如果歲月夠久，模糊了人們的記憶，可能連當事人也遺忘了。加之實物的儲存與攜帶也不夠方便，人們開始希望能有另一種功能更強大、形式更便捷的事物來取代它。「書契」應運而生。在「結繩記事」的漫長時代裡，人類已經學會，並習慣使用假定性的符號代表具體事物。而將這些實物的線條，轉變為書寫刻劃的線條，使三維的實物符號轉變成二維的「書契」符號，是一個全新的、革命性的轉變。傳說中倉頡完成了這個革命。

（2）書契是這樣被創造出來的

杜撰倉頡生有四目，大概是為了佐證他異於常人的觀察能力。因為具備這種能力，所以能更精準地掌握觀察對象的特徵和輪廓，從而「依類象形」、「畫成其物」，創造出第一批漢字。事實上，漢字的「筆畫」正是師法於天地，「形體」來源於客觀事物，「構字」的方法為象形。大量出土資料也證明，甲骨文和先於甲骨文的起源階段基礎漢字，多是描摹自然事物的象形字。這不論從造字動機還是從實踐的難易度來說，都是符合邏輯的。

（3）書契是倉頡的原創嗎？

我們崇拜和感激倉頡，卻並不認可文字是由他一人所創的說法。一個文字型系，從萌芽到完善，需要經歷漫長的發展過程。根據目前考古發掘的資料，漢字的起源遠遠早於殷墟甲骨文。我們相信歷史上確有倉頡其人，並擔任黃帝的史官；但我們也確信文字在他之前已經出現，且已流傳使用了很多年。出土漢字材料還顯示，越是時代久遠，不同地域的原始文字差別越大。這是因為中國文字的起源，源頭不止一個。因

第一章　漢字起源探祕

此，某一個人獨創漢字是根本不可能的。

倉頡之所以得到後世的尊敬和愛戴，被尊為「聖人」，是人們感念他的才智和努力，讓人們從「結繩為治」的時代邁入「書契時代」。不要小看這一步，跨出這一步，人類用了數千年！

但文字作為一種交流工具，掌握使用的人越多，流通普及的地域越廣，才越有價值。黃帝時代，就是文字發展的一個關鍵時期。生產力的發展和社會來往的增加，對文字溝通、記錄的功能要求更高，亟需有人對漢字造字方法進行統一、形體結構加以規範，推動原始漢字向成熟漢字型系發展。這個任務大機率落在了身為史官的倉頡和他同事身上。「倉頡們」不負使命，完成對原始漢字的蒐集、整理、加工，並總結、研發出合理、有效的造字方法，使漢字擴源增流。因此，「倉頡們」雖不能擔「創書契」之名，但他們有意識地主動參與到漢字的整理創造中，規範、完善了漢字型系，功莫大焉！

文明的火種已被點燃，中華千年文脈從此不絕流淌！

二、遠古的神祕符號

接著前面羖的故事。

過了不知多少年，羖牧羊的那片山谷，溪流已經乾涸，鬱鬱的草場變成半荒漠。一叢叢的駱駝草，在風中搖曳，那塊留下羖美好祈願的大石頭，已被黃沙淹沒，不知蹤影。

從這片山谷往南，一千多公里外的一片平原上，卻是一番人畜繁榮旺盛的景象。這是一天中的傍晚，通常是整個部落最歡樂、祥和的時候。尤其是在這樣溫暖的初秋，平日裡，再過一會兒，村落中心的圓場

二、遠古的神祕符號

將燃起篝火，人們會圍坐一圈，歌舞歡笑。

但是，今天那裡不會有篝火，族裡的人們都聚集在一間小小的圓形土屋前。這家的女兒，剛剛離開人世。她叫什麼名字，因何而死，死時是什麼年紀……這些都不重要。我們只知道，靜靜躺著的女孩，帶走了一個年輕男子的心，年輕男子且叫做「匋（ㄊㄠˊ）」吧！屋裡，是嚎啕痛哭的家人；門外，是面容悲戚的族人。匋不在現場，聽到女孩的死訊，他就轉身離開了這裡。

他一路奔跑。陶窯，在村落的西頭。滿臉溼漉漉的，已分不清是汗水還是淚水，匋終於站在窯室外的場地上。這裡擺放著一大片正在晾晒的陶坯，他毫不費力就找到了那個尊。泥坯已經乾透了，器形完美。怎麼能不美呢？他把他全部的愛慕和熱情都傾注在這個尊上：陶泥是他反覆清洗過的，淘去雜質，再加入磨得極細的蚌粉；製作尖長的尊底時，他想著她那玲瓏的腰身；修整尊口時，他彷彿看到她烏亮的眼睛。他千萬次地想像她收到這份禮物時的驚喜。他想，那時候他一定會提醒她看看尊壁上刻劃的五峰山，那是他第一次跟她約會的地方。山上有繁盛的花草和潺潺的溪流，但這些都不便細細刻劃出來，五個突聳的山峰是刻骨銘心的，就讓它代表我們愛過的那座山吧！想像裡，她一定會為他這個主意歡呼，那烏亮的眼睛會笑成彎彎的月牙……

淚水再次奔湧而出。不能再回憶了，再晚，時間就來不及了。匋跑進窯室，把那個尊小心翼翼地放在窯床上。轉身去火室點火前，匋停了下來。思考了一會兒，他拿起尊，走出窯室。今晚是月圓之夜，月光白晃晃地鋪在地上。匋掏出隨身攜帶的骨刀，在尊壁五峰山的上方，又開始磨刻起來，他要增加兩個符號，一個太陽，一個月亮（圖1-7）。已經乾化的泥坯又硬又脆，匋凝神靜氣，萬分仔細，一刀，一刀，再一刀……

023

第一章　漢字起源探祕

圖 1-7　匋製作的陶尊
——摹繪大汶口陶尊

火點燃了，窯室的溫度在升高。天亮前，這個陶尊會燒製完成。除了匋，沒有任何一個人來得及觀賞它。作為一件生離死別的禮物，匋會親手將它安置在女孩身邊，隨她進入永恆的黑暗。

也許，千萬年後，會有人挖開周圍的層層泥土，讓它重返人間。如果擦拭乾淨尊壁的泥沙，人們會驚喜地看到，那上面刻劃著一組奇怪的符號。古文字學家也許會把這些符號釋讀出來，例如有人會認為這三個符號表示「日出於山」；也有人會說這是一個字，應釋為「炅」（熱）或「旦」。於是大家紛紛宣布再一次發現早於甲骨文的文字性符號。但沒有人會知道，很久很久以前的那個夜晚，一個心碎的男子，在送給情人的陶尊上刻寫「日」、「月」、「山」，是為了紀念他們在五峰山下的約會，並向逝去的她傾訴自己從此以後的思念和憂傷。

當然，這個故事也是根據發現的符號虛構出來的，想回溯遠古陶器上表意符號的一個創制場景。

成熟文字系統的形成不是單人的創作，也不是一個階段、一次性就可以完成的任務。如果宏觀地俯覽早期文字性符號的產生，那感覺就像我們抬頭仰望夜空中的繁星。黑暗中，星光的閃爍是那樣的任意、隨機。而某一時刻、某一地點的某一個人，為了記錄和表達創造出某一個符號，這在文字誕生的早期，是難以預測和找尋規律的。但是，當第一個智者有意識地在另一個實物表面做下標記，並用這個標記記載下他的所思所想，他頭腦中的資訊就具備了超越時空的生命力。我們感謝先人們這福至心靈的瞬間，感謝他們把「話」留在石頭上，留在陶器上，留在骨頭上。讓我們有機會穿越數千年去感知他們的情緒和思想，也讓遠古

二、遠古的神祕符號

的智慧和文明得以被後世窺見。就讓我們一起找尋這些來自遠古的神祕符號吧！

1. 來自洪荒的訊息

（1）大麥地「岩畫」

賀蘭山脈，古名「卑移山」、「乞伏山」，唐代起普遍稱為「賀蘭山」（圖1-8）。它位於寧夏西北部與內蒙古交界地帶，東北──西南走向，是中國西北地區重要的自然地理分界線。遠古時期，西戎、羌族等游牧民族的祖先發祥於此，並在這裡生息繁衍。黃河從賀蘭山脈的南部流過，千百年來，游牧文化和農耕文化在這裡交會碰撞，互補吸收。因為抗金名將岳飛在〈滿江紅〉中吟出「駕長車，踏破賀蘭山缺」的詞句，賀蘭山從此聞名於世。實際上，賀蘭山除了是著名的古戰場，它綿延的山脈中，還留藏著許多遠古人類的文明資訊。

圖1-8　空中俯瞰賀蘭山脈

025

第一章　漢字起源探祕

　　在賀蘭山脈的南部北緣，有一片東西走向的群山。由於它的南側是衛寧平原，被稱為衛寧北山，黃河由此轉折而伴賀蘭山北行。大麥地，就是衛寧北山深處的一片荒漠。雖然，古代這裡曾經山嶺蔥蘢，草豐水美，是一片理想的游牧之地。但隨著氣候環境的改變，如今這裡已是山崗裸露，岩石遍布。

　　然而，就是在這人跡罕至的地方，卻發現了大量的岩畫（圖1-9）。大麥地核心區域，面積約6平方公里，岩畫分布在幾乎每一條東西向岩脈的石壁上。經鑑定，這些岩畫的創作時期跨度很大，從距今七、八千年，直到距今一、兩千年，數百代先人都曾在這裡留下過他們思想的痕跡。

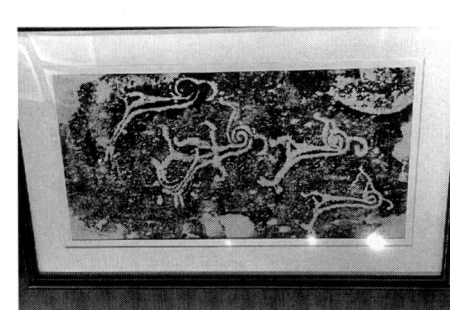

圖1-9　大麥地岩畫

　　2003年至2004年，相關科學研究人員深入大麥地，考察百餘天，蒐集岩畫考古線圖3,172組，展現個體形狀8,453個，有1,500個符號介乎圖畫和文字之間。這次的成果驚豔世人。大麥地堪稱「人類早期的藝術長廊」，先民們將狩獵畜牧、戰爭舞蹈、牛羊虎狼、日月星辰、手足蹄印、男根女陰，以及各類抽象的圖案、符號鑿刻於石壁之上，琳瑯滿目，蔚為壯觀。

對古文字學家而言，更令人興奮的是發現了一些具有釋讀可能性的原始文字性圖形符號。例如，在多處岩畫中，發現圓頭長身、表示「蛇」的符號（圖1-10、圖1-11），構形與甲骨文中表示「蛇」的「它」字相似。

 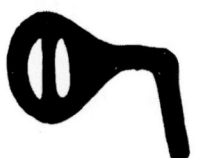

圖1-10　「蛇」符之一　　圖1-11　「蛇」符之二

圖1-12是一幅多符號組合岩畫。中間頭朝下者為蛇，頂端還有蛇信，左側為一人形，突出其兩足及足趾。右側為腳印。左右符號均表示人的出行，中間有「蛇」。應該是表示此行的凶險。

圖1-12　「蛇」符之三　　圖1-13　「天象」

如圖1-12這種多個符號組合表意的岩畫，在大麥地還有不少。

圖1-13被命名為「天象」。即便不具備古文字學知識，人們也很容易將左下和右下的圖形聯想為張開雙臂跪拜上天的人形和仰視天象的犬形。上方的螺旋形很抽象，但根據它與「人形」和「犬形」的位置關係，不難推測出它為「天上」之物。是龍？是風？是雲？沒錯，從形體而言，它很接近甲骨文的「ㄜ」（雲）字。在這裡可以把它理解為一種特殊的天象，可能是烏雲遮天蔽日，也可能是龍捲風。

因此,「犬」形上方那一團,被釋讀為一個因為受到驚嚇,匍匐於地,將頭埋於兩手間做畏懼祈禱狀的人。四個或抽象、或具象的圖形(符號),有機地組合在一起,以會意的方式表達一個完整的意思。

圖 1-14 的三個圖形都很抽象,符號的性質更加明顯。左上方的文字性圖形符號被釋讀為弓箭,代表武力、戰爭。以此理解作為整幅岩畫的切入點,我們會同意這個紀錄與氏族為爭奪土地、人口、牲畜而進行的戰爭相關。那麼將剩下的兩個文字性圖形符號理解為左下方一人向右側高大威武之人行跪拜之禮,整幅畫表達「臣服」之意,就很符合邏輯了。

圖 1-15 是非常有趣的一幅岩畫。右上側的羊,象形性很強,釋讀無疑義。羊的左側是人面,也得到專家們一致的認同。分歧出現在對中間 S 形符號的理解上。這個符號太過抽象,有人將 S 釋為表示「蛇」的符號,也有人認為該符號與下方的「一」字形符號一樣,沒有實際意義。持第一種觀點的人,認為創作者要表達對蛇的警覺和警惕,將此圖釋讀為「防蛇」。持第二種觀點的人,將四個符號組合,又有兩種不同的解讀:或認為這是描述一個寧靜的田園生活場景,將此圖釋為「田園」;或認為這是表示人與羊要到達的地方,釋該圖為「地址」。

圖 1-14　「臣服」

圖 1-15　「防蛇」或「田園」或「地址」

二、遠古的神祕符號

進行到這裡，親愛的讀者，你是不是開始疑惑了呢？連專家都無法釋讀出唯一的答案，表意性如此模糊，怎麼能把它們界定為文字性圖形符號呢？不要著急。還記得本章開篇故事裡羖所創作的「祈福佑羊」岩畫嗎？我們假設有幸旁觀了羖的整個創作過程，了解他的創作思路，才可以確定每個符號的所指，以及這簡單原始的符號背後，作者真實的意願。和「祈福佑羊」類似，大麥地岩畫中的文字性圖形符號，是文字啟蒙階段的直觀呈現。它離成熟文字還有數千年的進化之路，我們不能用今天釋讀漢字的方法來要求它。但我們能明顯看出，這個時期，以「依類象形」、「畫成其物」的方式創造出的二維影像，已經開始有了分化：一頭，走向更具藝術表現力的圖畫；另一頭，則日趨抽象，向著更注重表意的「文字」發展。

大麥地岩畫用二維符號表示概念，記載事件，也許我們現在還無法完全還原這來自洪荒的訊息，但這已經是它存在的偉大意義。在漢字的發展史上，它的出現，填補了重要的空白。讓我們耐心等待，等待更新的研究成果出現，假以時日，它極可能為解釋漢字的起源添上濃墨重彩的一筆。

(2) 具茨山「天書」

相比賀蘭山，具茨山似乎並沒有那麼高的知名度。但在歷史上，它曾經是一座來頭更大的「聖山」。具茨山，和中嶽嵩山都屬於伏牛山系，位於河南省境內，今禹州、新鄭、新密交界處，綿延40餘公里。具茨山山勢雄奇，於千里平原上拔地而起，彷彿有通天之勢。據《莊子》、《水經注》、《漢書》、《山海經》等大量古文獻的記載，黃帝曾多次到訪這裡。

山中現存黃帝文化遺跡數十處，如黃帝拜華蓋童子處、軒轅廟、風

第一章　漢字起源探祕

后祠、黃帝推策臺、黃帝問道廣成子處、黃帝屯兵洞、黃帝避暑洞等。當地民眾至今仍保留每年農曆三月三登山朝聖、尋根拜祖的傳統習俗。從歷史記載和民間傳說來看，遠古時代的具茨山，曾是黃帝及其族群舉行重要活動的場所。

1980年代，大量遠古的岩畫在具茨山被發現（圖1-16、圖1-17）。那些繁蕪古籍的紀錄，那些口耳相傳的神話，似乎都有了可佐證的實物。沉寂千年的具茨山，再次成為人們關注的焦點。一批又一批學者、民間考古愛好者紛紛造訪具茨山。人們發現，除了岩畫遺跡，這裡還有許多大型的不規則獨石、疊石、石棚等巨石遺跡，以及石城堡等石建築遺跡。遺跡不語，但它們的存在，已經向世人昭示這片土地曾經產生過巨大文明。這些遺跡攜帶著多少洪荒時代的文化訊息？破解這些訊息將揭示多少驚天的祕密？人們先將探索的目光投注到岩畫上。

與大麥地不同，具茨山的岩畫具象的內容很少，多為具有意向特徵的符號。這些符號往往鑿刻在視野開闊的山腰或山脊那些占據著最搶眼、最醒目的位置，面向天穹的巨石上，彷彿讀者的視角是從天際俯瞰。正因為如此，具茨山岩畫也被稱為「天書」。

圖1-16　具茨山梅花狀岩畫

圖1-17　具茨山複合型岩畫

人們試圖從各個角度解密「天書」。或認為是描繪天象星宿，或斷言與《周易》、「八卦」相關，或推測是記載天文曆法，或相信是漢字起源……人類的「探祕」，是從已知摸索，一步步走向未知的過程。關於具茨山岩畫，我們的「已知」如下。

岩畫的形態及類型

凹穴型：具茨山岩畫主要是以圓形凹穴為基礎的抽象構圖。它們有時單個鑿刻在獨立的岩石上；有時成雙成排出現；有時以中間一個較大的凹穴為圓心，與周邊 5～12 個凹穴共同構成環形梅花狀。單獨鑿刻的較深；成雙或成排出現的深度一般在 2～3 公分；雙排凹穴以 12 個居多，但也並非一成不變。在一些面積較大的岩石上，這些凹穴呈點陣排列。

網格型：主要有 4×4、5×5、6×6 的網格圖案等，另外還有菱形、米字格等。

其他不典型類型：溝槽、字元（量很少）、人物（僅發現一處）。

岩畫的造法及創作時間

具茨山岩畫，早期作品多採用直接敲鑿及研磨的方式，創作時期應在距今 6,000 年以前；晚期作品多為金屬刻鑿及打鑿而成，大約距今 3,000 年。

岩畫的數量及分布

具茨山岩畫數量巨大，經多次調查，發現岩畫近 3,000 幅，岩畫個體近萬個。它們分布面積廣，不光在 400～600 平方公里的山中有分布，在具茨山的輻射區域，如方城、葉縣等多地，也發現有類似的岩畫。

現在，我們渴望得到解答的「未知」是：祖先創造這些岩畫的目的是什麼？具茨山「天書」記錄或者表達的是什麼？到底是誰創造了它們？

岩畫的性質及用途

要破解遠古的奧祕，也許我們應該擺脫現代人的思維模式，盡量去接近和理解身處洪荒的先祖。盡可能還原那個時空，在歷史的思想和語境中尋找線索。

在那個時代，神話思考指導著人們生活、生產的各方面。「聖山」之上，選擇最顯著位置進行耗時耗力的長期創作，顯然不可能是信手塗鴉。這樣浩大的工程，也超出了單人的承受度。只有經過組織和計劃，或者是某種程度的約定俗成，才可能在範圍並不算狹小的區域內，完成這些類型較單一、形態也一致的岩畫創作。而那時，能集全氏族或全部落之力開展的活動，除了戰爭，應該就是祭祀了。

有專家考證山名之來由。論證「具」為「供奉、享獻」之義，「茨」為「明堂、清廟」之義；兩字連用表示「在茅茨神廟祭祀天地」的活動，具茨山正因此而得名。如今雖然茅茨神廟已不復存在，但疊石、石棚等巨石遺跡還在。古代帝王郊祀稱封禪，也有立大石於高山的習俗。《史記·封禪書》記錄漢武帝封禪泰山：「東上泰山⋯⋯乃令人上石，立之泰山巔。」可佐證具茨山確為遠古先民的「祭祀之山」。

祭祀，是人與神的交流，交流的媒介可以是實物，像「香」、「煙」；可以是語言，像「禱告」、「咒語」；也可以是符號，像「符咒」，還有本書開篇所述故事裡的「祈福佑羊」岩畫。具茨山上的「天書」，很可能就是這種特殊的符號。為祭祀天地而創作，是人類寫給神祇的文字。洪荒歲月，祖先虔誠地把他們的敬畏、讚頌和祈願鑿刻在石頭上，隆重地呈現給上天。

岩畫的創造者與使用者

在那個單純的年代,有一類擔任人神或人鬼之間溝通角色的人,他們專司氏族的祭祀、占卜、祈禱等活動,我們稱他們為「巫師」或者「祭司」。特殊的工作內容,使巫師們產生了比氏族中其他人更為強烈的、對能實現「記事」和「人神交流」的符號的需求。需求有多大,創造力就有多強。巫師和史官是文字的主要使用者和整理者,這是目前史學界和文字學界的共識,也是被世界範圍內多種文明證實過的事實。或者,我們可以再進一步推測,巫師也是某些文字或符號的發明者,比如具茨山的「天書」。

(3)「天書」與漢字的關係

雖然因為形體上差異巨大,我們很難看出具茨山岩畫和現代漢字之間的關係。如果一定要找到一點關聯,似乎這些點陣(圓形凹穴)排列跟河圖洛書有些類似。然而如前文所述,我們也並不認為河圖洛書是漢字的起源。那麼,「天書」跟漢字之間會有怎樣的關聯呢?

根據上文推斷,「天書」是遠古時代生活在具茨山的某個部落(極有可能是黃帝部落)的巫師們發明的、用於祭祀和巫術的特殊符號。這套符號系統曾經流傳過一段時間,在某一個群體內產生記載、表意、釋讀的功用。由於表意範圍狹小(不超出巫師工作範疇),閱聽人單一(使用者僅為巫師,讀者是虛無縹緲的神明),最終消亡,不再有人使用它,也不再有人能讀懂它。但經過滄海桑田,承載它的巨石還屹立人間,講述著它與漢字無緣的緣分。

親愛的讀者,當我們的探祕之旅進行到這裡,你的腦海裡會不會出現這樣的一幅畫面——現代漢字系統的形成,彷彿是涓涓細流匯合成一

條「主流」？這些細流來自不同民族、不同地域，有些細流被「主流」吸收，豐沛了「主流」的流量，有些細流因為種種原因沒能匯入「主流」，中途乾涸。前者如來自游牧民族區域的大麥地文字性符號，後者如具茨山「天書」。而這正是中華文明的魅力所在，源遠流長，海納百川，博大典雅！

2. 把「話」留在骨頭上

下面這張照片拍攝於河南省舞陽縣北舞渡鎮西南1.5公里的賈湖村，以前它一直是個名不見經傳的小村莊（圖1-18）。這裡地勢平緩，因為有沙河、泥河、灰河等眾多水系流經，氣候溼潤，土壤豐腴。居住在這裡的人們，跟中原大地上任何一個農人一樣，依時耕種，秋收冬藏。他們在土地裡種下小麥、玉米，一代又一代，從來沒想過在這平靜的田野之下，埋藏著不為人知的輝煌文明。

圖1-18　賈湖遺址

1960年代初，人們在賈湖村東的溝坎和井壁發現了一些陶片、人骨和紅燒土，經考證，確定為新石器時代遺物。

隨後20多年裡，相關單位先後七次派遣隊伍對賈湖進行考古發掘。

二、遠古的神祕符號

1980年代,一批帶有雕刻符號的龜甲、陶器、石製飾品(圖1-19)等相繼出土,舞陽賈湖從一個寂寂無名的小村莊,成為世界知名的新石器時代文化遺址所在地。

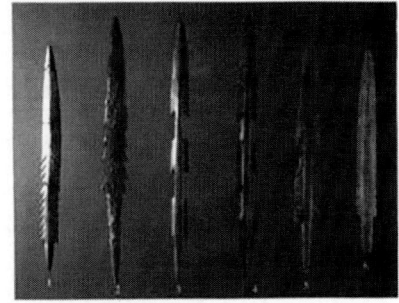

圖1-19　賈湖出土的陶器、石製飾品和骨鏢

隨著探索的深入,人們發現這扇塵封已久的大門後,竟有一個神奇而燦爛的世界。在距今8,000多年前的中華腹地,這裡誕生了世界上最早的七音階樂器——骨笛(圖1-20),生產了迄今為止發現最早的酒。生活在賈湖的先祖們,製造了精美的骨器、造型各異的陶器,龜甲在那時就已經被用於跟巫術和建築相關的活動。他們在甲骨之上刻下符號,這符號跟5,000多年後商朝王室刻在龜甲獸骨之上的文字非常相似。

第一章　漢字起源探祕

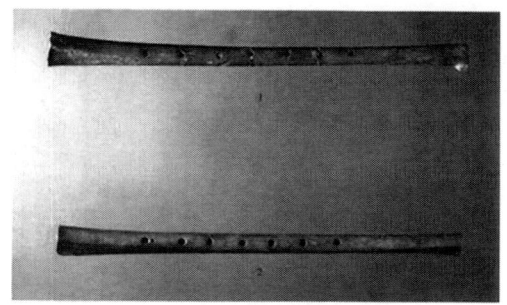

圖 1-20　骨笛

　　圖 1-21 是賈湖甲骨契刻符號的兩幅實物照片，雖然歷經數千年，刻痕依舊清晰，人們能輕易辨認出前者為「日」形，後者為眼睛形狀，酷似甲骨文的「目」字。類似的符號，在賈湖一共發現了 21 例，刻於 17 件龜甲、陶器、骨器和石器上。在一個柄形石器上，甚至刻有一行符號。圖 1-22 選擇了其中儲存較完好的 9 例。雖然符號的數量不多，但足以令學術界震驚。這些刻符為人們破解甲骨文的身世之謎，帶來了新的線索。

 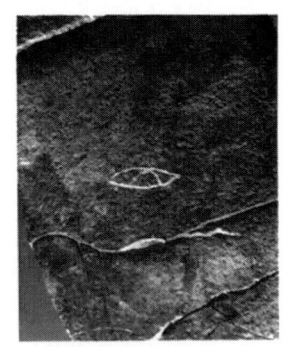

圖 1-21　賈湖甲骨契刻

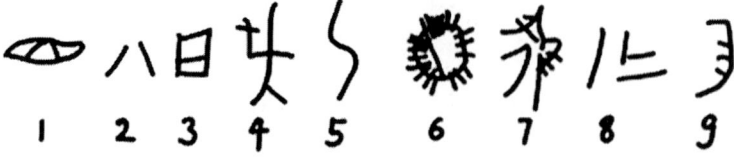

圖 1-22　賈湖刻符

二、遠古的神祕符號

在清末，當鏨刻著甲骨文的龜甲獸骨大量從河南安陽小屯村被挖掘出來，人們發現這來自 3,000 年前的文字已經相當成熟。驚喜之餘，世人也不禁疑惑，這象徵著東方古老文明的文字彷彿橫空出世，它以文獻的面目呈現於我們眼前，有如天賜神造。而它又從何處來呢？在它之前難道沒有一個產生、發展的過程嗎？

賈湖甲骨契刻符號的現身，給了人們很大的想像空間。雖然在時間上，賈湖刻符與殷墟甲骨文相去四、五千年，但二者在空間上相隔很近。兩處發掘地都位於河南省境內，只有 300 多公里的距離，無疑有利於文明的留存和傳播。對比兩種符號，相似之處也顯而易見：二者都被刻寫於龜甲、獸骨之上；二者在構形上均已高度抽象、二者的筆畫走勢、框架結構都一脈相承。

按捺不住興奮，部分學者開始著手釋讀賈湖刻符。有人比對甲骨文，有人依據古彝文，大部分字都被釋讀出來。而且，在各自的理論體系中，各自的推論也都能自圓其說。那麼，漢字的歷史真能提前到 8,000 年前，一舉超越當今世界公認最古老的中東楔形文字嗎？反對的聲音也有，還有部分學者認為只具備固定的形、音、義，且上下成文方，可被認定為文字，而賈湖刻符顯然不符合以上要求。

如此看來，賈湖刻符又該如何定位呢？賈湖先人在甲骨上一刀一刀刻劃下這些符號，是有怎樣的「話」要說呢？

幸好，賈湖遺址經過專家們多次發掘和探索，已經形成了科學而全面的研究材料，可以幫助我們粗略還原 8,000 年前賈湖聚落的生活場景，從而整理出一些有價值的線索。

據考證，8,000 年前賈湖聚落生活的環境跟今天差別不大。同樣溫暖潮溼的氣候和同樣肥沃的土地，以及豐沛的水源，為賈湖人帶來了多樣

性的植物類食品和豐富的動物類食品。優越的地理條件，讓這個族群在此地穩定而祥和地繁衍生息了 1,500 年。雄厚的物質基礎，為人們的精神文化生活和階層的分化提供了保障。

從出土史料可知，賈湖聚落文化的總體發展程度相當高。賈湖出土了多款骨笛，包括最先進的、能吹奏出完備七聲音階的八孔笛。音樂是表現複雜抽象思維的一種形式，這證明賈湖人的音樂水準已經遠遠超越他們所在的時代。

除了在音樂領域領先世界數千年，賈湖聚落已經出現了早期的宗教形態。賈湖人崇拜龜靈，他們隨葬用龜，祭祀用龜，奠基也用龜。龜殼內多放置數量不等、顏色各異的小石頭（圖 1-23）。這很有可能是巫師專用的龜甲器，作為響器，在儀式舞蹈和驅鬼治病時使用。

圖 1-23　裝有小石頭的龜甲

而這些作為隨葬品的龜甲所陪伴的墓主人，身分往往非同一般。在編號為 M344 的墓穴中，有著數量遠超於他人的隨葬品。其中有 8 個裝有石頭的龜甲器（有一個龜甲上有刻符），兩支七孔骨笛，還有被推測用於巫術法器的叉形器。可見墓主人身分特殊，極有可能是部落領袖或巫師。

二、遠古的神祕符號

以上，我們從物質生活基礎、精神生活形態、智商能力程度、階層職業劃分等角度，對賈湖聚落大致進行了分析。應該可以得出結論，智慧的賈湖人具備創造具有記事和表意功能的文字性符號的能力。如「來自洪荒的訊息」所述，遠古先民中的巫師階層，也有創造文字性符號系統的需求。

那麼，是不是就可以斷言殷墟甲骨文是由賈湖契刻符號發展而來的呢？我們覺得在得到更新、更直接的史料佐證前，下這樣的結論還為時過早。賈湖契刻符號，從構字形態和筆勢、筆畫組合等方面，已經非常成熟，和甲骨文也有非常高的相似度。但目前還缺乏一條清晰的脈絡，將這跨越四、五千年的兩種符號連結起來。沒有史料告訴我們賈湖契刻的命運走向，作為一套符號系統，它是隨著部分賈湖人的遷徙，流傳、影響到下一個文化類型，由某一個族群繼承發展，還是在千餘年後，隨著賈湖聚落的覆滅而消亡了？也許，在未來，考古發現會提供新的證據，將賈湖契刻符號與甲骨文串連起來，讓我們能真正解讀出 8,000 年前祖先在「骨頭」上的留言，參詳出漢字發展的前世今生。

也許，因為種種原因，這一小支超前的文明的確淹沒在浩瀚的歷史裡，失去了傳承，我們可能永遠也弄不清那些符號的確切含義。但這留在骨頭上的「話」也正說明，文明的程序不是一蹴而就的，但文明的走向終歸朝著進步的方向。雖然有些先進的文明會半路夭亡，但新起來者，還會執拗地選擇正確的方向。

關於賈湖契刻符號，我們不必急於求證其中某一字，經考釋為後世甲骨文某一字。萬事萬物之間的關聯，除了尋求點與點之間的直接相關，也可以放在一個更大的時空背景下的綜合場景中考量。

因此，也許這樣的表述會更恰當：距今 8,000 年前，舞陽賈湖先民

第一章　漢字起源探祕

在龜甲陶器等介質上契刻下文字性符號，這是迄今為止發掘所得最早的甲骨文字雛形。

我們自豪中華文明絢麗的曙光早在 8,000 年前就照耀在大地上，我們驕傲智慧的祖先在那樣久遠的年代，就已經有能力把「話」留在骨頭上！

3.陶器上的「符號」

(1)「符號」展示

這些是什麼？它們似乎是圖畫，但又過於抽象；它們應該蘊含某些特定的意義，但我們卻很難理解。是後現代藝術？兒童畫？還是熱帶雨林中原始部落人群使用的特殊符號？接近正確答案了。

這些是華夏先民幾千年前刻劃在陶器上的符號，簡稱為「陶符」。雖然上圖這幾個符號被排成一行，呈現在你眼前，實際上，它們並非誕生在同一個時空，它們之間有的相距千里，有的遠隔千年。

陶器的產生是人類發展歷程中非常重要的一步，它是人們利用大自然的材料，按照自己的意願，製造出的嶄新作品。中華陶器的誕生，可以追溯到 1 萬多年前的舊石器時代。在漫長的歲月裡，陶器的廣泛使用，除了提供生活的便利外，也深刻地影響了人類的精神文化。反過來看，人類社會不同時期的文化特徵，也在陶器上留下了烙印。陶器的用途、造型、工藝、裝飾等，都蘊含著它所在的那個文化形態大量的文明

二、遠古的神祕符號

資訊，可供人們探索、分析，一窺究竟。而作為以傳遞製作者意圖為目的而出現的陶符，是它們中最深奧，也最為直接，承載資訊量最大的文明記號。

我們先直觀感受一下這些「陶符」在陶器上的樣子（圖1-24、圖1-25）。

圖1-24　賈湖卷沿陶罐上的太陽形刻符　　圖1-25　大地灣一期陶符

被發現的距今時代最久遠的那枚陶符，形如太陽（圖1-24），8,000年前它被某個賈湖先民刻在卷沿陶罐上。與賈湖陶符同時代的，還有甘肅秦安大地灣一期的陶器彩繪符號，距今7,000多年。這些符號被繪製在缽形器和部分陶片的內壁上，有十多種不同紋樣，可大致分為兩類：一類是類似水波和植物生長形的紋樣，另一類是以直線和曲線相交的形狀。符號出現在陶器較為隱蔽的位置，繪製它們的意圖，應該不是為了裝飾。那麼，目的是什麼呢？標記？說明？在可留存的實物表面，製造相對抽象和固定的符號傳達意圖，已經接近文字的性質了。

而這只是一個開端。從現有的考古資料來看，在甲骨文出現前的幾千年裡，記錄在陶器上的符號，是最具備文字屬性的，同時是延續時間最長、涉及空間最廣的史料資訊。多處原始文化遺址發現陶符，從舞陽

第一章　漢字起源探祕

賈湖遺址到江西吳城遺址（距今 3,300 年），跨越了四、五千年的時間。破解漢字起源之謎的線索，一個個從地下被發現。這些神祕的符號究竟是什麼模樣呢？讓我們選擇最具代表性的幾種來感受一下吧！

仰韶文化陶符

仰韶文化所處時代距今 7,000～5,000 年，有同一文化類型的多處遺址。仰韶文化陶符在陝西、甘肅、河南等 10 餘處遺址都有發現。這類符號有相當固定的刻寫習慣，也是一器一符，刻於缽形器外口沿的黑寬帶紋上，大多數是在入窯燒成之前所刻（圖 1-26）。仰韶文化陶符象形的意味較少，以直線穿插排列成抽象符號者居多，同一符號重複出現的頻率較高。它們中有些符號形體已經與商周古文中某些字形很相似（圖 1-27）。

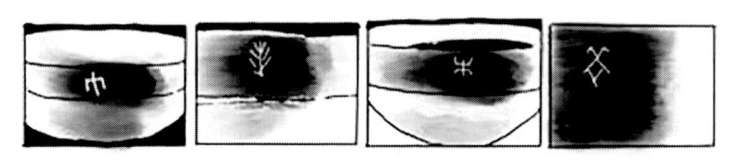

圖 1-26　仰韶陶符圖例

圖 1-27　仰韶文化陶器符號

良渚文化陶符

在浙江、上海、江蘇等地出土的良渚文化陶器刻符有 5,000 年的歷史。這批陶符多為器物燒成之後，用尖削狀硬器刻出。與之前一器一符

的形式有所不同，良渚陶符多次出現排行連刻的例子，比如圖 1-28 中方框內的 5 個符號，就是橫向排成一行，被刻在一個灰黑灌耳壺的圈足內。此外，還有 2 個符號、4 個符號、8 個符號連刻的例子。這是很值得注意的情況，因為這意味著這些陶符已經出現了接近文獻性質的功用。

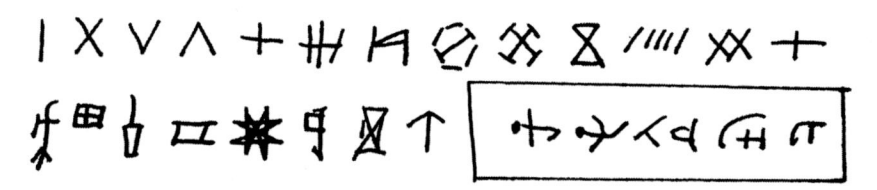

圖 1-28 良渚文化陶器符號

龍山文化陶符

自 1920 年代以來，人們在山東、河南、陝西等地，具有龍山文化內涵的遺址，採集陶符近 20 種（圖 1-29）。龍山文化陶符距今 4,000 多年，在呈現形式和符號構形上，與仰韶文化陶符有明顯的接續關係，同時，又有了新的發展。如在河南登封王城崗遺址發現的、刻劃於一片泥質黑陶器殘片上的符號（圖 1-30），屬於古漢字系統中一個基本構形的符號，已經跟甲骨文的「共」字有非常高的相似度。「共」字初文，在筆畫走勢和構件組合形式上的複雜程度，已經超越直線、曲線簡單相交的構形法。我們有理由相信，該符號的出現，是陶符確實與漢字起源有密切關係的明證。

圖 1-29 龍山文化陶符

第一章　漢字起源探祕

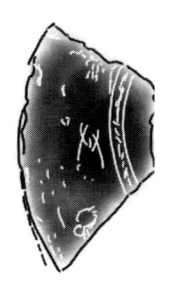

圖 1-30 登封王城崗遺址陶符摹本、拓本

二里頭文化陶符

　　二里頭文化是夏文化和早商文化的代表，從西元前 21 世紀至西元前 17 世紀，是中華文明歷史的早期。這類文化形態主要分布在河南的中西部和山西南部一帶。二里頭文化陶符（圖 1-31）構形的規律性較史前符號已經有明顯進步，部分符號跟商代甲骨文近同。

圖 1-31 二里頭文化陶符

（2）「符號」認知

　　了解完這四種很有代表性的陶符，親愛的讀者，你有什麼感受呢？可曾找到漢字萌發演化的蛛絲馬跡？數千年的歲月，廣袤的空間，迥異的文化背景，當這些極富想像力和生命力的符號一一呈現在我們眼前，看似琳瑯滿目，然而真要從中探尋出甲骨文之前漢字發展的頭緒，卻不是那麼容易。畢竟，它們零星且分散，彼此間失去的環節甚多。但是，這些產生於甲骨文之前的符號，是目前為數不多的研究漢字來源的第一

044

手資料。線索雖然隱隱約約，但它一定在那裡，我們可以試著撥開迷霧，做一次「符號偵探」。

陶器符號的共性

第一，這些陶符大多是一器一符（也有一個陶器上多個符號的，較少見）。陶器算不上優良的文字媒介，質地易碎，也不方便儲存和攜帶。所以我們看不到長篇記載在陶器上的文字是很正常的。同一批燒製出來的陶器，樣子都差不多，如果在使用中要加以區分的話，還有什麼比在上面刻劃出不同的符號更簡單易行的呢？可見，一器一符的陶符，應該是在使用中發揮標記和區分的作用。

第二，很多陶符都被刻劃在某些固定的位置。同一文化遺址出土的陶器，陶符所處的位置大都相同。仰韶陶符出現在缽形器外口沿的黑寬帶紋上，而二里頭陶符則被刻在大口尊口沿內側。

細心的讀者馬上能分辨，陶符所處的位置，實際上可以分為兩大類：一類是位於陶器底部、口沿內側等隱蔽的位置；一類是位於陶器外側的顯眼位置。所處位置的不同，應該是因為符號的用途不同。將符號置於顯眼位置，如果不是因為裝飾的考量，則多是為了引起人們注意，加強其傳遞訊息的能力。這類符號通常造型更富變化，彼此間區別度更大。我們相信，它們傳達的訊息應該也相對複雜。將符號置於隱蔽處，也並非真的讓該符號不為人知——那樣的話，不將其刻劃出來不是更好？其原因或者是因為該類符號表意單純，比如數字類符號；或者所表之意雖然出於製作者本人的意願傳達，對使用者來說並不重要。比較現代陶瓷上的「符號」，能更直觀地說明問題。

「福」字被醒目地鑄造在陶缸的腹部，陶缸的製造者是要藉此傳遞

第一章　漢字起源探祕

「福」作為一個文字符號所代表的「幸福、福氣」的意義。四、五千年前的甘肅馬家窯的古陶器，也是相似的形制。當年的製陶工匠繪製這些「符號」，是想表達何種意義呢？（圖 1-32）

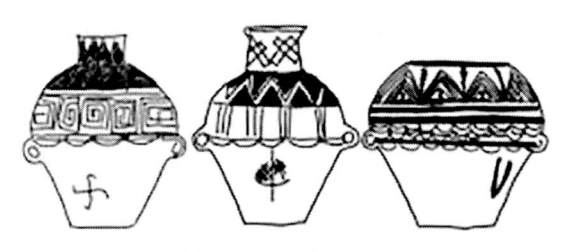

圖 1-32 馬家窯文化陶器彩繪符號範例

答案我們不得而知，但我們可以確定這個符號的存在是為了傳遞訊息，而這種訊息是能被「讀者」辨識和理解的。這個符號可能有標記的作用，提示該陶器放置的順序、方位或者是器內所置物品的種類；也有可能是表達某種概念，跟祭祀、風俗、圖騰崇拜相關。

陶器符號對文字產生的影響

探究陶符的用途和功能，需要對它源自的文化形態有全面透澈的了解。作為一個精神世界物化而來的視覺符號，且缺乏上下文的解讀，如果不將其置於大的文史背景，僅依據古文字學知識，對某一個符號與後世某一文字進行鑿定釋讀，是很艱難且不夠嚴謹的。但這不妨礙我們以宏觀的視角，來探索一下「陶符」對成熟漢字的影響和貢獻。

造字方式

許慎《說文解字‧序》中提到的漢字「六書」，前四書是形體的功能分析，這些功能是造字構形的依據，在「陶符」的構形中初見端倪。

有以象形方式構形的：

二、遠古的神祕符號

☻：大汶口文化陶符，取象於日月山。

⚆：甘肅天水西山坪遺址陶符，取象於山。

有以會意方式構形的：

如上文提到過的登封王城崗遺址「共」字形陶符，為左右兩手共舉中間一物的會意構形。

構件組合

陶符出現了部件組合式的構形，類似於成熟文字的合體字。

🝢：馬廠文化陶符。

🝣：雙墩文化陶符。

文獻呈現

從良渚文化陶符開始，出現 2 個符號、4 個符號、8 個符號連刻的例子，意味著這些陶符已經出現完整語句，接近文獻性質了。更為有趣的是，距今 4,000 多年前、出土於江蘇和山東的兩塊陶片（圖 1-33、圖 1-34）。

圖 1-33　江蘇高郵龍虯莊陶書　　　　圖 1-34　山東鄒平丁公村陶書

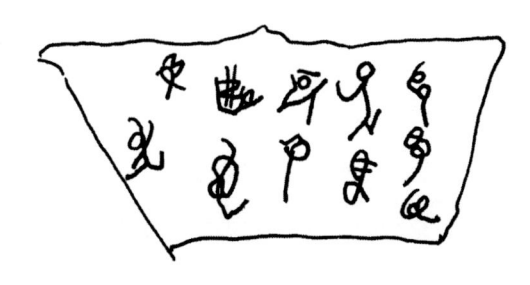

雖然陶片上的符號形如天書，但刻文筆畫流暢嫻熟，製作者彷彿胸有成竹，一氣呵成。二者都是根據殘片的形制布局書寫而成，從形式上看，已經具有文獻的書寫性質。

綜上所述，雖然每一個陶符並非都是文字性符號（相當一部分的陶符無法釋讀），但在造字方式、構件組合、筆畫走勢、文獻呈現形式上，陶符都為後世文字的創造，提供了極大的借鑑價值。

陶器符號的文化認同

陶符的存在有助於建立一種文化認同感，它們是文明到來或即將到來的象徵。

刻繪在陶器上的符號，其功用已經突破了之前僅作為「人神交流」的祭祀的文字性符號。這些符號中的一部分，顯然是為「人與人之間」的訊息傳達而存在的。創造者用具象或抽象的視覺符號傳遞訊息，賦予符號可被解讀的約定俗成的意義；接受者釋讀，並理解符號所代表的意義。這種雙向的行為模式，自然而然普及開來，成為創造文字的基本條件，並為後來更複雜的文字系統的出現，奠定了基礎。

陶符雖然在各個歷史時段都有出現，但要構成一個連貫的漢字形成脈絡，仍然缺漏甚多。一方面是受限於出土史料的豐富程度，另一方面也要知道，陶符所使用的只是當時文字性符號的極小部分。陶符表達的主題通常很有限，因此它反映的並不是當時文字的全貌。如果結合同時期的其他文字材料互相參照，往往會有更多收穫。

比如，產生於二里頭文化時期和二里崗文化時期的陶符。這兩處文化遺址均在河南省境內，與後來的殷墟文化在空間上相隔不遠，在時間上具有延續性，文化遺址有層位疊壓關係，發展脈絡清晰可見。二里頭

文化陶符看起來已很有文字的感覺，部分符號構形跟商代甲骨文很接近。二里頭文化之後，河南進入二里崗文化時期。這個文化時期出土的文字性符號非常豐富。在鄭州小雙橋遺址出土了有毛筆朱書符號的陶片 19 件，符號共計 10 餘字，可清晰地辨識出形似甲骨文「尹」、「東」、「夭」、「三」等字樣。在鄭州商城遺址發現的牛骨刻辭，是與殷墟甲骨文最有淵源的出土資料，所刻符號已經能比對甲骨文釋讀，其釋文內容也與占卜活動密切相關。由此可以推斷，甲骨的刻辭意識和刻辭的符號，在這個歷史時期已經初步形成。而漢字的溯源，也能沿著這條線上溯幾百年。同時，漢字系統發軔和成型的地域線索，也進一步清晰——早期漢字型系最有可能是在以河南為中心的中原地區形成的。

一批批陶符的出土，曾帶給文字學家破解漢字「身世之謎」很大的希望，但當我們嘗試完成一次符號「偵探」，卻發現未知遠遠超越已有的認知。但是，不用失望。漢字是文明之光，人類對光明的好奇和嚮往永不停歇，我們採擷這些遠古符號帶來的點點光芒，希望有一天能聚星火為銀河，還原漢字文明起源生發的脈絡。

三、字從何處來

還是以故事開頭。

光線越來越暗，看不清楚了，偵揉揉發澀的眼睛，放下手中的銅匕和一塊占卜過的龜甲。很好，正好刻完當天的占卜結果。真是多事之秋，三個多月不曾下過一場雨，眼看麥子都要乾死在地裡；王派去南疆征伐的軍隊，連連傳來戰事不利的消息；四王子不知得了什麼病，眼睛腫得只剩一條縫；王后又要生產了⋯⋯王煩惱得恨不能把大巫拴在身邊，

第一章　漢字起源探祕

隨時占卜，以期得到神靈的啟示。大巫也憂愁，他年事已高，視力越發不濟，記性也大不如前。占卜不多的日子還好說，像現在這樣，一天占卜很多次，問卜內容各不相關，大巫就感覺力不從心了。

幸好有偵，這孩子年紀雖不大，卻極其聰慧。王最初把他賞賜給大巫，是要他幫忙整治、處理龜甲。偵很快就學會了這項技能，經他整治過的甲骨，厚薄均勻、平滑光潤，燒灼後呈現的兆紋非常清晰。大巫喜歡他，常常把他帶在身旁，興致好的時候，會教教他如何辨識兆紋。

偵學一些，便會一些，幫大巫承擔的工作就多一些。時間久了，大巫越來越離不開他。比如，最近這幾天，一天問卜七、八回，決策不了的時候，王往往還要回顧前幾次的占卜結果。大巫可是碰到難題，龜甲一大堆，哪塊對應哪件事，又是哪一天占卜的，都要甄別半天，有時對著一片卜骨瞪視良久，卻怎麼也想不起當時的問題。每當這個時候，偵就會悄聲地走到大巫身後，給他一些提示。

這一天，王又派人急召大巫，偵背上占卜的工具，跟著大巫一路小跑到了王的殿室。王的臉色很不好看，他揮揮手免去了大巫和偵的參拜，沉聲說：

「好久沒下雨了。癸酉那天占卜說祭祀雲神求雨需要五頭牛，已經準備好了。今天再占卜一下四子的眼疾有沒有大礙吧！」

大巫愣了一下，囁嚅道：「回稟王上，癸酉日占卜祭祀雲神是要用豕和羊……」

「不可能，那天你明明說神示需要牛五頭。」「王上一定是聽錯了，是五頭豬、五隻羊。」「大巫果然是年紀大了，又把占卜的結果記混了吧！」王冷冷地說。大巫還想說什麼，看看王的眼神，又把話吞回去了。「好了，開始占卜吧！」王疲乏地閉上眼睛。

> 三、字從何處來

「癸酉日占卜顯示祭祀雲神求雨需要用五豕和五羊……」一個怯生生的聲音響起。

王猛地睜開眼睛。說話的是站在角落裡的偵。此刻他臉漲得通紅，眼睛都不敢抬起來。

「誰叫你撒謊的？你可知祭祀用錯犧牲是死罪？」王已然動了怒，狠狠地瞪著偵。

偵渾身發抖，彷彿下一秒就要哭出來了，但他還是堅持說：「那日占卜，神示確為豕和羊。」

「來人啊！把他給我拖出去，砍了！」王厲聲喝道。

「王上息怒，王上息怒，偵還只是個孩子……」大巫急忙求情，一邊又轉臉喝斥偵：「你一定是記錯了，還不快向王謝罪！」偵哭出聲來：「我，我都燒錄下來了……不能出錯……祭祀神明，犧牲出錯……是大不敬……」一邊斷斷續續地說著，偵一邊從包袱裡掏出幾塊占卜過的獸骨。大巫疑惑地接過獸骨。這些獸骨上面除了兆痕和裂紋，還刻滿了奇奇怪怪的符號。

大巫將獸骨（圖1-35）呈給王，王皺著眉頭看看，把偵叫到跟前：「這是什麼？」

「回稟王上，」偵努力地控制住情緒，「這是我記下的每次占卜的結果。」

「哦？」王有了些興趣，他指著其中一個符號問：「這是什麼？」

「回稟王上，這個表示雨，有雨點落下來的樣子。」

「這又是什麼？」

「回稟王上，這表示雲，像雲卷的樣子。」

第一章　漢字起源探祕

圖 1-35　卜骨及局部放大

「哈哈，有點意思！那這裡面哪個是表示豕和羊的？」王的興致高了起來。「回稟王上，這個是豕，這個是羊。這些都是我在每次占卜後馬上記下來的。您看，這條就是癸酉那天的占卜：又燎於六雲五豕，卯五羊。」「這一塊上面好像有隻眼睛？」王拿起另一塊龜甲（圖 1-36）問道。「是的。這表示目，是上次占卜四王子眼疾的。」「怪不得你能記住每一次占卜的結果。」一旁的大巫恍然大悟。「是的，我想了很久，只想出這樣的方法來幫您……」偵低聲說。「你的名字是偵？」王深深地看向偵。

「回稟王上，是的。」「偵，我要你把記錄占卜結果的方法繼續完善。好好跟著大巫學習，將來，下一任大巫就是你！」

三、字從何處來

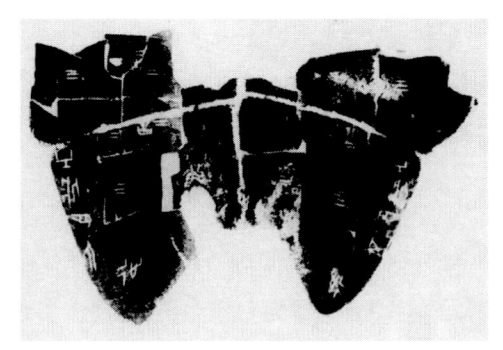

圖 1-36

……

30 年過去了，老王已故去多年，偵早已是新一任大巫。偵的住處，有專門一間屋子，存放占卜過的甲骨，每塊甲骨上都有那麼幾個符號。那是偵對記錄占卜結果的完善。占卜的結果直接燒錄在原甲骨上，更方便對照和重看。偵的助手和孩子們都學會了這種方法，他們滿意於占卜工作因此而更加準確和有效率，並沒有意識到，他們不知不覺已推開了用文獻通往文明世界的大門。

這是第三個造字的故事了。雖然故事的情節來自虛構，但根據文獻記載和出土史料推斷，我們相信類似的場景肯定在歷史的長河中出現過。在人類剛剛邁入文明世界的時刻，一個原始文字的誕生，一則簡單的文獻紀錄，可能伴隨著狂喜、至痛或者驚恐。正是這樣高純度的情感，才會催生表達的欲望，才更容易激發出大腦天才的創意和想像。

隨著社會生產力的進步，人類的心智由懵懵懂懂而清晰明朗，越來越豐富的情緒和充分進化的抽象能力、象徵性思維能力，使人們的精神世界快速現代化。而文字性符號的誕生，正是這種現代化思維的產物。這些文字性的符號，就是漢字的前身，當我們要探討漢字起源時，實際上應該立足於對它們的研究。

第一章　漢字起源探祕

在了解了漢字起源的傳說，接觸了岩畫、陶符等遠古文字性符號後，現在讓我們來揭曉謎底，究竟「（漢）字從何處來」？

1. 漢字源頭

當我們穿越時空探討漢字起源時，首先應該明晰何為漢字？最早的漢字是哪些？它們大約出現在什麼時代？它們誕生之初的面貌大概是什麼樣子？

我們認為，文字是一套基於約定俗成，用於記錄資訊、輔助交流的可視符號系統。漢字則是表達漢民族（歷史上也稱為華夏民族）思想和記載漢民族語言的文字。在漢字誕生之初，雖然這些符號已經具備一定的平面形體和構造取意、能不依附實物和場景表示意義或資訊，但它們尚未成熟，不具備後期漢字完善的表意功能和構形規律，因此我們稱之為文字性符號。

就像萬事萬物都有一個發生、發展的過程，文字性符號的「文字性」也是逐漸增強的。以陶符為例，能明顯看出它們中有一類是以現實世界中的實體為描繪對象的，讀者能輕鬆辨別出它們所象之形，我們稱之為象形性符號。一類是一些幾何圖形，它們看起來更抽象，無法直接看出它們和客觀世界裡的事物在外形上的對應關係，這類符號，我們稱之為代表性符號。當然，這種分類法也只是相對的，不能排除有一些我們無法辨識的抽象幾何符號，在當時是由實物描摹而來的。

以良渚文化陶符為例，圖 1-37（1）、(2) 裡的陶符為象形性符號，圖 1-37（3）、(4) 為代表性符號，圖 1-37（5) 的陶罐環繞器身的共有 12 個符號，其中有象形性符號，也有代表性符號。

三、字從何處來

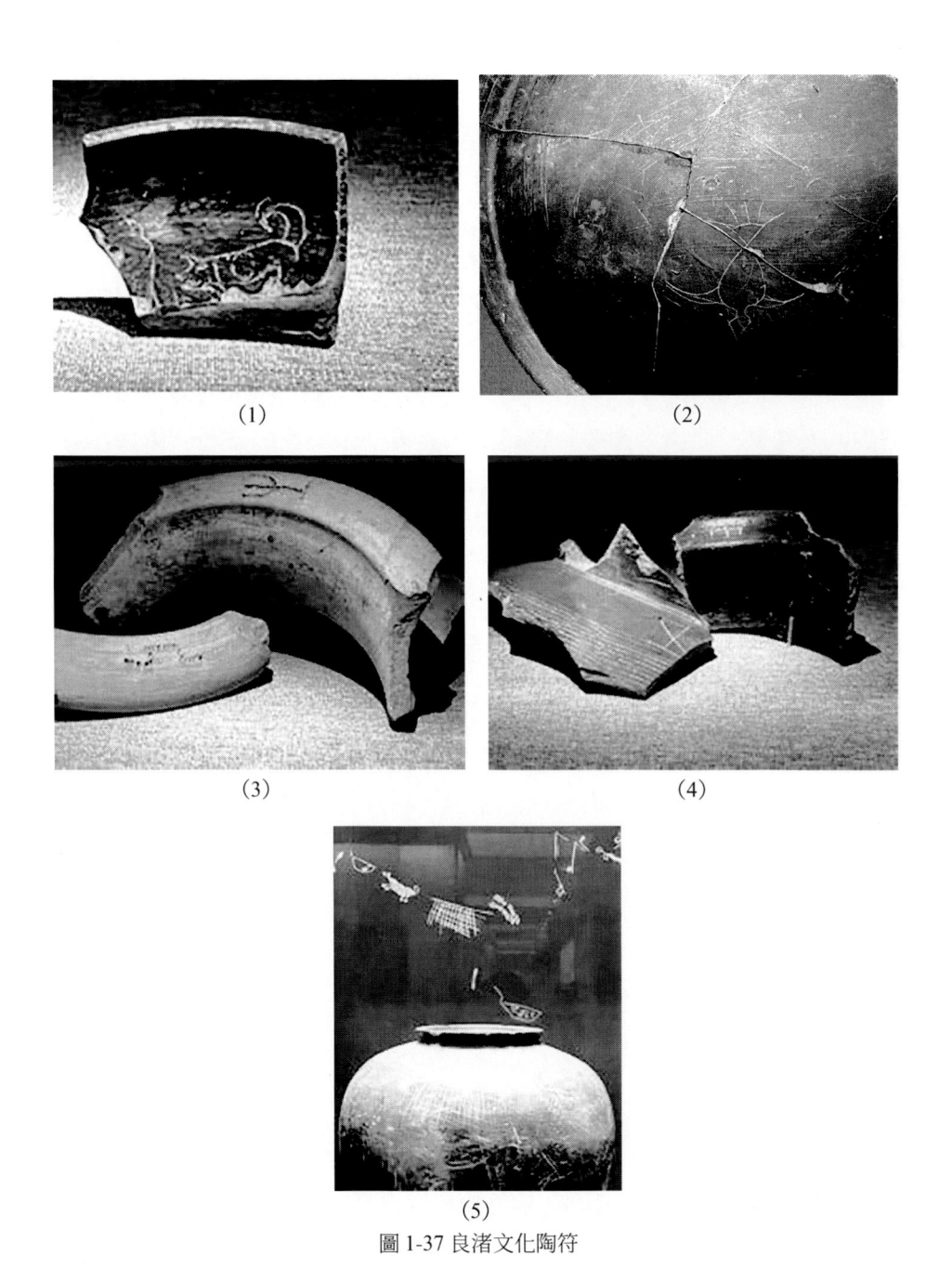

(1)

(2)

(3)

(4)

(5)

圖1-37 良渚文化陶符

第一章　漢字起源探祕

那麼，這些符號的文字性表現在哪裡呢？我們認為，判斷一個視覺符號有無文字性的主要標準，是它們是否具有社會性的記載、交際作用。如果一個符號，創作者用之記錄、儲存意義，而讀者能憑藉它準確地提取、復原意義，就可以判定這個符號具有文字性。

岩畫、陶符和甲骨契刻符號中，我們看到不少象形符號線條的走向和結構排列上，已經有相當的章法，在後期的甲骨文中，可以找到形體結構相似度很高的文字。同時，雖然構形經過抽象，所象的只是物體大略的共同特徵，但讀者還是一望可知，具備標示事物的能力。就像在虛擬的故事中出現的「羊」符號，它一方面有很強的象物性，另一方面也具有高度的抽象和概括性。

因為它不類似某一隻特定的羊，而是代指「羊」這個事物，可以是任何一隻羊。象形性符號的產生和解讀一目了然，在傳遞意義方面，有天然的優勢。

讓現代人費解的是代表性符號。它們以直線（也有小部分弧線）刻劃為基本構形方法，線與線的交叉、重疊、錯置構成符號。最初，人們判斷不出它們所象何物，史前遺址中代表性符號的出現，對傳統文字學漢字起源於「依類象形」的理論，看起來是一種衝擊。它們的形體來源於哪裡？它們是否能表音？是否表意？如果能表意，這個「意義」是什麼？近年來一些專家學者經過研究，提出觀點，部分代表性符號是由寫實圖形抽象而來的。比如甲骨文「五」的字源由來，現代語言學家就推測是由魚形簡化演變而成的。

圖 1-38 中，a 是彩陶上的組合魚飾圖案；b 是單條魚飾圖案；c 省略為只展示兩條相對的魚的頭部；最後抽象簡化為 d，與甲骨文「五」同形。而「五」最初的確有「相交」的意思。

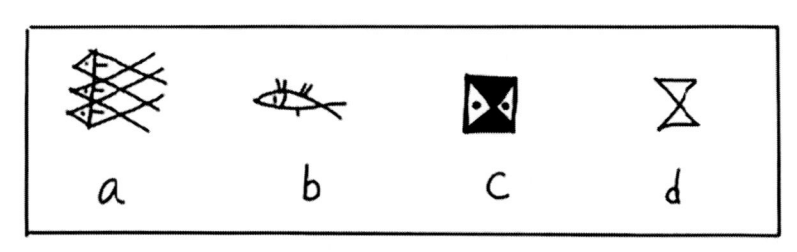

圖 1-38 魚形演變成「五」

　　更多的代表性符號，我們還沒能探究出它們的音義。這些來源於實物，被高度抽象化的符號，經過約定俗成後，的確在履行它們社會性的交際功能。它們被刻劃在陶器上，看似高深莫測，但對於創造它們的人（陶工）和使用者來說，它們一定是有意義的，很有可能也是有讀音的。否則，在千百年的歲月裡，在不同的文化類型聚落裡，它們何以一直被創造、被使用？正是因為它們能以約定俗成的視覺呈現方式，產生社會性的意義交流。這就是這些代表性符號的文字屬性，而這種屬性正是它們存在的意義。

　　代表性符號的另一個貢獻是它鍛鍊了人類「文字性思維」的能力。理解並接受符號與意義之間看似隨意的連結，這種能力的獲得和發展，為後來文字的批次創造和廣泛使用，奠定了基礎。

　　在文字化日益加強的過程中，象形性符號最終演化為「名物字」，用來記載某個具體事物的名稱，或者事物的性狀。後期部落或族群有了社會性的身分象徵後，通常會選擇象形性符號作為族名或族徽。

　　一部分由模仿書契和結繩等助記實物而創造的代表性符號成為「數字」；另一部分被應用在陶器上的代表性符號，刻寫在特定器物的特定部位，逐漸成為具有特定象徵或代表性意義的記事性「標記字」。

　　由此，名物字、數字和標記字這三類基礎漢字領先一步誕生。它們

第一章　漢字起源探祕

滿足人們對於命名、記數、標記等關於訊息和社會交流的基本需求。漢字的源頭應該就在於此。

當然，我們必須承認，處於源頭的這些基礎漢字，它們與現代漢字還有著不小的差距：成字字形不穩定，多一畫、少一畫的情況常發生，構件的位置方向也未固定；在記錄語言的功能上還不完備，不能成組成句地記載；沒有形成統一的造字規律。在很長一段歷史時期內，這些原始文字性符號的數量成長十分緩慢。但不要緊，只要源頭活水不斷，終有一天能成巨流。

漢字的社會性功能和源頭確認下來，漢字的起源可推溯至大麥地文化、賈湖文化時期。從良渚文化陶符多次出現符號連刻的情況開始，漢字逐步形成系統。

2. 漢字源出

了解了源頭之初的基礎漢字後，我們還可以進一步追問：這個「源」出自哪裡？作為一種完全「人造」的事物，到底是什麼給了先民靈感，創造出這樣神奇而偉大的二維符號，記錄文明且創造文明？

關於漢字的起源眾說紛紜：來自結繩、來自八卦、來自河圖洛書，或來自聖人創造，不一而足。凡此種種，有一個共同點，即傳統中華文明的文字起源觀總體傾向於「漢字人造」。因為是「人造」，所以有造字途徑可尋。探尋漢字形體源自何處，是還原漢字起源的關鍵問題之一。

很長一段時間，人們認為原始漢字出自原始圖畫。這相當程度上是受到西方「圖畫而文字」學說的影響。18世紀，美國學者威廉·瓦爾伯頓在其著作《摩西的神聖使命》一書中，首次提出圖畫文字說。在他看來，墨西哥印第安人使用的助記式圖形文字、古埃及人使用的聖書字和中華

漢字都起源於圖畫，其中漢字代表圖畫文字向文字發展的最高層次。這種觀點到目前為止，仍是西方學術界關於文字起源的主流觀點，對中國的一些專家學者也產生了影響，如沈兼士提出「文字畫」的概念，認為「在文字發明以前，用一種粗笨的圖畫來表現事物的狀態、行動和數量的觀念，就叫文字畫」，並由此推展出「圖畫（文字畫）──文字」的漢字起源模式。

先有畫而後有字，果真是這樣嗎？還是來看看第一批產生的基礎字中數字的情況，也許會給我們一些不一樣的思路。甲骨文「一」至「八」的寫法，多數由籌策脫胎而來（圖1-39）。籌策是古時計算用具，以竹子或木條製成。由籌策擺放出代表數目的圖案，成為漢字數字構形的描摹對象。

圖1-39 甲骨文「一」至「八」

可見漢字數字產生的源頭並非圖畫，而是來源於實物。

根據目前的出土史料，我們看到大麥地岩畫和賈湖契刻符號，其中既有寫實性很強的「圖畫」，也有非常抽象的文字性符號。它們在同一時空出現，在時間順序上很難分辨誰早誰晚。

加拿大古人類學家、岩畫研究專家吉納維芙·馮·佩金格爾（Genevieve von Petzinger）透過對歐洲冰河時期早期（距今約4萬到1萬年前）岩畫遺址中幾何圖形的研究，找到出現頻率較高並貫穿整個冰河時期的32個符號。同樣，也是具象符號與抽象符號共存。如此看來，是先有「畫」還是先有「字」，考古事實還不能給出確切答案。有意思的是，中華遠古岩

畫和陶符中有不少跟歐洲冰河時期符號形體高度相似，這種跨越時空的「不約而同」，似乎暗示著人類最早學會操縱工具刻劃或寫畫出線條時，有一些構形方式可能來自於集體無意識。就像我們隨意塗鴉時會畫出一些波浪線、螺旋線、交叉的直線等。這些基本的構形元素大體都是相似的，只有當它們被組合成更複雜的圖形時，才會出現更多不同的形態。

而更多的符號，則是來自對客觀事物的描摹。被描摹的可以是靜止的物體，也可以是運動中的物體，甚至可以是物體與物體之間的關係。我們認為，人類在掌握了刻劃線條和實塊圖形，並以之模仿實物的能力後，早期經常創作出亦書亦畫的作品。從外形來看，「依類象形」，具有藝術性質；從功能來看，能實現記錄和表意的目的，具有文字性質。這種融二者於一體的「書亦畫」，是先民們將三維實物轉換成二維視覺符號的創舉，它們歸根究柢都本於物。

中華文化自古有「書畫同源」的說法。「書」和「畫」在這裡是名詞，指的是「書寫」和「畫畫」的結果，即「文字」和「畫作」，而「源」指客觀事物。「書畫同源」是說「書」與「畫」一樣，都是來自對自然物象的描摹。唐人張彥遠在《歷代名畫記》中論及書畫的淵源和二者的關係時，闡釋了這樣的觀點：造字之初，書畫同體未做區分。之後，因為作者的目的有了不同──書寫文字的目的在於記錄和傳遞意義，創作畫作的目的在於表現形體，「書」和「畫」逐漸分途。重在表意的文字，即便「象形」，所「象」的也是某一事物之「共形」，著重在掌握事物的特徵和輪廓。因此，「書」的「表形」會變得越來越抽象，但同時也越來越統一。雖然最後難以辨認出最初所象之物，但固定的字形與所表之意之間的關聯，在約定俗成的共識下，更易被使用者接受。而分流之後的「畫」，越來越往藝術表現的範疇發展，以圖形、色彩、構圖等美學方法，傳達

（創作者的）思想，引起（觀眾的）共情。在藝術的表現手法上，畫作追求的是與眾不同和獨闢蹊徑，這恰好與文字的統一性背道而馳。「書」與「畫」就此分家。我們也可以這樣說，從「書畫異流」開始，原始漢字逐步成熟，最終發展為完備的文字系統。

仍然以虛構故事中出現的「羊」為例。我們看到，「羊」的構形在不同的場合是有差別的，漢字史料中至少有 10 種「羊」形，但所有「羊」形都掌握了羊角朝下的特徵。雖然「羊」字是透過描摹實物的形體創造出來，但作者的意圖不在表現某隻具象的羊，而是要將視覺符號與語意結合起來，讓它代表「羊」這個事物類別。圖 1-40 的羊群則是圖畫，作者捕捉並繪製了形態各異的「羊」，目的是要展現狩獵過程中各種獸類四散奔騰的場景，主要不是傳達「羊」這種動物的種屬概念，而是再現某幾隻特定的「羊」在特定場景中的特別狀態。

圖 1-40 賀蘭山岩畫

第一章　漢字起源探祕

可見，雖然早期書中有畫、畫中有書的情況很常見，部分圖畫抽象簡化後形成的符號被文字吸收也是有可能的。但文字的創造動機與圖畫不一樣，人類在創造文字和創作圖畫時出於不同的目的，這決定了文字不可能源於圖畫。

事實上，不同方式表達的背後是不同的思維模式。圖畫、音樂、舞蹈都可以用來表達意義。用文字表意是表意最充分也最容易普及和被人掌握的一種。我們相信，在源頭漢字被發明和相對普及後，通常情況下，它就成為人們表情達意、記錄、傳達訊息的首選。

以不識字的幼兒為例，很多小朋友喜歡邊敘述邊作畫，他們並不講究畫作的精緻和藝術感染力，往往會隨著所述內容的變化調整繪畫內容。因為他們並不是在進行藝術創作，而是在記錄和表達。這些孩子一旦掌握了文字，大多數情況下便會捨棄「圖說」轉而「字述」。畢竟，文字的表意更加準確，也更加便捷。我們一起來看看一個識字量尚少的學前小朋友的作業紀錄，從中能發現一些有趣的「造字」思維。

圖 1-41 中左圖是小朋友的作業紀錄，右圖是老師備課本上當天的作業計畫。如果對這個小朋友的學習情況不了解，又沒有「老師版」作業計畫（右圖）對照，猜想我們很難解讀出 3 月 9 日作業的具體要求。但這些由象形性符號、代表性符號和成熟文字組成的、不能成句表達語義的「文獻」，就像文字誕生之初的樣子吧：①包括數字和名物字在內的一些基礎漢字，已經第一批被創造出了；②這些零星的符號不能組成完整的句子，沒有虛詞，甚至動詞也很少；③出現了象形性文字符號「指」和代表性文字符號「圈」。當然，如果把「圈」看成象形性文字符號也是可以的。

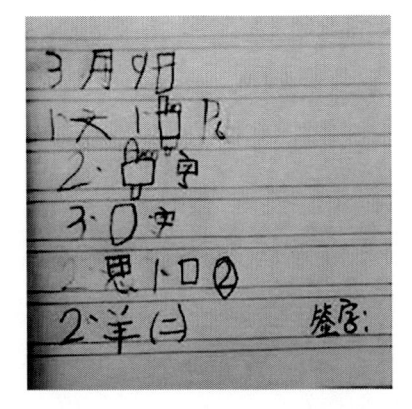

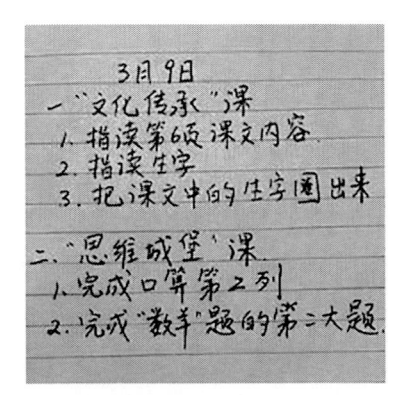

圖 1-41 作業紀錄（左）與作業計畫（右）

　　數千年前，祖先正處於文明的幼兒期，他們之中的一些人發現了二維視覺符號在記錄和傳遞訊息方面的巨大潛能，開始嘗試創造並使用它們。這個過程是艱難的，是創造──否定──再創造的不斷偵錯。這個過程是漫長的，以千年計的歲月裡，人們沒有停止過對「造字」和「用字」的嘗試。更多的紀錄是在易腐材料上的「實驗品」，今人無法再看到。只留下鑿在石頭上的、畫在陶器上的、刻在獸骨上的少量遺跡，向後人展示祖先的智慧和執著。

3. 漢字源創

　　也許你會想知道，這些智慧而執著的祖先是誰呢？這個問題好像有點多餘。是羑，是旬，是偵，是許許多多不知名的先民啊！沒錯，原始漢字來源於客觀世界，華夏祖先在工作和生活中創造出這些劃時代的符號。但這些符號並沒有共存於同一時空，而且從數量上看，它們也遠不足以記錄一種完整的語言。真正與語言結合起來，還差一個關鍵的環節，而推動這個關鍵環節的是一個（一些）關鍵人物。

　　從 8,000 年前的賈湖文化存續時期，到出現系統甲骨文的殷商時代，

近 5,000 年的時間裡，除了傳統的中原地區外，淮河流域的雙墩文化、錢塘江流域和太湖流域的良渚文化，都出現過數量較多、形體較穩定的文字性符號，但它們卻沒有進一步發展、演化成一套成熟的文字系統。

量變和質變發生在距今 3,600 年到 3,400 年的一、兩百年間，地點是今河南省境內，以洛陽、鄭州為中心，方圓三、四百公里的區域內。在考古年代的劃分上，這段時間屬於商文化的中晚期。前面我們已了解到，正是在這個時期的二里崗文化類型，出現了與殷墟甲骨文字形非常接近的陶符、骨刻文字和陶器朱書文字。

這個時期的文字性符號在字形上已經相對穩定，造型也與甲骨文很接近，且呈現出一定的規律性。但總字數僅 167 個，其中單字字形數約 120 個。雖然當時實有的文字數量肯定超過這個數目，但考量到百餘年後的甲骨文單字數量達到四、五千，我們認為僅靠普通民眾隨機地、零星地造字，是不可能有如此成果的。符合邏輯的解釋是，甲骨文是「批次生產」出來的。既然是「批次生產」，那麼誰是生產者？他或者他們如何做到「批次生產」？為什麼恰恰是在這個時期有了「批次生產」文字的需求？

需求永遠是創造的動力。有意識主動創造文字的人，一定是對文字的需求最強烈的人。我們熟悉的三個主角，羖、匋和偵，對文字需求最強烈的就是偵。一方面，文字能為他的占卜工作提供最大的便利，另一方面，也是因為王命難違。

巫史造字在民間傳說和古籍文獻中多有記載。直到今天，不少地方還留存有與之相關的歷史遺跡。除了我們熟知的黃帝之史官倉頡造字，《周禮・大行人》裡記載王每隔九年就會命令史官把文字的使用情況了解清楚，命令樂師聆聽語音的變化。可見對語言文字進行規範，在某些

三、字從何處來

歷史時期是國家的一項行政事務。這啟發我們從一個新的角度思考漢字的起源。我們也許可以分階段來考察。第一個階段是相對漫長的初始時期，這個時期長達數千年，我們稱其為「原始累積」時期。累積既包括字元的累積，也包括用二維視覺符號輔助記憶和表意這種全新思維方式的累積。文字是約定俗成的符號，這意味著個人發明的符號，如果得不到一群人的認可和使用，沒有變成一種集體的思維方式，是不能成為「活」文字的。從醞釀到完善，再到在人群中的傳播、理解和接受，這是思維方式的累積過程。最一開始，可能只是在某個階層或某一類人群中（比如巫師、史官、陶工），文字符號有被這些群體所共同接受的使用規則，產生並流傳。但累積到一定程度，這種思維方式就會有更廣泛的民眾基礎。閱聽人的擴大，為漢字起源的第二個階段「字元爆發」時期，做了先期準備。

伴隨人類智力的發展，社會生產力和經濟教育程度也日益發展。前者影響人類創造使用文字的能力，後者決定社會對文字的需求。

以良渚古城為例，這個新石器時代的古城，既有完整的城市建築規劃，同時興建了許多大型水利工程。考古專家估算過古城的建設工程量，宮殿、城牆、外城郭，再加上外圍水利工程，總土石方量達1,005萬立方公尺。根據這個工程量推算，如果參加建設的勞動力為1萬人，工作效率為每3人1天完成1方土的建設量，以每年農閒時間100天參與施工計算，古城的建設工期需要30年。完成這樣浩大複雜的工程，如果沒有輔助記憶的符號工具，是難以想像的。而良渚複雜的宗教信仰和社會階層，也需要文字性符號為媒介，在人與神靈間傳遞訊息。這些正是良渚文化文字性符號相對發達的原因。當歷史的車輪行進至商代中晚期，中國古代文明進入一個新時期。大量城市出現，農業、畜牧業、漁

第一章　漢字起源探祕

獵業都有了很大的發展。商代手工業發達，青銅製造業達到鼎盛，陶器生產已經專門化、行業化。手工業作品為貿易提供了大量商品，商代貿易興盛，商部族精於貿易──這也正是後世把經營貿易的人稱為商人的原因。文獻記載，商代已經出現「肆」和「市」，為商品交易的專門場所。「貝」作為貨幣陪葬的現象，商代遺址和墓穴中屢見不鮮。商王朝的貿易主要由商王室控制，商代晚期，貿易達到空前規模，對文字產生強烈的需求。

「萬物皆有靈」是商人的宗教觀。因此他們慣於以占卜的方式來獲得神示。大到祭祀、征伐，小到天氣、出行，生活中各種大大小小的事情，商人都要占卜。記錄占卜結果，也是推動漢字發展完善的重要因素。

至此，萬事俱備。像倉頡一樣的巫史們終於登上了歷史舞臺，他們肩負起「集中造字」的工作。激動人心的「字元爆發」期就此拉開序幕。已經被創造並流傳使用的、為數不多的一批基礎漢字，是「倉頡們」不算闊綽的家底，王朝對一套完整文字型系的需求，對他們而言，既是壓力，也是動力。當務之急是獲得更多的文字符號。巫史們身為與文字接觸最多的「專業人士」，憑藉經驗和智慧，找到了最具創意的造字方法。如果說「依類象形」創造出基礎漢字，實現了文字符號的突破，那麼將這個「形」與人類語言之「聲」相結合，確立「形聲相益」的造字原則，就是導致漢字迅速發展、成熟的主要條件。這個偉大的創舉，究竟歸功於誰，現在已經不得而知。這個人推動了漢字造字方法的完善，卻沒有在任何媒介上留下他的姓名。但無論如何，漢字終於有了「批次生產」的快捷方法。之後，輔助性標記法的發明，是漢字造字方法的進一步完善。

許慎在《說文解字・序》中，對造字的過程記錄如下：

三、字從何處來

「倉頡之初作書，蓋依類象形，故謂之文。其後形聲相益，即謂之字。文者，物象之本。字者，言孳乳而浸多也。著於竹帛謂之書，書者，如也。」如果用現代漢語總結，我們將會這樣描述漢字的起源：

中華民族的文字發源起始於距今 8,000 年前。新石器時代的先祖們透過對實物或實物符號形體的描摹，用象形的構形方式，創造出象形性文字符號和代表性文字符號。數千年中，這些原始的文字性符號，在中華大地不同的文化聚落被不斷創造出來，幫助先民完成最基本的記錄、傳遞訊息的任務。這段時期產生的文字性符號形體不穩定，記載語言的能力也不強，我們可以稱之為「原始漢字」。早期，「原始漢字」跟「原始圖畫」沒有特別明顯的分界，但在使用過程中，根據創作動機和目的的不同，人們逐漸將二者區分開來，原本「同源」的「書」和「畫」就此分家。一批標示功能最明確的漢字，最早有了穩定的字形，形義的結合也被固定下來。它們成為第一批相對成熟的基礎漢字，包括數字和名物字等。商代中晚期，隨著社會生產力和經濟文化的發展，社會對文字的需求急遽增加。對已有的文字符號進行規範和創造新的字元，成為一項國家行政行為。由商朝巫師、史官為主的一群人承接了這份工作，他們發明「形聲」（把語言音義轉化為可視形體）造字法，使字元數量在短期內得到爆發式成長。在距今 3,500 年前後，在以當時商王城區域為中心的中原地區，漢字型系最終形成。

到這裡，摸索文字的時光已流過了 4,500 年，炎黃子孫終於完整地擁有了一套能記錄自己語言的文字。漢字，這塊華夏文化的瑰寶，從這個時候起，便被用來記錄燦爛的中華文明，未來，我們還將用它創造更為輝煌的中華文化！

第一章　漢字起源探祕

第二章　一片甲骨驚天下

甲骨文作為一種古老的文字，距今已 3,000 多年，是商代後期（西元前 14 世紀～前 11 世紀）珍貴的歷史文物。它是中國最早的系統文字，也是世界上最早出現的古文字之一，象徵著古老東方獨有的文明。之所以叫甲骨文，是因為這種古老的文字刻寫在龜甲和獸骨之上。商代是一個對鬼神無上尊崇的朝代，商王和貴族經常透過占卜決定國家大事，指導一切活動，占卜後多是用刀子把所問之事刻在甲骨上，所以有學者又稱「甲骨文」為「契文」、「卜辭」、「甲骨刻辭」等。

然而，龜甲記載了神祕的預言，卻未能參透自己的命運，甲骨文在商代滅亡後，便被深埋於泥土之下，3,000 多年的時光，它們在一層層的文明中，埋藏得越來越深，直至清末才以古文字的身分再次驚豔現身。甲骨文的這次現身，不僅刷新了中國歷史，傳承著民族文化基因，也使 3,000 多年的漢字變化有跡可循。那麼，這些神祕而又古老的文字究竟源於何處？是怎樣被發現的？記載了哪些祕密？又是怎樣記錄這些祕密的？現在就讓我們走進甲骨文的神祕世界，共同探尋這些問題的答案。

一、甲骨文驚豔「現身」

商代晚期，商紂王失德，朝臣離心，民怨沸騰。西元前 1046 年，姬發（周武王）率領周族人在商郊牧野與商紂王率領的大軍決戰。據《尚書‧武成》記載，這次戰爭中，商軍「前徒倒戈」，商紂王敗逃商都，登上鹿臺，披著鑲滿寶玉的衣服，點火自焚而死，殷都就此成為一片廢墟。商

第二章　一片甲骨驚天下

王朝「失國埋卜」，甲骨文便被深埋於殷都廢墟之下，不再為世人所知。在此後的幾千年中，這片土地不斷改朝換代，其間雖然也有甲骨被挖出，但比起相伴而出的青銅、珠玉等古器物，甲骨只被當成沒什麼價值的東西，被丟棄，甚至被破壞。

到了清代末年，甲骨與古董商和金石學家結下「情緣」，人們才開始重視從地下挖出的甲骨。自從甲骨文被認定為商代文字後，甲骨的「身價」便開始飛漲。古董商們為了謀利，對甲骨的出土地祕而不宣，於是，探尋甲骨文之「家」的旅程，又經歷了一場波折。在最終得知甲骨的確切出土地後，政府便開始對甲骨進行大規模的科學挖掘，甲骨文這種古老文字的神祕面紗終於被揭開，失落3,000多年的古代文明被喚醒，整個世界被震驚。

1. 千年甲骨遇「伯樂」

相傳，清代末年北京城內有位金石學家叫王懿榮，他患了瘧疾，便請太醫進行醫治。太醫診脈後開了處方，其中一味藥是中醫常用的「龍骨」。王懿榮家人到中藥鋪把藥購回後，王懿榮打開藥包，無意中發現藥包中的龍骨上竟有神祕的刻劃符號，王懿榮又驚又喜，甲骨文因此被發現。

事實上，這個傳說是半真半假的。「龍骨」的確是一味良藥，中醫常用它來治療疾病。可什麼是「龍骨」呢？它真是龍的骨頭嗎？當然不是。「龍骨」最初是農民在犁地時隨土翻出的動物骨骼化石，這些骨頭中有很大的肩胛骨，人們認為這不是普通牲畜的骨頭，便把它們叫「龍骨」。但當時沒人注意刻在上面的「花紋」，並不知道這些奇怪骨頭的神祕之處，只知「龍骨」可以治病，便紛紛挖掘，並以每斤六文的價格賣給藥鋪，

一、甲骨文驚豔「現身」

藥鋪再將其研磨成粉狀或碎塊出售。因此，人們在藥鋪所見的藥材「龍骨」，通常是已加工好的粉末、碎塊，想透過買藥發現甲骨文，著實是有點困難的。那麼這些刻劃在「龍骨」上的古老文字，究竟是怎樣被發現的呢？

原來是19世紀末，一批古董商將這些帶字的甲骨運到北京、天津等地販賣，引起了金石學家王懿榮、王襄等人的注意。他們經過研究，認定甲骨上的符號是比大篆、籀文更早的文字，這才有了甲骨文這個古老文字的面世。

王懿榮（圖2-1），山東福山（今煙臺市福山區）人，清代著名的金石學家，酷愛收藏古董。清光緒二十五年（1899年），時任國子監祭酒（當時最高教育機構的負責人）的王懿榮，發現了這些龍骨上刻的「花紋」，常年接觸金石文字的他，認為這並非隨意的刮痕，更像是一種有序編排的符號。但這些符號代表什麼呢？這引起王懿榮極大的好奇，他透過對比自己收藏的古文字，初步判定這也是一種古老的文字，而且是一種比篆文和籀文更古老的文字。王懿榮由此成為甲骨學史上第一個鑑定並有意識收藏甲骨的人，被海內外學者尊為「甲骨文之父」。他判定甲骨上的文字是此前從未見過的古老文字，但這些文字到底有多古老？究竟屬於哪個時代？在當時不得而知。

圖2-1　王懿榮像

071

第二章　一片甲骨驚天下

為了獲得答案，王懿榮開始大量購買甲骨，進行研究，僅1899年一年，王懿榮就從古董商那裡重金收購了1,500多片甲骨。與此同時，在天津的王襄和孟定生也開始購買、收藏甲骨。後來，劉鶚、端方等人也收藏了很多甲骨，不少達官貴人和學者也競相收購，甲骨文的身價增至「每字酬以價銀二兩五錢」。就這樣，甲骨由入藥的「龍骨」，一躍成為萬眾矚目的文化珍品。

這些刻有神祕文字的甲骨承載著一段文明記憶，而在探究這些遙遠記憶的過程中，又有無數人物的悲歡離合成為新的記憶。就在甲骨文發現的第二年，八國聯軍入侵北京。王懿榮堅持抵抗，無奈寡不敵眾，投井殉國，悲壯地結束了生命。王懿榮死後，他的次子要變賣家中文物。劉鶚聞訊趕來，買走王懿榮所藏的大部分甲骨，成為第一個獲得甲骨文研究成果的人。

劉鶚是江蘇丹徒（今鎮江）人，清末著名小說家，痴迷於收藏古董，喜好金石、碑帖、字畫等。他在收購王懿榮所藏甲骨後，又透過各種途徑蒐集甲骨，前後共得5,000多片。光緒二十九年九月（1903年10月），他挑選了1,058片甲骨拓印，集錄成《鐵雲藏龜》一書（圖2-2）。為什麼叫《鐵雲藏龜》呢？「鐵雲」是什麼？「龜」又是什麼？原來，劉鶚字鐵雲，而劉鶚把自己蒐集的甲骨叫「龜版」，這個書名用今天的話來說，就是「劉鐵雲收藏的『龜版』」。《鐵雲藏龜》是中國第一部甲骨文著作，是當時蒐集甲骨文最多的一部書，劉鶚成為第一個把甲骨上的文字收錄於書並公諸於世的人。而且，劉鶚在這本書的自序中提出甲骨文是「殷人刀筆文字」，第一次將甲骨文確定為商朝遺物，這個觀點在之後的研究中逐漸被證實。

一、甲骨文驚豔「現身」

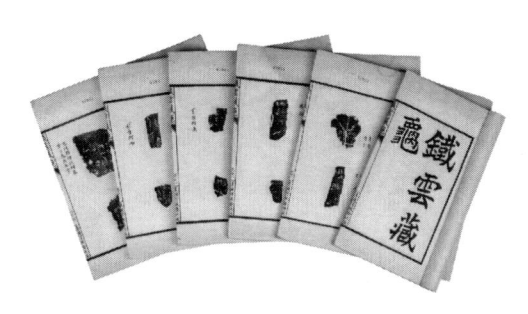

圖 2-2 劉鶚像與《鐵雲藏龜》

甲骨文的發現結束了甲骨的「藥材」時期，讓甲骨的真正價值得以發掘，也讓塵封於歷史長河的商周記憶重煥光彩。甲骨文記載的歷史，可以印證一些傳世文獻的內容。如司馬遷的《史記》，是中國歷史上第一部紀傳體通史，但史學界曾一度對《史記》所記載的歷史真實性有所懷疑。著名學者王國維在研究甲骨文時，無意間發現甲骨片上記載的商公、商王的排列順序與《史記·殷本紀》一書的記載大體上一致，這證明了《史記》並非「亂編」，其中記載的商代歷史雖有錯漏，但大體上可靠，是一部可以放心使用的史書。王國維這種把傳世文獻與出土文獻互相印證的研究方法（簡稱「二重證據法」）備受推崇，在學術界廣為流傳。

2. 追蹤甲骨文之「家」

清代末年，甲骨已成為價格不菲的珍品，為了囤積居奇、牟取暴利，古董商謊稱甲骨是在河南湯陰羑里、朝歌、衛輝等地出土，對其真正的出土地嚴加保密。受此影響，劉鶚在《鐵雲藏龜》的自序中也認為甲骨文的出土地為河南湯陰，但也有人懷疑，還有人親赴湯陰而並未找到

第二章 一片甲骨驚天下

甲骨，因而甲骨文出土地在當時是一大謎團。

想揭開這個謎團，就要介紹甲骨學史上另一位有名的學者——羅振玉。

羅振玉，號雪堂，浙江上虞人，是當時的金石學家，擅長考古學、文物鑑定和金石文字。他是繼王懿榮、劉鶚之後，又一位在甲骨文蒐集和流傳方面作了許多貢獻的學者。1901 年，劉鶚將甲骨文拓本帶到江南，羅振玉在劉鶚家第一次見到這些甲骨文字，驚詫這是「自東漢許慎以來未見之奇寶」，提議劉鶚編印《鐵雲藏龜》，並為這本書寫了序文。此後，羅振玉對甲骨文越發感興趣，先後收購甲骨過萬片，並多次派人查詢甲骨來源。為了證明甲骨出土地的真偽，他親自去河南湯陰考察。在甲骨文發現十年後的 1908 年，他終於從一名古董商口中得知甲骨真正的出土地——河南安陽小屯村。這個村子到底有何神奇之處？為何能在這裡發現如此多的甲骨？原來，安陽是在秦大一統後才更定的名字，而它在更為古老的商代叫「殷」，是商朝後期的都城。一切真相大白，隱藏於甲骨背後、曾經失落的殷商文明，初露端倪。

西元前 14 世紀左右，商朝出現一位傑出的國王——盤庚，他帶領臣民開始一次宏大的遷都之旅，西渡黃河來到安陽小屯一帶，這就是我們熟知的「盤庚遷殷」。此次遷都後，殷城的規模不斷擴大，宮殿越發宏偉，殷成為商朝政治、經濟中心。商朝政局穩定，逐漸發展強盛，在此共傳 8 代、12 王，歷時 273 年之久，後人將這段時期稱為「殷商」。其間，商代的文化越發繁榮，占卜文化就是其中重要的一環，崇尚鬼神的殷人，在占卜中催生了甲骨文，甲骨文又反過來記載了這段文明。直至西元前 1046 年，武王伐紂，滅掉商朝，曾經繁華的殷都被摧毀，成為一片廢墟，一切灰飛煙滅。在春秋戰國時期，這裡曾因地勢平坦，被視

一、甲骨文驚豔「現身」

為理想的諸侯會盟之所，有兩位叱吒風雲的人物曾在這裡盟誓。據《史記‧項羽本紀》記載，項羽在漳水之南大敗秦軍，秦將章邯請求議盟，項羽便與他約定在「洹水南殷虛上」。此後，這裡或被闢為農田，或被徵為墓地，在歷史的長河中銷聲匿跡，再不為人所聞。直到清末，甲骨文出土，作為甲骨的出土地，這個小小村落的名聲，再次顯赫起來（圖2-3）。

圖2-3　殷墟遺址

得知甲骨的出土地後，羅振玉派人前去小屯調查並蒐集甲骨，這個過程也讓他們更加確定安陽小屯就是甲骨之「家」。1911年，他派弟弟羅振常等到小屯找當地農民收購甲骨。羅振玉囑咐他們要「兼收並蓄」、「骨屑不遺」，盡可能多蒐集甲骨。在他們收購甲骨的過程中，還發生了不少趣事。據說有位村民家中藏有一片「甲骨之王」待價而沽，這片甲骨長22.5公分，寬19公分，上面刻有百餘字，字跡清晰。羅振常等人為了購買這片「甲骨之王」和村民鬥智、鬥勇，在不斷加價後，這戶人家依然不想出售，他們見狀，便使出一招「欲擒故縱」，假裝要離開。最後，這戶人家在祕密商討後，終於決定用他們想買的一塊地的價格，作為這片甲骨的價格，售出了這片「甲骨之王」（圖2-4）。

075

第二章　一片甲骨驚天下

欲擒故縱，佯裝放棄「甲骨之王」，全家開會，祕密商討定其價
圖2-4　智購「甲骨之王」

　　就這樣，羅振玉得到了更多的甲骨，並從中選出 3,000 多片製成拓本，編成《殷虛書契前編》二十卷。1915 年，羅振玉又親自去小屯村調查並收購甲骨，經過調查，羅振玉驗證了十多個商代晚期的帝王廟號，斷定甲骨文是商代晚期王室占卜留下的文物，也開啟了用甲骨文資料研究商代歷史的先河。此後，他又反覆研究，精選甲骨拓片，編印了《殷墟古器物圖錄》，為甲骨文的蒐集、拓印和流傳，作出了巨大的貢獻。羅振玉總共蒐集了三萬多片甲骨，在他死後，這些甲骨都散佚了，直到後來才重新找回。

3. 河南殷墟的甲骨文

　　甲骨文出土地的確定，開啟了甲骨文的「私人挖掘時期」，這期間共挖出甲骨 10 多萬片，有不少甲骨被賣到國外。私人挖掘並非科學的考古挖掘，伴隨甲骨出土的其他遺物，以及甲骨的出土環境等科學資訊，都遭到破壞。為改變這個現狀，從 1928 年開始，中央研究院歷史語言研究所（簡稱「中研院史語所」）利用現代考古技術，在殷墟組織大規模科學發掘工作，為殷商考古學研究開創先河。直到 1937 年抗日戰爭全面爆

發，考古挖掘工作被迫暫停。目前所發現殷墟帶字甲骨的數量，已有 16 萬片之多。接下來我們就跟隨考古隊，了解殷墟甲骨文發掘過程中不可不知的三次重要發掘。

殷墟重要發掘之一 —— 1936 年 YH127 甲骨坑的發掘

1928 年 10 月到 1937 年 6 月，中研院史語所對殷墟進行了 15 次發掘，獲得了輝煌的成績。這期間總共獲得有字甲骨 24,922 片。此外，還發現了殷王陵、宮殿宗廟基址等多處重要殷商遺跡，並出土了大批精美銅器、玉器、象牙、白陶等珍貴文物，可謂琳瑯滿目。

最值得一提的是，在殷墟第十三次發掘時，發現了一座巨型甲骨窖穴 —— YH127。這個甲骨窖穴位於小屯村北，裡面共有 17,096 片帶字甲骨，占殷墟發掘出土甲骨總量的一半以上，其中完整甲骨將近 300 片，是殷墟甲骨發掘史上，發現甲骨最多的一次，堪稱奇蹟。

河南 6 月的天氣已經十分炎熱，1936 年 6 月 20 日這天，就在考古隊決定結束這次挖掘，並進行收尾工作時，突然發現一整坑甲骨。圓形坑上還有一個蜷縮的人架，軀體大部分壓在龜甲之上，只有頭和上軀在甲骨坑以外。這些甲骨究竟是出於什麼目的而集中存放的呢？是商代的檔案庫，還是不為人知的集中埋藏？甲骨的整窖埋藏引起考古學家們的巨大興趣，他們對這個發現驚喜不已，很快，這個消息也引起社會各界的轟動。

學者們經過研究，認為商代人有「龜藏則不靈」一說，用於占卜的龜甲不能長期使用，所以進行集中埋藏的原因，很可能是有意拋棄，而甲骨坑上的人架，則很可能就是整治這些甲骨的巫師。在這個坑內，人們有很多全新的發現，例如，發現了帶有毛筆書寫字跡的甲骨，以及塗

第二章　一片甲骨驚天下

朱、塗墨的甲骨。甲骨文中就有「筆」字和「冊」字，分別寫為 𝕒 和 ⋕，很顯然，甲骨文中的「筆」字像手持毛筆書寫的樣子，「冊」字則像用線串起來的一排竹簡。《尚書》中也曾記載：「唯殷先人，有典有冊。」據此可以推測，在殷商時代就已有毛筆和簡冊了，但由於竹簡易腐爛，年代又太過久遠，至今都沒有發現商代竹簡。這次甲骨坑內集中出土的幾版墨書甲骨，證明了這個推測的正確性，也便於學者對當時的毛筆書寫情況進行觀察、研究。至於塗朱、塗墨，是指殷人在甲骨上刻字後還塗以朱或墨的特殊現象，但究竟為何如此，至今未有滿意的答案。

殷墟重要發掘之二 —— 1973 年小屯南地甲骨的發掘

1950 年，考古發掘團前往安陽，開展大規模科學發掘工作。

其中，小屯南地甲骨的發掘是 1970 年代最值得一提的發掘，也是甲骨發掘中的又一次重大發現。1972 年 12 月，有農民在小屯村南的公路邊取土時，偶然發現了甲骨，便交給考古隊，於是考古隊在 1973 年前往小屯村南，先後進行了兩次發掘，共發現甲骨 5,041 片，其中有字的甲骨多達 4,589 片。這是繼 YH127 坑甲骨大發現之後，第二次大批發現的甲骨。這批甲骨記載的內容十分豐富，很多現象是以往甲骨文所未見的，更可貴的是，它們都有明確的地層關係，為甲骨的分期斷代提供寶貴的證據。

殷墟重要發掘之三 —— 1991 年 H3 甲骨坑的發掘

在 1986 年到 2004 年中，甲骨發掘又迎來了繼 YH127 坑、小屯南地甲骨之後的第三次重大發現 —— H3 甲骨窖穴的發掘。

1991 年 10 月，考古隊在殷墟花園莊東地驚喜地發現了一座甲骨坑，它就是 H3 甲骨窖穴。這是一個長方形窖穴，裡面共有甲骨 1,583 片，

其中有字甲骨689片。考古隊借鑑之前的處理方法，將整坑甲骨連土挖掘，裝在箱子中，運回考古工作站進行室內清理。在這個坑內，甲骨擺放層次分明，共分四層。據推測，這個坑可能是專門為了埋藏甲骨而挖，屬於有意埋藏的甲骨窖穴。此外，這批甲骨涉及的內容豐富，其中刻有刻辭且刻辭完整的就有300多版，還有很多大版龜甲，上面的刻字規範，工整秀麗。

殷墟甲骨的發掘工作可謂收穫滿滿，3,000多年前古老文字的「封印」，被一層層剝落，重新煥發出奪目的光彩。這一次次甲骨發掘工作推動甲骨文的研究不斷深入，促成了甲骨學這門新學科的創立和發展。

甲骨文作為中華文化最早的系統文字，是中華民族優秀的文化藝術瑰寶。小小的一片甲骨，喚醒了曾失落3,000多年的古代文明，蘊含著豐富的歷史文化資訊，使中華民族的文脈得以進一步生發、延展。甲骨文是中華民族古老的文化基因，甲骨文的發現，有利於研究商代歷史、了解中華文化，具有非常重要的價值。

二、認識甲骨文

《禮記》記載：「殷人尊神，率民以事神，先鬼而後禮。」占卜貫通商代整個社會，極度崇尚鬼神的商人，希望透過占卜的方式，達到人神之間的溝通，而用甲骨占卜並刻卜辭，則是商朝王室和貴族的特權。甲骨文是殷人刻寫在龜甲和獸骨上的占卜紀錄，是在商王及貴族與鬼神互通的「信件」上留下的古老契刻，透露著先民造字的玄妙。方塊漢字將古人擁有的智慧發揮得淋漓盡致，永久地傳承著中華文明的記憶。

謎一樣的商代都城，謎一樣的龜甲文字，它們為誰而刻？又由誰而

刻？這些刻滿文字的甲骨，究竟該如何解密？甲骨文作為迄今為止中國最早的文字系統，是一種單純的象形文字，還是兼有其他構造？是一字一音，還是只能意會不能言傳？這一個個謎團，需要我們一步步解開。

1. 整甲治骨，製人神之媒介

從商代遺留下的物質文化來看，商代是一個鬼神觀念很強的時代，商王要透過占卜來指導一切活動，商代王室占卜的儀式自然也非常隆重。占卜的儀式中，有專門管理占卜的人，所有用來占卜的甲骨，都要事先經過嚴格而神祕的處理，對甲骨進行特殊加工製作的這個過程，也叫「甲骨卜前的整治」，是占卜的準備階段。商王和貴族用來占卜的龜甲和獸骨，主要是龜腹甲和牛肩胛骨，也有少量龜背甲及羊、鹿、豬等的肩胛骨。此外，商代甲骨中還存在少數不具占卜性質，只是記錄某件事情的記事刻辭，這些刻辭偶見於人頭骨、牛頭骨、鹿頭骨、虎肋骨、象骨等。

整治的過程包括取材、削鋸與刮磨、製作鑿鑽等流程。經過整治的甲骨，才能進行下一步施灼、呈兆等占卜工作。整治過的甲骨不一定全用於占卜，用於占卜的才是我們通常所說的「卜甲」、「卜骨」；而經過整治但未用於占卜的甲骨，只能稱為「骨料」。據古籍記載和殷墟出土的實物推測，殷人整治甲骨大致有如下三個步驟：

取材

收取龜、骨等占卜用材料，剔肉留骨，清洗乾淨。占卜用的甲骨材料，除安陽當地所產之外，還有各地的進獻。據《周禮》記載，占卜用龜多在秋天由南方進貢而來。在取材的過程中，設有專門的「龜人」，負責

取龜、殺龜。《周禮・春官宗伯》記錄龜人的職責是「取龜用秋時，攻龜用春時」。「取龜」就是抓龜，因為萬物秋成，這時的龜最適於占卜之用；「攻龜」就是殺龜，春天將龜殺死，將烏龜的頭、腳、內臟、血肉剔除乾淨，使之成為龜甲空殼（圖 2-5）。《周禮・春官宗伯》又有「上春釁龜，祭祀先卜」的記載，其中的「釁」，是殺牲用血祭之，即在「攻龜」之前，還要舉行祭祀儀式，祭祀以後，才可以把龜殺死。最後，由專人把這些空龜殼儲藏起來，以備再進行削鋸、刮磨等流程。

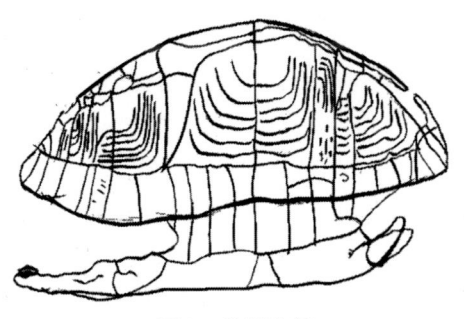

圖 2-5 龜甲空殼

在殷墟科學發掘過程中，就曾發現儲藏龜料的地方，裡面有大小不一、數百隻腹背完整的龜甲，這些應該就是在春天「攻龜」後留下的骨料。至於牛胛骨原料，在考古發掘中，也發現了專門的儲存場所。這些都可以說明當時整治甲骨中收取龜、骨材料並進行清理是重要的一步，並有專門場所集中收藏這些清理乾淨的骨料。

削鋸與刮磨

清理後的龜甲和獸骨還要削鋸、刮磨，使之平整，便於鑽鑿和刻辭。龜殼的削鋸，首先是從背甲與腹甲的連線處（即「甲橋」）鋸開，修整外緣，使之成平整的片狀。占卜多用龜腹甲，但有時也用背甲，背甲較大的，則需從中脊鋸開，使之一分為二。在第 13 次殷墟科學發掘時，

第二章 一片甲骨驚天下

發現一種「改裝背甲」（圖2-6），是在剖開龜背甲後，又鋸掉中脊凹凸較大的部分和首尾兩端，形成鞋底形，有的中間還有圓孔，其作用是便於穿繩儲存。削鋸後，再刮磨使龜甲平直，刮磨時先刮掉龜甲表面的鱗片，並將下面留有的裂紋刮平，以便見兆和刻辭；然後再刮磨龜甲正反面不平的地方，使之厚薄均勻，表面平滑光潤。鋸磨好的卜甲各部分都有術語，甲與甲接合處叫「齒紋」，龜版的碎裂，往往都在有齒紋的地方。龜腹甲中間的一條紋路叫「千里路」，兩邊各分左右，龜腹甲以齒紋為界，各部位的名稱如圖2-7。

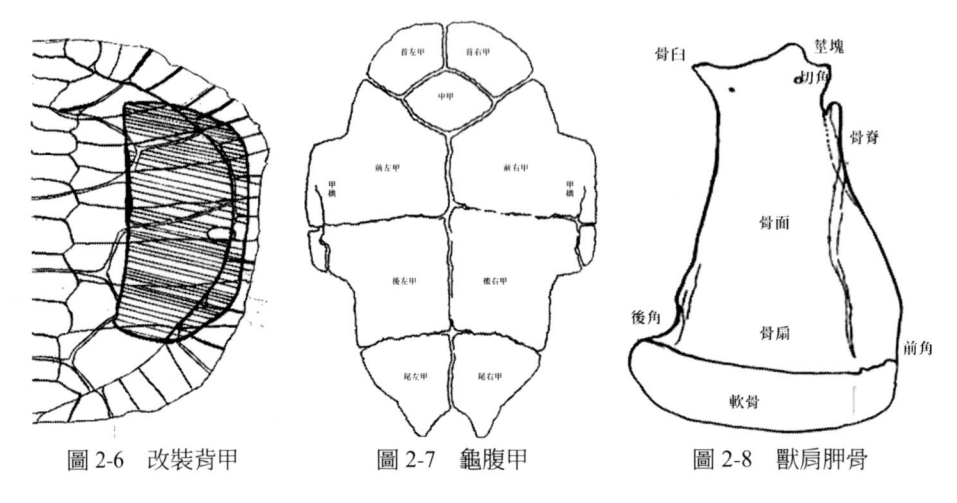

圖2-6 改裝背甲　　圖2-7 龜腹甲　　圖2-8 獸肩胛骨

殷人所用的卜骨，大多數是牛肩胛骨，它的結構很簡單，主要分骨臼（關節凹窩）、莖塊、骨脊、骨面四部分。在削鋸過程中，要鋸掉莖塊，削平骨脊，軟骨及骨內所含的脂肪也要去除。然後將骨臼部分鋸掉一半或1/3，再將突出的臼角向下、向外切，成為90°角的缺口。最後將骨脊削平，刮磨平滑。這樣處理後的肩胛骨，就像一把扇子，所以也俗稱「扇子骨」。我們通常將無骨脊的一面稱為正面，有骨脊並施以鑿、鑽的一面稱為反面；胛骨正面右邊切去臼角的是右胛骨，反之為左胛骨。卜骨各部位名稱如圖2-8。

製作鑿鑽

在甲骨背面進行鑿鑽，以便占卜燒灼甲骨時在正面呈現兆紋。

製作鑿鑽是為了占卜時在鑽處灼燒，呈現兆紋，而兆紋是判斷吉凶的根據。鑽，是指在甲骨背面鑽出圓形的凹槽。鑿，是指在鑽孔的一側鑿出棗核形或長方形的凹槽（圖2-9）。《荀子‧王制》稱：「鑽龜陳卦。」《韓非子‧飾邪》說：「鑿龜數筴。」這些都說明，在占卜前，還要對龜殼進行鑿、鑽處理。學者們研究發現，甲骨進行燒灼之處，一定是先鑿後鑽，只鑿不鑽和只鑽不鑿的都很少。

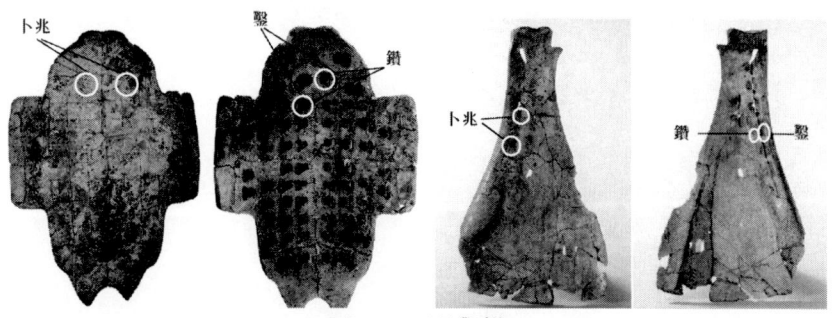

圖2-9　甲骨鑿鑽

鑿、鑽一般以龜甲反面的「千里路」為軸，左右對稱地錯落分布（圖2-10），先鑿後鑽，整齊有序，均不穿透正面。

先鑿一棗核形，兩尖頭連線刻成一直線，再在鑿旁施一圓鑽，鑽底較平。通常腹甲的鑽鑿是相對的，即左右兩半，鑽、鑿數目相等，左邊的鑽鑿一般是鑿在左，鑽在右；右邊相反，但也有少數鑽、鑿分布不對稱的。牛胛骨背面的鑿、鑽，多在卜骨外緣較厚處的一側，左胛骨的反面，鑽在鑿之右，右胛骨反之。每版甲骨的鑽鑿數量不定，少者幾個，多者幾十，乃至一、二百。

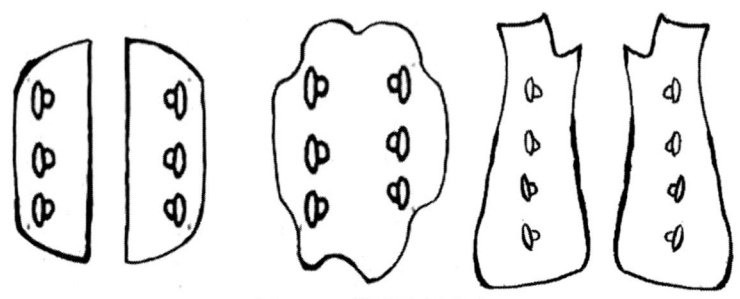

圖 2-10　鑿鑽孔洞分布

　　甲骨經過取材、削鋸與刮磨、製作鑿鑽等流程後，就算整治完畢，可供占卜之用。整治後的甲骨成品，由管理占卜的人保管，保管者還要刻上名字，這種簽字，叫「署辭」。

2. 占卜刻寫，通神靈之意旨

　　整治後的甲骨就可以用來占卜了。商代占卜的過程究竟是怎樣進行的呢？我們結合先秦古籍中有關古代占卜用龜的記載，以及出土的甲骨實物，可以大致還原出商代占卜的過程。簡單來說，是先拿出整治好的甲骨，施灼呈兆，判斷吉凶，然後把所問之事契刻（或書寫）在甲骨上。但實作中卻有很多細節。

　　《周禮・春官宗伯》就有關於燒灼甲骨以占卜的記載，如「菙氏，掌共燋契以待卜事」，就是燒灼甲骨以用於占卜。其中「燋」，現在叫「炭」，採來的散木是樵，火燒而焦是「燋」，「炭」即「燋」的異名。又有「凡卜事，視高，揚火以作龜，致其墨」，其中「揚火作龜」，即用炭火燒灼甲骨背面。可見，在占卜時，卜者燃燒荊枝，吹成熾炭，直接灼於鑽鑿好的甲骨背面。出土的甲骨雖經 3,000 多年的掩埋，但甲骨上這些燒灼的痕跡仍清晰可見，且能看出燒灼之處火力非常集中：有鑽鑿的甲骨，炭火集中在鑽處燒灼；有鑿無鑽的，炭火在鑿旁靠近中縫一側燒灼。因

二、認識甲骨文

鑽鑿處比其他部分薄，燒灼時甲骨受熱，各處厚薄不同而冷熱不均，鑽鑿處率先爆裂，使甲骨的正面呈現出「卜」字形的裂痕（圖2-11）。甲骨文中的「卜」字，就是由此象形而來，「卜」字的讀音也是描摹甲骨受熱爆裂時發出的聲音。此外，在灼龜時，占卜的人要一邊祝禱，一邊述說所要占卜的事。

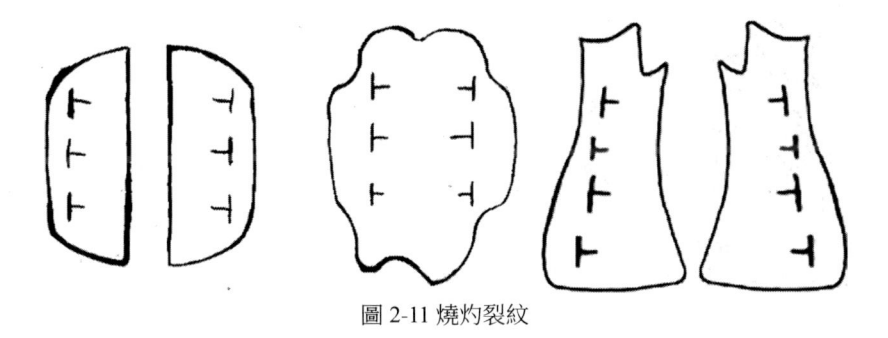

圖2-11 燒灼裂紋

燒灼完龜甲後，因灼處總緊靠著鑿旁，甲骨正面必顯出「卜」字形裂痕，也就是兆象，稱為「兆」，其中豎紋叫「兆幹」，橫紋叫「兆枝」（或稱「坼」），占卜者要據此判斷吉凶。至於什麼樣的兆象為吉、什麼樣的兆象為凶，解釋兆象的確切方法，如今已無從得知。但甲與骨的卜兆，大致都有一定的方向，其原則是：龜甲以中縫或中脊為標準，無論腹甲或背甲，左甲或右甲，兆枝一律朝向中脊；胛骨的兆枝一律向有脊骨（骨臼切口）的一邊。甲骨上兆枝的走向，在殷墟出土的卜甲、卜骨中已成標準，但胛骨的卜兆方向不如龜甲的嚴謹，存在例外。

值得一提的是，甲骨文中的「貞人」問題，這個問題最早由考古學家董作賓發現。「貞」字本義為占卜、卜問，甲骨文中寫為「𩁹」，曾一度被認為是一種與祭祀方法相關的特殊名稱。但董作賓研究發現，有時甲骨文中「貞」字後面的文辭完全一樣，但其前面的字會時常變化，這種變化跟卜兆無關。董作賓據此判斷，「貞」之前的字應是具體占卜的人名，

第二章　一片甲骨驚天下

它跟「貞」字一起出現，便稱其為「貞人」。董作賓的「貞人」說，是一個重大發現，在甲骨學史上具有劃時代意義。學者們在已出土的甲骨中，發現了128位貞人的名字，並透過對貞人的研究，考證出這128位貞人存在於200多年的時間裡，由此證明《史記》中關於盤庚遷都後，商王朝存續時間的正確性。透過這些貞人，也讓3,000年後的人們了解到這個藏於時間背後的偉大時代。

甲骨呈現卜兆後，卜問過程就結束了，但還要把卜問的相關內容刻寫在甲骨上，這就是我們常說的「卜辭」。卜甲和卜骨上的文字多是契刻而成，劉鶚在《鐵雲藏龜》的序中就稱甲骨文為「殷人刀筆文字」，學者們也稱其為「契文」或「骨刻文」。但當時刻寫文字所用的工具是什麼呢？學者們在安陽殷墟考古發掘的遺物中找到答案──青銅刀、青銅錐和玉刀。青銅刀可供契刻甲骨文字之用，青銅錐可刻劃細線。在安陽出土了與現在刻字所用的小刀很像的小銅刀、小銅錐，還有鑄造精緻的立鳥形銅刻刀等；而出土的碧玉刻刀，應是模仿當時實用刻刀而做，至今依然鋒利。這些大概就是殷人契刻文字的工具（圖2-12）。不過普通玉料較脆，刀刃鋒利、極易折斷，難以掌握，且其磨製加工較青銅刀的鑄造難度大。在鑄銅技術發達、用青銅刀刻字的條件已完全具備的情況下，玉刀雖有使用，但並非主要的刻字工具。

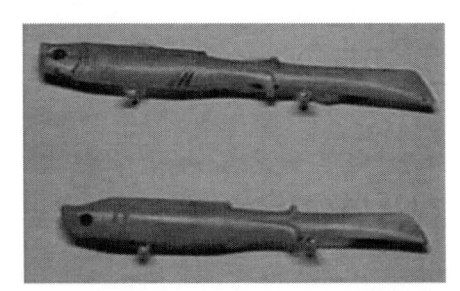

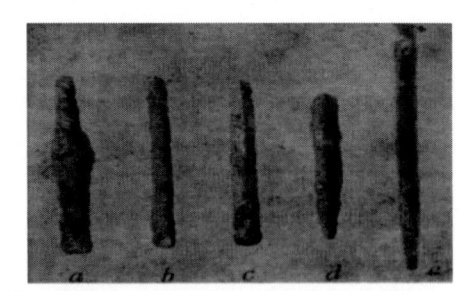

圖2-12　甲骨文刻刀

二、認識甲骨文

施灼問卜，並將卜辭契刻在甲骨上後，占卜就徹底結束了，卜用後的甲骨，就可以進行入檔等處理，甲尾刻辭中的「某入」，即是說明甲骨入檔的情況。這些甲骨文字讓人們了解一個久遠的年代，但應注意的是，甲骨上的刻寫並非當時唯一的書寫方式，而是一種很罕見、特殊的書寫方式，商代主要的書寫工具應是毛筆和簡冊。

3. 排行布版，明甲骨之體例

想讀懂甲骨上刻寫的神祕占卜活動的內容，首先要知道卜辭的體例。殷人占卜有一定的程序，其刻寫卜辭也有一套固定不變的格式或體例。只有了解這些甲骨文的體例，我們才能通讀甲骨上的文字。這套固定不變的格式或體例，通常是：

某某日卜，某史官（有時是殷王自己）貞問，要做某事，是吉？是不吉？某月。

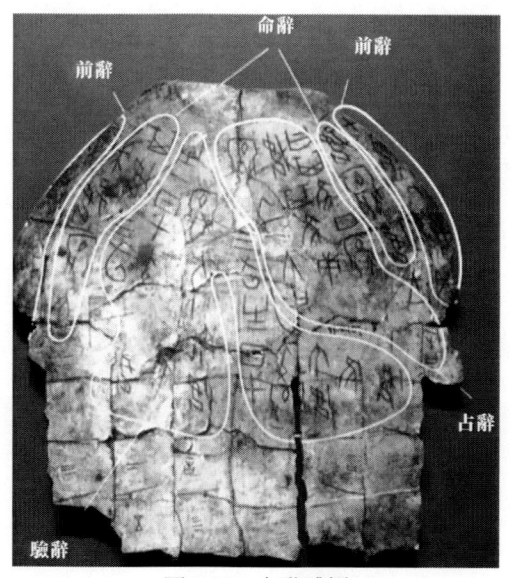

圖 2-13　卜辭體例

第二章　一片甲骨驚天下

　　如果日後應驗了，還要把應驗情況補刻上去。所以，一條完整的卜辭，常由以下四個部分組成——前辭（也稱敘辭或述辭）、命辭（也稱貞辭）、占辭、驗辭，這四部分多對稱分布於甲骨之上（圖2-13），其在甲骨上的大體位置及所敘述的主要內容，見表2-1。

表2-1 卜辭的組成及所敘述的內容

卜辭組成	卜辭敘述的內容
前辭	記錄占卜時間、地點和占卜者
命辭	命龜之辭，記錄要貞問的具體事情
占辭	根據兆紋所呈現的占卜結果，進行吉凶判斷
驗辭	記錄占卜過後的應驗情況

　　值得注意的是，前辭中占卜時間是用天干、地支，命辭中貞問的具體事情，往往是從正面、反面各貞問一次，即「正貞」、「反貞」。並不是每條卜辭都包含這四部分，很多卜辭只有其中幾個部分，較常見的是只有前辭和命辭，有的甚至只有其中一部分。此外，殷人有時用幾塊不同的甲骨貞問同一件事，將卜辭分別刻在幾塊不同的甲骨上，但內容都相同，稱為「成套卜辭」。

　　了解卜辭體例後，還需要知道甲骨文是按照什麼順序書寫的，這直接決定我們以什麼順序釋讀卜辭。

　　傳統的書寫體例，一般是「自上而下、自右而左」（即「下行而左」）的直書，今天一些書法等藝術作品中，仍保留直書的傳統，這個傳統其實可以追溯到殷商時代。但在刻寫卜辭時，這種體例完全被打破，改為「下行而左」與「下行而右」相對稱的書寫方法（圖2-14）。卜辭的這種特殊的文例，不是為了書寫的便利，而是與占卜所得的卜兆相關。

二、認識甲骨文

圖 2-14　卜辭版式

　　卜兆一般左右對稱，因此刻在卜兆旁邊的卜辭，就向內對稱，迎著卜兆的方向刻辭。如龜腹甲卜兆內向對稱，右半甲卜兆向左，卜辭右行；左半甲卜兆向右，卜辭則左行。龜背甲雖一剖為二，其卜兆、卜辭的情況與腹甲同。迎著卜兆方向刻辭，叫「迎兆刻辭」。但龜甲首尾及左右兩橋邊緣上的卜辭，大都由外向內，即在右者左行，在左者右行，與前例相反，是順著卜兆方向刻辭的，叫「順兆刻辭」。若是牛胛骨，右骨的卜兆向右，卜辭左行，左骨的卜兆向左，卜辭右行；唯近骨臼的一端，刻辭左右行，也相對稱，不拘前例。但這都是就大體而言的，無論龜甲、牛骨，卜辭的刻寫都有例外。

　　我們列舉兩條卜辭，這兩條卜辭分別是占卜有無災禍和生育情況的較為典型的例子，且是較為罕見的前辭、命辭、占辭、驗辭四部分都齊備的卜辭。透過通讀卜辭，可以進一步體會卜辭的文例和卜辭體例各部分的作用。

　　如圖 2-15 的正面甲骨，中間部分的卜辭為：「癸丑卜，爭，貞：『旬亡禍？』王固（业乃）曰：『（有）祟有夢。』甲寅允有來艱，左告曰：『有往芻自益，十人又二。』」（表 2-2）

第二章 一片甲骨驚天下

圖 2-15

表 2-2　圖 2-15 甲骨卜辭釋文及譯文

卜辭組成	卜辭釋文	卜辭譯文
前辭	癸丑卜，爭	癸丑日占卜，貞人為爭
命辭	貞：「旬亡禍？」	卜問：「下一個十天之內沒有災禍吧？」
占辭	王固曰：「（有）祟有夢。」	商王觀察卜兆後推斷：「一定會有災禍，一定會有噩夢。」
驗辭	甲寅允有來艱，左告曰：「有往芻自益，十人又二。」	占卜之後的甲寅日，果然發生了不好的事情，諸侯左報告說：「從益地逃跑了十二個畜牧的奴隸。」

又如圖 2-16 中有兩條卜辭，一條前、命、占、驗四部分都具備，一條只具有前、命、驗三部分，這兩條卜辭分別是從正面和反面貞問婦好分娩一事，即對同一事件的「正貞」和「反貞」。（表 2-3）

二、認識甲骨文

圖 2-16

右半邊「正貞」卜辭:「甲申卜,殼(ㄑㄩㄝˋ),貞:『婦好娩,嘉?』王固曰:『其隹丁娩,嘉。其隹庚娩,引吉。』三旬又一日,甲寅,娩,不嘉。隹女。」同片甲骨左半邊「反貞」卜辭:「甲申卜,殼,貞:『婦好娩,不其嘉?』三旬又一日,甲寅,娩,允不嘉。隹女。」

表 2-3　圖 2-16 甲骨卜辭釋文及譯文

右半邊卜辭組成	卜辭釋文	卜辭譯文	左半邊卜辭組成	卜辭釋文	卜辭譯文
前辭	甲申卜,殼	甲申日占卜,貞人殼	前辭	甲申卜,殼	甲申日占卜,貞人殼
命辭	貞:「婦好娩,嘉?」	卜問:「婦好要分娩了,會生男孩嗎?」	命辭	貞:「婦好娩,不其嘉?」	卜問:「婦好要分娩了,不會生男孩嗎?」

091

第二章 一片甲骨驚天下

右半邊 卜辭組成	卜辭釋文	卜辭譯文	左半邊 卜辭組成	卜辭釋文	卜辭譯文
占辭	王固曰：「其隹丁娩，嘉。其隹庚娩，引吉。」	商王觀察卜兆後推斷：「若是在丁日分娩，會生兒子。若是在庚日分娩，則會非常吉利。」			
驗辭	三旬又一日，甲寅，娩，不嘉。隹女。	占卜後過了三十一天，甲寅日，婦好分娩，不好，生下了女兒。	驗辭	三旬又一日，甲寅，娩，允不嘉。隹女。	占卜後過了三十一天，甲寅日，婦好分娩，果然不好，生下了女兒。

此外，還有非占卜性的刻辭。如圖 2-17 的卜辭為：「東方曰析，風曰劦。南方曰夷，風曰凯。（西）方曰韋，風曰彝。（北方曰）勹，風曰殳。」這段刻寫於牛肩胛骨上的文字，內容很好理解，記錄了當時東、南、西、北四個方位的神名和風名。在古代，大風的破壞性很強，殷人認為不同方位都有神靈，不同的風也都有神力，他們為不同的風命名，也會占卜風是否會造成破壞。由此也可見，商代對鬼神的崇拜，萬物皆有神靈，事事都要占卜。

圖 2-17

4. 認字識詞，解甲骨之密碼

　　了解卜辭辭例後，就可以按照辭例，一字一句地釋讀甲骨文了。最新統計，甲骨文大約有 4,400 個單字，可識字已超過 1/3。學者們發現，殷墟出土的甲骨文字不但能完整地記錄語言，而且它們脫離原始文字階段、進入成熟已有一段時間，是目前所知最早的、有系統的漢字資料。甲骨文不僅具備象形、指事、會意、形聲等基本結構，還存在假借、轉注等用字方法，可以表達複雜的概念，記載完整的語言；甲骨文的詞性包括名詞、動詞、代詞等，各種詞性幾乎都已齊備。

　　文字具有符號性，若把每個事物的特徵都反映出來，是需要一系列表現形式和一整套構形思路的。而甲骨文作為較為成熟的符號體系，對它的考釋和認讀便存在一定的規律和方法。

形體分析法

　　甲骨文字身的圖形性，決定了它需要組合表達，逐漸發展成方塊字。上文提到甲骨文的四種結構方式是象形、指事、會意、形聲，結合

這個符號體系的特點，根據形體推求意義，就可以了解很多甲骨文。

象形字直接反映客觀事物的形體，只要將其形體與客觀事物相連結，即可推求出其大概意義。如「牛」字甲骨文作「𝍦」「𝍦」，都突顯牛角上指的形狀；而甲骨文中的「羊」字作「𝍦」「𝍦」，突顯的則是羊角向下彎曲的形態，與牛角的形狀不同；「犬」作「𝍦」，是狗尾巴翹起來的形狀，「豬」作「𝍦」，是豬的尾巴下垂形狀。

指事字是藉助象徵性符號表示意義而造的字，一些事物無法用描摹的方法直接反映形狀，要藉助一些指示性的符號來表達。如「𝍦」為甲骨文中的「木」字，若要表達「樹的末梢」義，要在樹木形狀的基礎上，突出其上部枝幹的末梢，在其上部枝幹處加兩筆，提示所要表達的部分是樹枝末梢，寫為「𝍦」。同理，甲骨文中表「腋窩」義的「亦」，寫為「𝍦」，是在一個正面站立的人形的腋窩處點兩點，指出這個部位，表示「腋窩」義；「刃」字甲骨文作「𝍦」，沿「刀」字的刀刃部位加一條曲線，指出所要表示的「刀刃」義。

單純的象形和指事，依然不足以表現複雜的事物，這時可以透過意義的組合、意義和聲音的組合，表達更抽象的概念或與活動相關的意義。對組合而成的字，要先將其分為若干偏旁部件，然後研究部件間的關係，從而了解全字。古文字學家唐蘭先生就由𝍦（斤）這個形體入手，而知曉了甲骨文𝍦（新）、𝍦（兵）、𝍦（折）、𝍦（斦，一ㄣˊ）、𝍦（忻，ㄒ一ㄣ）、𝍦（㫊，一ㄣˇ）等20多個甲骨文字。

會意字是利用已有之字，據事理加以組合而造的字。如「即」字，甲骨文作「𝍦」，由一個盛飯的器皿和一個面向器皿跪坐著的人形組成，表示一個人向著器皿吃飯，由此表現「就食」義，這是「即」的本義；而「既」字甲骨文作「𝍦」，由一個盛飯的器皿和一個背向器皿、吃飽後張著

大口跪坐著的人形組成,表示一個人已經吃完飯,由此表現「盡食」義;「監」字甲骨文作「𥃲」,由一個盛滿水的器皿和一個低頭看向滿是水的器皿的人形組成,表示一個人透過器皿的水照鏡子,由此表現「觀察、照看」義。

漢字中「聲符」要素的加入,進一步豐富了漢字的區分方法,使語言無論有怎樣的需求,都可以用文字表達出來。不管是實詞還是虛詞,都可以用相應的漢字表達。形聲字的出現,進一步完善了漢字的系統性。如「盂」是古代盛湯漿或飯食的圓口器皿,甲骨文作「𥁕」,由「于」、「皿」組成,從「皿」,表示一種器皿,「于」表聲;「榆」是落葉喬木,甲骨文作「𣐈」,由「木」、「俞」組成,從「木」,表示這是一種樹木,「俞」表聲。

形體分析法實際上就是透過分析構形理據來了解甲骨文,運用這種方式考釋甲骨文,是行之有效的方法,但要對形體仔細審察,了解已經知道的構件形體,分清形近構件間的差別,並結合其他方法和文獻例子。否則就容易穿鑿附會、望文生義,這是甲骨文考釋中的大忌。

通假破讀法

古人使用假借字非常普遍,一些詞有音無字,這時可以用同音字來表示,就算是已有本字的,也常常可以借用音同或音近的字來表示。對於這類字,如果不明假借,就會誤釋或百思不得其解。清代著名音韻訓詁學家王念孫說:「以聲求義,破其假借之字而讀以本字,則渙然冰釋。」這種破解甲骨文中假借之字而讀以本字的破讀法,在甲骨文認讀、考釋中是必不可少的方法,也是前輩學者和甲骨學家的重要經驗。如兩條卜辭分別為:「癸酉貞:『旬亡囚?』」「癸酉貞:『旬亡火?』」其中,「旬亡

第二章 一片甲骨驚天下

囚」較為常見，是占卜時貞問是否會有災禍的常用語，但「旬亡火」卻很難理解，甲骨學家郭沫若就從通假破讀的角度，指出「火」應該與「☒」同，當讀為「禍」，這個問題便迎刃而解。學會運用破讀法，常常會收到意想不到的效果，但這也非靈丹妙藥，必須結合卜辭上下文語境和具體例子，沒有充足的證據，絕不可濫用。

辭例推勘法

辭例推勘法是將某個未識字置於一定的語言環境中，依靠上下文或同類的文例進行推勘，以了解這個未識之字的意義。甲骨文剛發現時，劉鶚、孫詒讓認為干支字中沒有「巳」和「午」二字，但羅振玉透過對甲骨上干支表的內部進行比勘，確定「𠃑」即「巳」，「𠂤」即「午」，並根據干支搭配關係，得知「甲」作「十」，與甲骨文中「七」的字形相同，「壬」作「𠂇」，與「工」的字形相同。在今天看來，這個觀點也是十分正確的。根據文例，雖然能推測出某字的意思，但其中的字詞關係並不一定能夠釐清，如果不能與其他考釋方法綜合運用，也很容易出錯。羅振玉運用辭例推勘法考釋甲骨文時，就有一些失誤，如他認為「𠂇」與「☒」都是「十五」的合文，但郭沫若認為「☒」是「十五」，而「𠂇」應該是「五十」的合文。甲骨中有「狩獲禽鹿𠂇出八」，羅振玉釋為「十五之六」，郭沫若釋為「五十又六」，在今天看來，郭沫若的解釋更為恰當。所以，在運用辭例推勘法時，也要注意與其他方法的結合。

歷史比較法

漢字沿用幾千年，形體發生較大的變化，但從根本上來說，始終一脈相承，形義一般都存在一定關聯。歷史比較法是將不同歷史時期的古文字材料進行比較，將同一個字的金文、戰國文字以至小篆形體排列在

一起，便可發現其中的規律，並透過已知字推測未知字。將未識的甲骨文置於歷史發展的長河中進行考察，可以由上而下順推，也可由下而上逆推。如甲骨文中有「🖾」、「🖾」、「🖾」等字形，都是對有較大權力的人的稱謂，應該是同一個字的異寫字，透過排列比照該字在歷史上的形體演化關係🖾——🖾——🖾——🖾——🖾，基本上能斷定卜辭中的「🖾」、「🖾」、「🖾」，就是「王」字較早的形體，再連結它們的功能，按照「王」去理解，都能解釋清楚，這就可以把它們釋讀為「王」。

又如，卜辭中「🖾」、「🖾」等字很常見，但起初人們並不知道這是什麼字。王國維運用歷史比較法考釋出這一系列字，他認為金文中的「金十🖾」即「金十🖾」，並據《說文》中「鈞」的古文作「🖾」，認為「🖾」、「🖾」即「🖾」字，「🖾」即「旬」字。卜辭的「🖾」有二日，都是在癸日卜，可知殷人應是以自甲至癸為一旬，而在此旬之末，卜下旬之吉凶。《說文》中的「勹」，其實就是這個字，後世不識，便讀為「包」，殊不知「勹」就是「旬」的初字。王國維考訂「🖾」、「🖾」為「旬」後，甲骨文中數以千計的貞旬卜辭便得到正確的解釋，「🖾」三字就是問一旬之內是否有災禍發生的「旬亡囚」。可見，甲骨文「🖾」考訂為「旬」，是透過與《說文》、金文比較，發現「勻」、「旬」通用，「勻」又可作「勹」，而得到證明的。

以上是考釋和認讀甲骨文時最常用到的方法，值得注意的是，每一種方法都不是完全獨立的，要真正了解一個甲骨文，必須綜合使用這幾種方法，並結合這個甲骨文出現在卜辭中的上下文語境，只有這樣，才能將甲骨文的形、音、義、用貫通，才算真正解密了甲骨文。除此之外，甲骨文還有一些較為顯著的特點是應該注意的。

097

第二章 一片甲骨驚天下

文字圖畫性強，筆畫方直纖細

甲骨文中有很多象形字，象形字是透過描摹事物形態的方法而造的字。甲骨文帶有濃重的圖畫特徵，很多字形貌生動，能讓人們留下深刻的印象。但甲骨文並不等同於象形文字，象形只是甲骨文的基本結構之一，象形字也只是甲骨文的一部分。《說文解字·序》中記載古人造字「仰則觀象於天，俯則觀法於地，視鳥獸之文與地之宜，近取諸身，遠取諸物」，可見古人象形造字時並非隨意亂畫，是有一定標準的，其標準就是要選取事物的常態和特點進行造字。這個特點，透過表 2-4 中象形字字例可以較為直觀地感受到。

表 2-4 甲骨文象形字

	楷書	甲骨文	字形分析
自然相關	日		描摹了太陽的輪廓，中間一點表現了太陽耀眼奪目的樣子。
	月		描摹了月缺的常態，取象於彎彎的月牙。
	山		描摹了三座山峰，表現山的眾峰並起、山巒起伏的樣子，古文字中「三」表示數量多。
	水		描摹了一道彎曲的水流，周圍是水滴的樣子，突出了流水彎曲不定的形態。

二、認識甲骨文

	楷書	甲骨文	字形分析
動物相關	虎		老虎齜牙咧嘴的形態，突出其張開的大嘴。
	隹		描摹了短尾鳥的形態。
	馬		突顯了牠的鬃毛，展現馬跑起來鬃毛飛揚的狀態。
	象		突顯了大象的長鼻子這個特點。
器官相關	目		描摹了人眼睛的形狀。
	耳		描摹了人耳朵的形狀。
	齒		描摹了人的嘴巴，並突出了嘴巴中的牙齒。
	止		描摹了一個腳掌和三根腳趾的形狀，用突出的三根腳趾表示所有腳趾。

099

第二章 一片甲骨驚天下

	楷書	甲骨文	字形分析
人體相關	人		描摹了一個側面站立的人形。
	女		描摹了一個跪坐著的人形，雙手交叉，柔順而嫻靜的樣子，像女子的形態。
	走		古文字的「走」是跑義，描摹了一個人形，一隻手臂上舉，一隻下擺，即人擺臂跑步的樣子。
	矢（ㄕㄜˋ）		描摹了一個歪頭的人形，生動地表現了「矢」字的歪頭義。
器物相關	刀		描摹了刀柄和鋒利的刀刃。
	戈		描摹了平頭、橫刃前鋒的古代武器「戈」的形狀。
	酉		描摹了古代酒器「酉」的形狀。
	壺		描摹了古代「壺」這種器皿的形狀。

筆畫方直纖細是甲骨文字形的另一大特點，這是由書寫媒介和書寫工具的特殊性造成的。前文我們已經了解甲骨文刻寫的複雜過程，想要用刀在質地堅硬的龜甲或獸骨上刻寫出柔軟的粗線條是非常困難的。書寫材料和工具的限制，使甲骨上只能生成纖細的硬線條。

甲骨文字形不穩定，異體繁多

　　甲骨文雖說已經是成熟的漢字，但畢竟是漢字的早期形態，與商代文字和小篆等字形比較，文字部件自由，所以字形不穩定、異體繁多的現象非常普遍。這首先表現在甲骨文中，同一個字形的書寫方向不固定，筆畫多少也存在差異，透過上文列舉的一系列字形並不難發現。如，甲骨文的「水」字有單曲線的，也有雙曲線的；甲骨文中三個點可以表示水，四個點也可以表示水，甲骨文中「水」字的多樣，說明甲骨文還不是很具規範。但這些差異可以存在的前提是不影響事物的主要特徵，如「羊」字在甲骨文中有「 」、「 」、「 」這幾種形體，甲骨文的「即」字可以作「 」、「 」，兩個部件的方向可以調換，但這些差異都沒有影響到它們所突出的「羊角」和所表「即食」義的主要特徵。其次，同樣是透過描摹事物的形狀造出的字，卻還有正面、側面的不同，如「龜」字甲骨文寫為「 」、「 」等，分別取形於側面和正面的龜形；「車」字甲骨文作「 」、「 」等，其形體的差別也是取形角度不同造成的。最後，在表達同一概念時，選用的對象不同，同一字可使用不同的部件，同一部件也可以有繁簡的不同。一字可以用不同部件的情況，如「牢」字本義是關養牲畜的圍欄，甲骨文寫為「 」、「 」，可以看出，圍欄裡既可以飼養「牛」，又可以飼養「羊」，都表示關養牲畜的圍欄義；又如表追逐義的「逐」字，甲骨文寫為「 」、「 」、「 」，這些形體都用有腳義的「止」，但用腳追逐的對象可以是鹿、豬，還可以是狗，它們都是表追逐義的

「逐」字的不同形體。值得注意的是，甲骨文這個特點，一定程度上反映了文字在早期形態時存在的一些問題，但這不能否定甲骨文在當時已是一種成熟的、系統的文字，因為甲骨文已有較為充足的區分方法，大體上能夠滿足語言表達的需求。

合文現象

甲骨文中還存在很多文字合寫的現象，即將兩個或兩個以上的字合寫為一個字，稱為合文。合文往往有筆畫的重疊和借用。如十位以上的數字合寫，甲骨文「九十」合寫為「⿰」，其中「十」與「九」字的上面一斜豎重疊；「二百」合寫為「⿱」，其中「二」字的下面一橫與「百」字的上面一橫重疊；「三千」合寫為「⿰」，其中「三」字的最上面一橫與「千」字的一橫重疊。數詞與名詞的合寫，「一牛」合寫為「⿰」，「三牛」合寫為「⿰」。月分的合寫，「十一月」合寫為「⿰」，「十二月」合寫為「⿰」。干支的合寫，「子癸」合寫為「⿰」，「子庚」合寫為「⿰」。人名的合寫，「大」甲骨文寫為「⿰」，「乙」寫為「⿰」，人名「大乙」合寫為「⿰」；「小」甲骨文寫為「⿰」，「丁」寫為「⿰」，人名「小丁」合寫為「⿰」。

從甲骨文發現至今，經過一代代學者的努力，目前已經解密了近1,500個甲骨文，但仍有大半甲骨文未被解密。很多甲骨上的文字，只能從語法結構上揣測它們的含義，它們和它們背後的殷商文明一樣，未知的遠比已知的多更多。人們能夠透過殷墟復原的一些宮殿基址體會曾經的繁華，但這也僅僅是一個古代都城大大褪色的景象。人們可以透過已解密的甲骨上的文字感受曾經的文明，但這也僅僅是一個偉大文明的冰山一角。殘碎的商代遺址，未解密的甲骨文字，留給人們的是更多的謎團。

古老的線條喚醒了文明的晨曦，綿延的筆畫傳承著華夏的記憶。生成的方正，不僅代表了漢字的形體，還象徵著古老東方悠久的歷史文明和人文精神，烙刻在 3,000 多年的時光中。

三、甲骨文揭開商代畫卷

甲骨文的研究，開啟了一段塵封數千年的古代文明，揭開了商代社會神祕的畫卷，被風沙掩埋的歷史一點點再現，文明在不斷的累積、沉澱中前進。

西元前 1250 年，殷商王朝出現了一位中興之王——武丁，他在位期間，勵精圖治，開疆拓土，國勢蒸蒸日上。殷人以卜為中心的生活，留下了林林總總的占卜內容，涉及當時的宗教、世系、天文、曆法、氣象、地理、家族、人物、方國、職官、征伐、刑獄、農業、畜牧、田獵、交通、祭祀、疾病、生育、災禍等等。這些在甲骨上刻寫下來的文字，再現了商代的輝煌歷史，對研究中國古代，特別是商代社會生活、思想文化、語言文字等，都是極其珍貴的第一手資料。

甲骨文是中國已發現的時代最早、體系較為完整的成熟文字，是華夏民族的集體創造和智慧結晶，蘊含先民對自然的認知和對生活的感悟。商王和商代貴族們，幾乎在進行所有的事情之前，都要進行占卜，上到出征打仗、立邑任官的軍國大事，下到生老病死、娶妻分娩的個人小事，而這豐富的占卜內容，都被記載在甲骨上並流傳下來。透過這些內容，我們隱約可以窺視 3,000 多年前的社會面貌，體會那個時代的生活滋味。甲骨文為我們揭開了商代社會的華麗畫卷，讓我們走進畫卷欣賞吧！

第二章 一片甲骨驚天下

1. 尊神事鬼 ── 商代祭祀圖

《左傳·成公十三年》中記載：「國之大事，在祀與戎。」祭祀和戰爭是古代國家非常重大的兩件事情。3,000多年前的殷商時代尊崇鬼神，祭祀是商代王室、貴族一種嚴格又重要的儀式。甲骨文記錄了殷人祭祀的一些具體細節，卜辭中與祭祀相關的內容有很多，或是卜問選用哪種牲畜，或是卜問選用多少牲畜，又或是卜問使用哪種祭祀方法。

對殷人來說，「上帝」（或簡稱「帝」）是統領風、雨、雷等自然神的主神，擁有主宰一切的力量。但上帝並非唯一的神，殷人的神靈無處不在，他們將日月星辰、風雨雷電、山川土地等自然萬物，都設定了相應的神，並將其視為上帝的使臣而加以崇拜和祭祀。商王及商代貴族常常用隆重而繁複的祭祀禮儀，祈求各路神靈的庇佑。

己丑這天，商王雙手捧著一片卜甲，虔誠地卜問：「用30頭小牢（小牢是經飼養，專供祭祀的小牛）作為祭品，向上帝進行御祭可以嗎？」在燒灼發出「噗噗」幾聲後，龜甲爆裂出細密的紋路，商王認真地檢視這些卜兆，解讀占卜的結果……（圖2-18）

圖2-18　商王占卜圖

三、甲骨文揭開商代畫卷

這是甲骨上記錄的商王卜問如何祭祀上帝的情節，由於甲骨的殘缺，這次占卜的結果已經無從知曉，但可以確定的是，商王身為一國之主，他渴望自己的國家風調雨順，因此會不斷地祭祀眾神。而處在農耕時代的商朝，自然的力量顯得尤為重要，「五穀豐登」對他們而言，是非常美好的願景，需要風、雨、土壤等各種自然力量的配合。

看！他們在祭祀風神：「于帝史風二犬。」「燎帝史風一牛。」（圖2-19、圖2-20）貞人的口中念念有詞，他所提到的「帝史風」，即上帝的使臣「風」，顯然這是在祭祀大自然的風神，卜問是否可以用兩隻犬來祭祀上帝的使臣「風」，又是否可以用燒一頭牛的方法來祭祀上帝的使臣「風」。

圖2-19　　　圖2-20

和風會使作物茁壯成長，而暴風則會毀壞莊稼，造成損失。他們祭祀風神，希望風神不要破壞他們的莊稼。但有時風神發怒了，他們便舉行「寧風」的祭祀，「寧風」就是祈求風神寧息，不要再颳風了。圖2-21、圖2-22的甲骨文拓片中，就有兩條卜辭，分別為：「甲戌貞：其寧風，三羊、三犬、三豕。」「癸亥卜：於南寧風，豕一。」記錄的是在甲戌和癸亥這兩天進行的占卜，卜問是否可以用三隻羊、三隻犬、三頭豬來舉

第二章 一片甲骨驚天下

行「寧風」的祭祀,是否可以用一頭豬來祭祀南方的風神,祈求其寧息,不要颳南風。

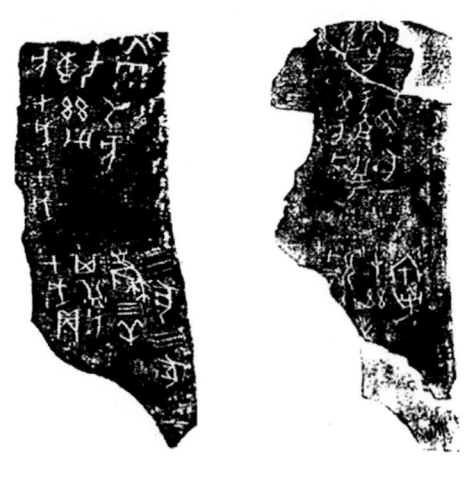

圖 2-21　　　　　圖 2-22

當天氣長期乾旱時,殷人還會祭祀雨神,乞求降下大雨。「叀(ㄏㄨㄟˋ)羊,又大雨。」「求雨,叀黃羊用,又大雨。叀白羊,又大雨。」(圖 2-23、圖 2-24)這兩條卜辭就是分別卜問:「用羊祭祀是否會有大雨?」「進行求雨活動時,是用黃羊祭祀,還是用白羊祭祀,才會有大雨呢?」

圖 2-23 　　　　　圖 2-24

三、甲骨文揭開商代畫卷

與「雨神」密切相關的還有「雲神」。許慎《說文解字》：「雲，山川氣也。」

其中，「山川氣」是指山林間的水氣，「雲」，甲骨文中寫為「ᔆ」，是一個象形字，像山林間升騰的水氣。王充《論衡・說日》有解釋，指雲散開，水落下來，就稱作雨。其實雲就是雨，雨就是雲。剛出來是雲，雲濃密成雨……雲霧，是雨的徵兆，夏天變成露水，冬天則變成白霜；天氣溫和則變成雨水，天氣寒冷則變成雪花。雨水和露水是凝凍成的，它們都是由地面產生而上去，不是在天上產生而降下來的。這段話準確地說明了雨形成的原因和水循環的過程。3,000多年前的殷人，顯然也明白雲和降水有密切的關係，卜辭中有很多與「雲」相關的記載，祭祀「雲神」也是為了降雨。如圖2-25的卜辭為：「癸酉卜，又燎於六雲六豕，卯羊六。」「癸酉卜，又燎於六雲五豕，卯五羊。」其中「燎」、「卯」，都是祭祀過程中的動作或祭祀名稱，從卜辭中可以看出，這次對「雲神」的祭祀，是用「豕」和「羊」這兩種動物作為祭品進行的。

圖 2-25

此外，太陽神也是殷人祭拜的重要對象。殷人認為太陽具有神性，也尊崇太陽為神。太陽的光芒普照著大地，哺育萬物，直接影響農作物的生長和每年的收成。殷人希望太陽神能保佑他們，給予他們充足的陽光，保障他們的生產和生活。甲骨卜辭中的「日」字寫為「☉」、「⊡」，像

107

第二章 一片甲骨驚天下

太陽之形,如圖 2-26 的卜辭為:「乙巳卜:王賓日?弗賓日?」這條卜辭就是從正反兩面卜問商王是否可以用「賓」祭的方法祭祀日神。

圖 2-26

殷人還特別重視「日出」和「日落」這兩種現象,經常對太陽的「出入」進行祭祀,而且一般是用「侑」祭的方法祭祀「出日」、「入日」。如圖 2-27 的卜辭為:「辛未:又(侑)於出日。」大意是問辛未這天是否可以用「侑」祭的方法祭祀「出日」。又如圖 2-28 的卜辭為:「丁巳:又(侑)出日。丁巳:又(侑)入日。」意思是問在丁巳這天可否用「侑」祭的方法祭祀「出日」和「入日」。

圖 2-27 　　　　圖 2-28

殷人還尊土地為神,並進行祭祀。《禮記正義》卷二十五有「『地載萬物』者,釋地所得神之由也」的說法,對古人來說,土地是他們生存的來源,所以要祭祀土地神。甲骨卜辭中就記錄了殷人祭祀土地的場景。殷人祭祀土地神時,使用「燎」祭的方法最多,如圖2-29的卜辭為:「貞:燎於土,三小,卯一牛,沈十牛。」即卜問用焚燒三隻經過特殊飼養的小羊、剖殺一頭牛和沉十頭牛來祭祀土地神。其中,「沈」是將牲畜沉於水的祭祀方法。如圖2-30上的卜辭為:「燎於土,三小,卯二牛,沈十牛。」由此可見,殷人祭祀土地神時所用牲畜的數量還是很多的,這也說明他們對土地神的祭祀是非常隆重的。

圖2-29　　　　　　圖2-30

對神祇的信仰使他們對亡靈和祖先也無上崇拜，因此，他們不僅祭祀神靈，還會祭祀先公、先王。如圖2-31的卜辭為：「重高祖夒（ㄋㄠˊ）祝用，王受又（佑）。」這條卜辭就是卜問對高祖「夒」施行禱告、殺牲之祭，以使商王得到保佑。

同條卜辭記載還祭祀了祖乙、祖丁。到晚商時代，甚至每隔幾天就會祭一位祖先，祭祀所有祖先需要用一年的時間。

圖2-31

甲午這天，商王又在祭祀，不同的是，這次他在緬懷他的祖先們，祈求祖先們的亡靈可以保佑大商沒有災禍。商王身邊的貞人，默默地將商王與祖先們的對話記在甲骨上：「乙未酒高祖亥……大乙羌五牛三，祖乙羌……小乙羌三牛二，父丁羌五牛三，亡㞢？」(圖2-32)商王卜問的內容是，在乙未這天用「酒」祭的方法祭祀高祖王亥……用五個羌奴、三頭牛來祭祀先王大乙……用三個羌奴、兩頭牛祭祀先王小乙，用五個羌奴、三頭牛祭祀先王父丁，這樣做不會有災禍發生吧？注意這裡祭祀祖先時所用的祭品有「羌奴」和「僕」，說明商代存在使用奴僕進行祭祀的現象。

圖2-32

其實商代貴族用奴僕祭祀祖先非常普遍，而且所用奴僕數量之龐大讓人震驚。如圖2-33，有兩條卜辭：「甲子卜，㱿，貞：『告若？』」「癸丑卜，㱿，貞：『五百僕用？』旬王戌又（侑）用僕百。」貞人「㱿」在甲子這天問卦，貞問進行禱告是否順利，並在癸丑這天，貞問是否要用五百名奴僕作為犧牲進行祭祀，結果在占卜後的第九天（壬戌這天），用「侑」祭的方法祭祀時，用掉一百名奴僕。這充分反映出商代是處於殘酷的奴隸社會時期。

圖 2-33

2. 金戈鐵馬 —— 商代戰爭圖

除了祭祀宗族神靈，戰爭也是一個國家很重要的大事。軍隊是國家政權的主要保障，商代已有眾多軍隊，從甲骨文看，商代的軍事組織、作戰方式、戰爭規模，都到達一定的水準。《史記·周本紀》中講牧野之戰時，就有「諸侯兵會者，車四千乘」。在甲骨文中也有車戰的記載，如圖2-34的卜辭，記錄的就是一場車戰，且在殷墟發掘中還發現了車馬坑，這些都說明在商代就已經存在車戰。

111

第二章　一片甲骨驚天下

圖 2-34

商王武丁透過一次次戰爭，將商朝的版圖擴大，而為武丁帶兵東征西討的大將們都功不可沒，其中有一位著名的女戰神，就是武丁的王后——婦好。婦好名「好」，「婦」為尊稱，是一位非常偉大且獨立的女性，深得王心。在祭祀儀式中，她能主持大局、問卜通靈；在戰場上，她又驍勇善戰、戰功顯赫。然而，婦好卻先於武丁辭世，武丁十分痛心。婦好去世後，被追諡為「辛」，商朝的後人們稱她為「母辛」、「后母辛」。在殷墟出土的十多萬片甲骨文中，有近 200 片甲骨文記載了這位傳奇女子的故事，甚至在婦好辭世後，每有軍事行動，武丁會透過祭祀，祈禱婦好在天之靈保佑他獲得戰爭的勝利。

某日，商王朝的宿敵羌方又來進犯，戰爭一觸即發。婦好主動請纓，要求率兵前往，武丁猶豫不決，占卜後才決定派婦好領兵禦敵，結果大勝。而對這次戰爭的占卜，被記載在甲骨上：「辛巳卜，貞：登婦好三千登旅萬，伐乎（羌）。」(《庫方二氏所藏甲骨卜辭》130) 大意是：「辛巳這天進行占卜，貞問婦好是否可以帶領 13,000 名軍士征伐羌方。」這是甲骨文記載的武丁時期中，徵召軍士數量最多、規模最大的一次戰爭，而這次戰爭的最高統帥就是婦好。這一仗打下來，羌人勢力被大大削弱，商朝西部的邊境得以安定。從此，婦好便深得武丁的信任，東征西討，打敗了周圍 20 多個方國。

婦好還參加過討伐土方的戰爭。土方是當時位於商代都城西部的一個野蠻而強悍的部族，他們經常肆意侵犯商朝的邊境，擄掠人口、財物，是商王朝多年的心頭大患。《庫方二氏所藏甲骨卜辭》中237號甲骨上的卜辭有：「貞：王勿乎婦好往伐土方。」就是對商王是否要命令婦好去討伐土方這件事進行的占卜。最終，武丁命令婦好率兵出戰，只一仗，就打退了入侵的敵人。婦好乘勝追擊，徹底挫敗了土方，從此土方再也不敢入侵，最終被劃入商王朝的版圖。

婦好參加過最精采的一場戰役，莫過於和商王武丁一起征伐巴方的那場伏擊戰了。記載這場戰役的文字，詳見圖2-35。戰爭開始之前，婦好便和武丁商議好對付敵軍的計謀，打仗當天，婦好在敵人西面埋伏軍隊，武丁則帶領精銳部隊在東面，對巴方軍隊發起突然襲擊。巴方軍隊被武丁與婦好率領的大軍重重包圍，陣形大亂，最終被圍殲，商軍大勝，商朝南部的邊境得以平定。這大概也是中國最早有文字記載的伏擊戰了。

圖2-35

在眾多的戰爭卜辭中，有很多是對商王朝主動出擊、討伐方國的戰爭所進行的占卜，這種情況下，通常在占卜時，貞會問這次討伐會不會

受到保佑。例如圖 2-36 的卜辭，記載在乙卯這天，商王和大將「沚」討論征伐土方的策略，分析戰爭形勢後，商王命令貞人「爭」問卦，希望得到上天的旨意。「爭」拿出一片甲骨，一邊灼燒甲骨，一邊卜問：「大將沚稱冊受命，商王聯合他一起主動出擊，征伐土方國，他們會受到保佑嗎？」

圖 2-36

又如圖 2-37 的甲骨拓片，上面三條卜辭，也都是占卜商王朝發動的戰爭是否會受到保佑。這些卜辭是對同一件事情的多次占卜，雖然占卜時間不同，但貞人和貞問的內容都是一樣的，都是「㱿貞乎多僕伐方，受有佑」，即貞人「㱿」貞問：「如果命令眾多的奴僕去征伐『方』國，是否會受到保佑？」

圖 2-37

三、甲骨文揭開商代畫卷

商王朝與方國部族的戰爭，除了商王朝主動出擊、發動征討外，也有很多時候是方國部族入侵的。卜辭中多有「方出」、「方來」、「方出作禍」、「方出禍我」、「方來入邑」等紀錄，這些都是記載方國入侵商王朝邊境的卜辭，還有一些是對侯伯與大將稟報方國入侵的紀錄。其中最著名的例子，莫過於如圖 2-38、圖 2-39 這片大胛骨所載的刻辭。

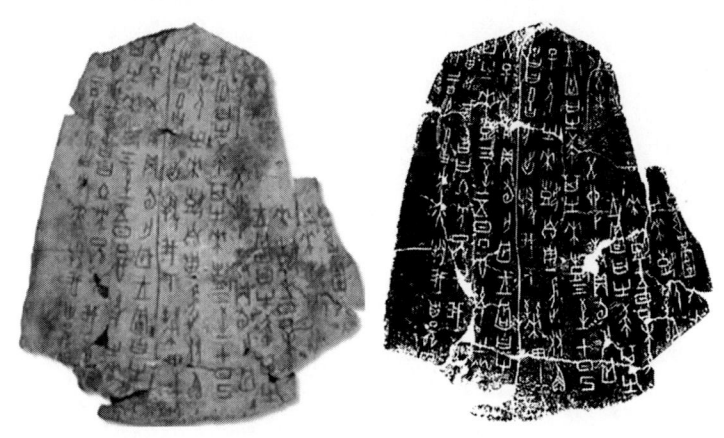

圖 2-38　大胛骨（正面）

這版甲骨講述的是癸未、癸巳、癸卯這幾天進行的占卜，都是貞人「㱿」卜問國家有無災禍發生，這幾次占卜的卜兆，顯示的結果都很不吉利。果然，在占卜後的幾天內，國家的東部和西部等邊疆，陸續發生動亂。從這幾條卜辭的驗辭中，可以看到這幾天商王朝到底都發生了什麼樣的災難。

丁酉這天，商朝邊境發生了一些不吉利的事情，在「沚」地守衛邊塞的領袖「馘」報告說：「土方國出兵侵害了我們的東部邊疆，殘害了兩個部落。」與此同時，「䲨方」國也出兵侵擾了商朝西部邊鄙的田地。在丁未這天，又有不吉利的事情發生，諸侯「飲」在「坙䲨」這個地方抵禦敵軍，損失了六個人。而在己巳這天，又從西方傳來不吉利的消息，邊地

115

第二章　一片甲骨驚天下

守衛者「長友角」報告說：「㕚方國出動，侵害了長地示㲋處的農田，並劫走了七十五個人。」

圖 2-39　大胛骨（背面）

這片大胛骨的背面，卜辭殘缺較為嚴重，從殘缺的卜辭中，我們依然可以看出與之相關的內容。在辛卯這天，北方邊塞發生不吉的事情。「㚔」地的領袖「妻笶」報告說：「土方國侵略邊地田土，劫走了十個人。」並且在國家東部邊境也發生了動亂。這版甲骨上記錄了商王朝非常動盪的階段，國家邊境戰爭頻繁、災禍頻發。而透過甲骨上的記載，3,000 多年後的我們，也跟隨商王的每次占卜而忐忑不安，眼前似乎晃動著冷兵器時代金戈鐵馬的壯觀景象。

3. 追麋逐鹿 —— 商代田獵圖

相傳《尚書》中的〈無逸〉篇是周公為勸告周成王不要驕奢淫逸而作的，周公認為商之中宗（太戊）、高宗（武丁）、祖甲都是英明的君王，勤於政事，知道民間疾苦，不敢縱樂，所以在位的時間都很長；而祖甲以後的殷王「不知稼穡之艱難，不聞小人之勞，唯耽樂之從」，愛好遊獵，

三、甲骨文揭開商代畫卷

沉迷於閒適安樂的生活,所以在位時間都較短。可見,殷商時期,諸王進行田獵活動的主要目的是娛樂。甲骨文中關於田獵的卜辭也有很多,與《尚書》中的相關記載相印證。

甲骨文中所見田獵時捕獲的動物,最多的是鹿、麋(ㄇㄧˊ,哺乳動物,俗稱「四不像」)、麑(ㄋㄧˊ,小鹿),此外還有象、兕(ㄙˋ,古代獸名)、虎、豕、豚(小豬)、犬、雉(長尾鳥)等。如圖2-40的卜辭:「乙亥王卜,貞:『田桑,往來亡災。』王曰:『吉。』獲象七,雉卅(ㄙㄚˋ)。」記載的是商王親自占卜田獵的情況,這次占卜的結果非常吉利,果然,商王在這次田獵中滿載而歸,獵獲了7頭大象,還有30隻長尾鳥。

圖 2-40

甲骨文「田」字作「田」、「田」、「田」,最初為獵場。古人打獵有「燒草圍獵,守其下風」的說法,即打獵時要燒草驅趕動物,在下風(風所吹向的那一方)張網捕捉野獸。燒過草的土地經過一段時間後,土壤中的營養成分變多,便成為肥料充足的農田,於是表打獵義的「田」字,另造新字作「畋」或「畈」。如圖2-41的甲骨正面拓片的卜辭為:「翌癸卯,其焚,⚡(擒)?癸卯允焚,隻(獲)……兕十一、豕十五、虎□、貔(ㄆㄧˊ)十二。」這段卜辭記載的就是燒草圍獵的情形,這次田獵同樣收穫頗豐。

第二章 一片甲骨驚天下

圖 2-41

　　田獵的方法有很多，其中，圍獵是諸多方法中規模最大的，需要在一個較大範圍內動員很多人，將所有野獸驅出巢穴，然後圍堵牠們，最終聚而擒之。這種狩獵活動與軍事行動非常類似，所以，圍獵活動也視為一種軍事訓練方式。此外，用網捕獵也是商代很常用的方法，卜辭中已有「網」字，寫為「▨」、「▨」、「▨」等形。甲骨中記錄了很多與田獵相關的卜辭（圖 2-42），其中的兩條卜辭分別反映了圍獵和用網捕獵的情形。「甲戌卜，▨圍，▨（擒）。隻（獲）六十八。」這段卜辭反映的是圍獵的場景，「▨」（人名）用圍獵的方式打獵，擒獲了獵物，總共獲得六十八隻。「庚戌卜，冊隻（獲）網雉，隻（獲）十五。庚戌卜，▨隻（獲）網雉，隻（獲）八。」這段卜辭說的是「冊」（人名）用網捕獵長尾鳥，一共獲得了十五隻；「▨」（人名）用網捕獵長尾鳥，一共獲得了八隻。

118

圖 2-42

　　除了上述所說，田獵還有很多其他的方法，如用弓箭射獵、設陷阱獵獸等。其中，設陷阱以獵獸作為一種古老的狩獵方法，今天仍為獵戶採用。根據所陷對象不同，甲骨文的「陷」字，有各種不同的形體，如「🐘」為陷麋，「🦌」為陷鹿，「🦏」為陷麋，「🐺」為陷狼狗，「🐐」為陷山羊等，但下面都有一個表示陷阱的「凵」，且陷羊的「凵」內斜收口，大概是因為山羊善登爬，人們擔心其逃走吧！構形個性化，很有意思。

　　甲骨上不僅記錄了殷人如何進行田獵、田獵的收穫，更多的是占卜田獵是否順利、是否會有災禍。如圖 2-43 的卜辭，壬辰這天，商王興致勃勃，想要去「𠬝」地打獵，他親自占卜，貞問：「𠬝到地打獵，去和回來沒有災禍吧？」商王仔細地檢視卜兆後判斷說：「吉利。」商王大悅，驅車前往「𠬝」地打獵。果然，這次田獵捕獲了六隻鹿。在乙巳和戊戌這兩天，商王又進行了占卜，分別貞問到「喜」地和「𦍌」地去打獵，去和回的途中是否會有災禍發生。這兩次占卜的卜兆依然顯示非常吉利，果然這兩次田獵分別捕獲了四隻鹿、一隻麋和三隻鹿。

119

第二章 一片甲骨驚天下

圖 2-43　　　　　　　　圖 2-44

但也並不是所有的打獵過程都這麼順利。如圖 2-44 的甲骨正面，就記錄了商王田獵過程中發生的一場車禍，這也許是中國有記載的、最早的一次交通事故吧！癸巳日占卜，貞人「殼」問卦，貞問：「下一個十天之內沒有災禍之事發生吧？」商王親自驗看了卜兆後判斷說：「這次將會有災禍之象。」在這之後，商王處處小心行事，但依然如卜辭所說，發生了不好的事情。甲午這天，商王帶著兒子去田獵追逐犀牛，小臣「由」替商王駕車，馬突然受驚，車撞到石頭後翻覆，結果商王的兒子「央」從車上墜落。受傷是肯定的，有無生命危險，卜辭沒有交代，後人難免為「央」擔心啊！

4. 風起雲湧 —— 商代天文圖

古人「日出而作，日入而息」，對日月星象非常關心，在殷商時代的甲骨文中就已有日食、月食的確切記載，說明殷人對日月星辰的執行已注意觀測。此外，自然界四時變化、風雨交替、陰晴不定，他們對這些自然現象的認知逐步加深。而農業和畜牧業的發展，促使人們進一步觀察和掌握自然現象及其演變規律，所以，天文曆法就成為古代最早發展的一門科學，甲骨卜辭中也存在大量相關內容，展示出華夏祖先對天文的認知和他們的智慧。

圖 2-45 為我們講述了一個殷人觀測到月食的故事：在己丑這天，貞人「㱿」在商王的指示下，向上天請示在乙未這天祭祀祖先「祖乙」的方法，「㱿」拿起一片甲骨，一邊貞問，一邊灼燒甲骨，商王親自檢視卜兆，威嚴的面龐中藏不住那一絲擔憂，這次占卜的結果顯然並不吉利。果然，在占卜後的第六天 —— 甲午這天的晚上，天降異象，月亮發生了異常的變動。貞人「㱿」趕緊拿出當時進行占卜的甲骨，記錄這次占卜的結果 ——「六日(甲)午夕，月有食」。可見殷商時期，月食這種自然的天文現象，還未被人們科學地了解，它的出現，常被視為一種不吉利的「異象」。

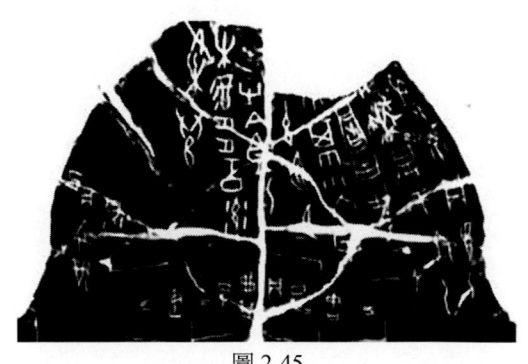

圖 2-45

第二章 一片甲骨驚天下

圖 2-46 則記錄了商代的一次日食：「癸酉貞：日夕又食，隹（唯）若？」「癸酉貞：日夕又食，非若？」這是貞問黃昏時候發生日食吉利不吉利。

此外，甲骨卜辭中還有對星象的紀錄，在傳世文獻《左傳》中就記錄了商代人已知商星、歲星（木星），甲骨文可以印證。「鳥星」、「大星」、「有新大星並火」（意思是有一顆新發現的大星與火星並行），這些都是商代確有星象觀測的事實。距今 3,000 多年的殷商時代，就能夠了解宇宙中遙遠的行星，著實令人驚嘆。

甲骨卜辭中還有大量雲、霧、雷電等氣象方面的記載。圖 2-47 記載的內容是：這天，商王又在舉行占卜儀式，占卜後，商王小心翼翼地捧起甲骨，親自驗解甲骨上裂開的卜兆，商王嘆了一口氣，這又是一次不太吉利的占卜，甲骨上顯示「將有災禍發生」。結果在占卜後的

圖 2-46

第八天庚戌日，有烏雲從東邊來，天色變得昏暗；太陽過午以後，北邊天空出現了彩虹，像是在吸飲黃河的水。這裡面就有「各雲」和「出虹」的特殊天象。

圖 2-48 的甲骨正面，記錄了雷電天象。「癸未卜，爭貞：『生一月帝其弘令雷。』貞：『生一月帝不其弘令雷。』貞：『不其雨。』」意思是，癸未這天，貞人「爭」進行占卜，貞問上帝是否在下個月一月分令雷神打雷。而雷和雨往往是相連的，一般是先打雷後下雨，所以又緊接著貞問：「不會下雨吧？」

三、甲骨文揭開商代畫卷

圖 2-47　　　　　　圖 2-48

　　風雨是氣象的主要內容，甲骨卜辭中有更多這方面的占卜。除了在「祭祀」部分說到的，用不同犧牲來「求雨」、「寧風」，卜辭中還常常在做一件事情之前，先貞問天氣好壞、是否下雨。如圖 2-49 的卜辭：「今夕其雨，獲象？」「其雨？之夕允不雨。」第一條卜辭是說：「今天夜裡下雨了，會獵獲到大象嗎？」第二條卜辭貞問的內容已經殘缺，只剩下占驗結果，即當晚果然沒有下雨。

圖 2-49

123

第二章 一片甲骨驚天下

　　圖 2-50、圖 2-51 則是對颱風天象的占卜。「辛未卜，王貞：今辛未大風，不隹禍？」即在辛未這天商王親自占卜，貞問：「辛未這天颳大風，不會造成災禍吧？」「丙寅卜：日風不禍？」即在丙寅這天卜問：「今天白天的風不會造成災禍吧？」

圖 2-50　　　　　　　　圖 2-51

圖 2-52

三、甲骨文揭開商代畫卷

上面這片「大驟風」塗朱卜骨是羅振玉舊藏著名大版之一，最早收錄於《殷虛書契菁華》，如圖2-52。這片卜骨記錄了戰爭、災禍等，是一則長篇紀事卜辭。其中最重要的一條是有關「大驟風」的紀錄，原文作「大㪅風」，應為暴風或龍捲風之類的災害，這是殷商氣象史上極為重要的材料之一。

此外，殷商時期是用天干和地支搭配來記錄時間的，我們見到的甲骨文辭例中出現的時間，就是用干支記錄的。圖2-53的卜辭中，有一個由十天干和十二地支組成的完整干支表，這六十個干支單位循環往復使用，是中國最早的「日曆」：

甲子　乙丑　丙寅　丁卯　戊辰　己巳　庚午　辛未　壬申　癸酉　甲戌　乙亥　丙子　丁丑　戊寅　己卯　庚辰　辛巳　壬午　癸未　甲申　乙酉　丙戌　丁亥　戊子　己丑　庚寅　辛卯　壬辰　癸巳　甲午　乙未　丙申　丁酉　戊戌　己亥　庚子　辛丑　壬寅　癸卯　甲辰　乙巳　丙午　丁未　戊申　己酉　庚戌　辛亥　壬子　癸丑　甲寅　乙卯　丙辰　丁巳　戊午　己未　庚申　辛酉　壬戌　癸亥

圖2-53

用干支構成的「六十花甲」是中華文化紀時紀年的傳統，也是曆法的基礎，在中華傳統文化裡，具有重要地位。

5. 弄璋棄瓦 —— 商代婚育圖

婚姻是人類社會發展到一定階段的產物，婚姻關係在一定程度上能反映出社會組織系統，屬於社會構成的特定形式範疇，所以，婚姻形式總是與相關的經濟方式和社會生活相適應。《白虎通義・嫁娶》中對「婚姻」的解釋是：「婚者，昏時行禮，故曰婚。姻者，婦人因夫而成，故曰姻。」這是以個人本位為特徵的婚姻形態。但商代還沒有形成這樣的婚姻形態，商代婚姻通常只能依附於家族組織群體而存在，是以家族為本位的。婚姻主體的男女配偶並非「主角」，他們都要受血緣親族集團的支配，而宗族與外姻的親屬關係，顯得更為重要。這樣的婚姻制度，直接導致宗親和姻親這兩大親屬集團的社會力量進行整合，產生十分有效的凝聚作用。

因此，商代各個氏族的掌權人，常利用這種婚姻制度，追求他們更高的政治目的。商代帝王實行一夫一妻制，「妻」指正妻，即後代所說的王后，商王可以擁有諸多王婦，但只能立一位正妻，只有在正妻去世後，才能立新的正妻。商代貴族婚姻，娶女和嫁女，有王朝與各地族氏方國間的，有族氏方國間的，有家族間的……等等。不同國族間的政治聯姻，是當時社會制度對婚姻制度的需求，婚姻制度是為統治階級的政治利益服務的。

如圖2-54有兩條卜辭：「辛卯卜，爭，呼取鄭女子。」「辛卯卜，爭，勿呼取鄭女子。」其中的「呼取」，有強制命令的意味，「君取於臣謂之取」，與單言「取某女」有差別，這條卜辭記錄的就是政治強迫婚姻。此外，《史記・殷本紀》中還記載商末紂王「好酒淫樂，嬖於婦人」，「九侯有好女，入之紂。九侯女不憙淫，紂怒，殺之」。這類婚姻是建立在政治基礎上的，完全受制於商王的淫威。

圖 2-54

　　正因為這樣的婚姻與宗族有著密切的關聯，家族對子息格外重視，在甲骨文中就有很多相關記載。如「王夢多子憂」的內容，此外，還有「……多子孫田」、「賜多女有貝朋」、「賜多子女」、「勿多妹女」等卜辭。「多子」、「多子孫」、「多女」、「多子女」、「多妹女」等，都是商宗族組織內部的貴族子息，從商王夢到「多子」有憂患，到饗食「多子」，賜予他們貝朋，這些異乎尋常的關懷，足以看出王室、貴族們對子息的重視。「廣嗣以使家族永繼」，這個目的，使家族的干預貫穿婚配男女生育過程的始終。

　　商王朝對子息的關懷還展現在對女子生育問題的關注。武丁前後立過三個王后，妻子不但是他的配偶，還是戰將和臣僚。婦好是最受武丁寵幸、權勢地位最為顯赫的一位正妻，而卜辭中與婦好生育相關的內容也非常多。如「婦好有子。婦好毋其有子。」就是對婦好是否會有孩子的問題進行占卜。圖 2-55 有兩條卜辭：「己丑卜，殼貞：『翌庚寅婦好娩？』貞：『翌庚寅婦好不其娩？』」這兩條卜辭分別從正面和反面貞問商王武丁的妻子婦好是否會在未來庚寅這天分娩。在生育相關的卜辭中，還有對生男生女的占卜，他們認為生下男孩是吉利，生下女孩是不吉利，如甲骨中有為婦好生子占卜的兩條完整卜辭，這次占卜的結果就不吉利，結果婦好在甲寅日分娩，生下了一個女兒。

127

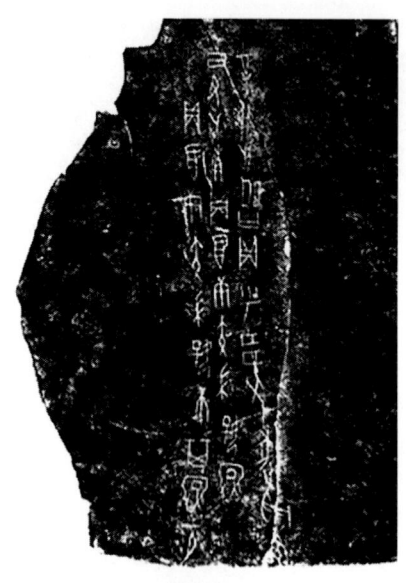

圖 2-55

　　武丁有六十多個妻子，婦好只是其中之一。武丁的妻妾兼女將，除了婦好，還有其他女子，例如婦妌（ㄐㄧㄥˋ），她的地位僅次於婦好，也曾多次率師遠征，同時為武丁管理農業和內政。她被封在井方，也就是今天的河北邢臺。甲骨卜辭中也有很多是占卜婦妌生育的，如圖2-56：「貞：『婦妌有子。』貞：『婦妌毋其有子。』」即對婦妌是否會有孩子的問題進行占卜。又如「……卜，爭貞：『婦妌娩，嘉？』王固曰：『其隹庚娩，嘉。』旬辛婦妌娩，允嘉。」透過卜辭可知，某一天，貞人「爭」問卦，貞問：「商王的妻子婦妌馬上要分娩了，會生男孩嗎？」商王親自驗看了卜兆以後判斷說：「如果在庚日分娩，會嘉吉，生男孩。」在這十天內的辛某日，婦妌分娩了，果然嘉吉，生了男孩。

三、甲骨文揭開商代畫卷

圖 2-56

　　殷商時代生男孩為「嘉」、生女孩為「不嘉」的敘事，反映了商代就有重男輕女的思想。這不由得讓我們想起《詩經·小雅·斯干》的內容：「乃生男子，載寢之床，載衣之裳，載弄之璋。……乃生女子，載寢之地，載衣之裼，載弄之瓦。」意思是如果生下男孩，要讓他睡在床上，穿著衣裳，給他玉璋玩耍……如果生下女孩，就讓她躺在地上，裹著襁褓，玩著陶紡錘。所以後人把生了男孩叫「弄璋之喜」，而生了女孩則叫「弄瓦之喜」。弄璋弄瓦的待遇差異，展現了男尊女卑的社會意識，而這種意識的根源，竟然起於殷商！

　　漢字是從未間斷過的文字系統，它記載了不間斷的中華歷史。甲骨文為我們揭開了一幅幅商代畫卷，畫卷中不僅記錄了商代社會的各方面，還記載了中華民族的輝煌歷史、華夏先民的卓越智慧，以及東方世界獨特的文明。這讓世人驚異的智慧、這讓世界感嘆的文明，連接中華民族的昨天、今天，並不斷綿延至未來。

第二章　一片甲骨驚天下

第三章　漢字「全家福」

一、漢字的不同媒介

　　漢字大家族有許多成員，就媒介而言，除甲骨文外，還有金文、簡牘文字、玉石文字、磚瓦文字、簡帛文字等。這些不同的媒介，有的同時使用，有的處於不同時代。不同的材質，會從用途、風格上影響漢字的形態和功能，從而形成不同的漢字群體。書寫在金屬上的文字雍容典雅；書寫在簡牘上的文字靈巧便利；書寫在玉石上的文字方正規範。而紙張作為文字媒介後來居上，已成為漢字的主要媒介。這些不同媒介，使漢字家族生機勃勃，也賦予一個個文字以生命和性格，讓它們活了起來。更重要的是，不同形制和不同用途的文字媒介，分布於不同時代和地域，隨著歷史的發展和社會的變革，串起了中華文明的演進脈絡。

1. 雍容典雅的金屬文字

　　漢字家族中，除了甲骨文，資格最老的成員非金屬文字莫屬。金屬文字指鑄刻在金屬上的文字，大約有青銅器文字、兵器文字、貨幣文字、符節文字等幾類。而眾多金屬文字中，又以青銅器文字最為典型。甘肅馬家窯文化遺址出土過一件青銅刀，年代大約在西元前 3,000 年左右，這說明銅的使用在中國歷史悠久。在殷墟遺址中，出土了很多製作精美的青銅器物，可見青銅器的鑄造工藝在商代已經非常成熟。青銅器種類繁多，其中鼎和鐘的影響最大。鼎是一種烹煮器材，鐘是一種樂

第三章 漢字「全家福」

器。古代貴族舉行宴會時，往往擊鐘列鼎而食，鐘鼎成為權力和社會地位的象徵，也留下了「鐘鳴鼎食」的成語。正因為鐘鼎的重要性，鑄刻在鐘鼎上的文字，又被稱為「鐘鼎文」。

鑄刻銘文的青銅器在商代晚期已經出現，但銘文內容較少，大多只有兩、三個字。現存最大的商代青銅器，是河南省安陽市出土的后母戊鼎，此鼎之所以叫「后母戊」，是因為鼎身上鑄有「后母戊」三字（圖3-1）。

圖 3-1　后母戊鼎及銘文

早期的銅器銘文以記名為主，象形程度高。以「黽」字為例，「黽」本義指青蛙，甲骨文寫為「 」、「 」，《說文》小篆寫為「 」。在早期的銅器銘文中，此字寫為「 」、「 」、「 」，與甲骨文、小篆相比，銅器銘文更為象形，對具體事物的描摹更為生動。表 3-1 是我們整理的一些記名的青銅器銘文，將其與甲骨文進行對比，可以看出這些文字對事物的描摹更加詳細，圖畫性更強。

一、漢字的不同媒介

表 3-1　金文與甲骨文字形對照

例字	雞	鳥	豕	馬	羊	重
金文	（及父辛尊）	（鳥觚）	（豕戈）	（馬戈）	（羊己觚）	（重爵）
甲骨文						

從商代末期到西周，一些青銅器上開始出現較長的銘文，這些銘文以記載製作器物的原因及目的為主。如出土於殷墟遺址的商代帝辛時期的四祀𠨘其卣，底部鑄有銘文 42 字（圖 3-2）。迄今發現字數最多的青銅器，則數西周晚期的毛公鼎，該鼎出土於陝西省岐山縣，現藏臺北國立故宮博物院，內壁鑄有銘文 497 字（圖 3-3）。與早期以記名為主的銘文相比，此時期青銅器銘文的象形性降低，對一些具體事物的描摹變得簡略，字形更趨於有序方正。

第三章　漢字「全家福」

圖 3-2　四祀邲其卣及銘文

圖 3-3　毛公鼎及銘文

到了春秋戰國時期，長篇銘文又開始逐漸減少，銘文的內容也逐漸以紀錄製作者及製作時間為主，即所謂「物勒工名」（器物刻上工匠的名字）。此時期的青銅器文字多以刻鏤為主，字形與西周時期相比更為草率。

整體而言，由於青銅器在古代主要用於祭祀，所以鑄刻在青銅器上的文字也往往較為正規，大多線條婉轉，體態雍容，有的甚至加上諸多裝飾，使整個字看起來華麗繁縟。青銅器文字的典雅繁複，與甲骨文的簡潔多變，形成了鮮明對比。

2. 靈巧便利的簡牘文字

漢字家族成員中，簡牘文字是數量最多的日常便用文字。簡牘文字指書寫在竹木簡或木牘上的文字。中國盛產竹木，竹木材料既容易獲得，又便於修治，因此簡牘是古代最為常用的書寫媒介，《尚書·多士》中就有「唯殷先人，有冊有典」的記載。冊在甲骨文中寫為「▓」、「▓」、「▓」，像用編繩綴連起來的竹簡，說明殷商早期就開始將竹木簡作為書寫工具了。但由於竹木容易腐朽，很難長久儲存，至今還沒有發現春秋以前的簡牘文字。古代簡牘的出土，在史書上有不少記載，其中最有名的，當數「孔子壁中書」和「汲塚竹書」的發現。

「孔子壁中書」發現於漢景帝時期，究其緣由，與秦始皇統一文字有密切關聯。戰國時期諸侯分立，不少諸侯國都有自己的文字，造成了「言語異聲，文字異形」的局面。秦始皇統一六國，規定全國人民必須以秦文字為規範，廢除其他諸侯國的文字，東方六國文字因此逐漸消亡。與此同時，秦始皇還頒布了「焚書令」，禁止民間私藏「《詩》、《書》、百家語」。為了儲存古代典籍，不少學者將手中的古書藏匿起來。孔鮒

第三章 漢字「全家福」

是秦始皇時期的博士，也是孔子的八世孫，為了保護古書，他將一大批典籍藏到家裡的牆壁中。到了漢惠帝時期，隨著政治環境的相對寬鬆，不少古書開始重新面世。漢景帝年間，分封在魯國的魯恭王為了擴建宅第，拆掉孔子舊宅，結果在舊宅的牆壁中，發現了《尚書》、《禮記》、《論語》、《孝經》等典籍，這些典籍都用戰國文字書寫。漢武帝時，這批古書被孔子的後人孔安國所得，他認為這些古書是稀世珍寶，於是將其獻給了漢武帝。武帝見到這批古書之後，大喜過望，當即任命孔安國為博士，命他對古文《尚書》進行整理研究。沒過幾年，孔安國受到「巫蠱之禍」牽連，他的研究被迫中斷。但孔氏進獻的這批古書並未被人遺忘，仍有不少學者對其進行研究，最終形成了漢代「古文經」學派。「孔子壁中書」是古文書籍的一次大發現，也是見於史書的第一次大規模發現的戰國竹簡。

「汲塚竹書」發現於西晉武帝咸寧五年（279年），那時有人在汲郡（治今河南衛輝市西南）以西盜掘古墓，發現幾十車竹簡。西晉政府聽到消息，立刻派遣專人進行蒐集，運送到當時的首都洛陽。晉武帝派遣學者荀勖進行整理研究，主要工作是將竹簡上的古文字轉寫為當時流行的楷書文字。荀勖去世之後，束皙繼續整理這批古書。據《晉書·束皙傳》記載，他「得觀竹書，隨疑分釋，皆有義證」，可見他已經將這批古書全部整理出來。但隨著「惠懷之亂」的爆發，西晉皇家藏書大多毀於戰火，汲塚竹書也全部散佚。值得慶幸的是，經荀勖和束皙整理的竹書，有一部分流傳下來，現在能看到的還有《逸周書》、《穆天子傳》等。

「孔子壁中書」和「汲塚竹書」影響較大，可惜這些古書的原物和字形均未能儲存至今。20世紀以來，隨著古文字學的發展和考古技術的進步，又有多批簡牘古書出土，時代早至戰國晚期，遲至三國。這些竹書

種類繁多，內容豐富，向我們展示了早期文獻的原始面貌。限於篇幅，無法一一講述每種簡牘古書的精彩故事，這裡只簡單介紹幾種較有代表性的竹書。

楚國簡牘

楚國簡牘出土於河南、湖南、湖北等地，用楚系文字書寫。郭店楚簡、上博楚簡、清華大學藏戰國竹簡、安徽大學藏戰國竹簡等是其代表。

郭店楚簡1993年出土於湖北荊門郭店戰國楚墓，共有竹簡726枚，內容約16,000字，包含《老子》、〈緇衣〉等文獻。郭店楚簡本《老子》（圖3-4）章序與今本有較大差異，文字也有不少出入，是迄今所見年代最早的《老子》傳抄本。

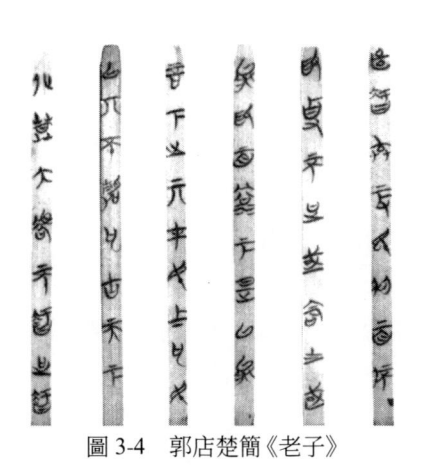

圖3-4　郭店楚簡《老子》

上博楚簡為上海博物館1994年收藏，推測出土地為湖北江陵一帶。上博楚簡共1,200餘枚，約35,000字，無論種類還是數量，均遠超已經公開發表的戰國竹簡。上博楚簡中的《易經》，是迄今為止發現最早的《易經》版本，〈孔子詩論〉（圖3-5）、〈緇衣〉等篇，對研究《詩經》、《禮記》等傳世文獻，也有重要意義。

第三章　漢字「全家福」

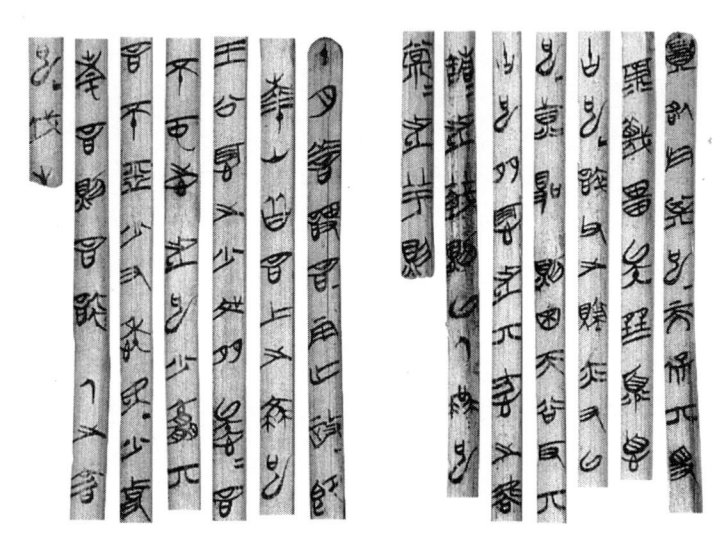

圖 3-5　上博楚簡〈孔子詩論〉

　　清華大學藏戰國竹簡入藏於 2009 年，共 1,700～1800 枚，包括 60 篇以上的古代文獻。清華簡中有多篇《尚書》或類似《尚書》的文獻（圖 3-6），這些材料是我們研究《尚書》以及先秦史的重要參考。

圖 3-6　清華簡〈金縢〉

安徽大學藏戰國竹簡入藏於 2015 年，共有 1,100 多個編號。經專家檢測，時代為戰國早中期。這批竹簡仍在整理中，具體內容未全部公開。目前公布的資料為《詩經》。安徽大學藏簡《詩經》（圖 3-7）與傳世本《詩經》多有不同，為我們研究《詩經》提供了早期版本。

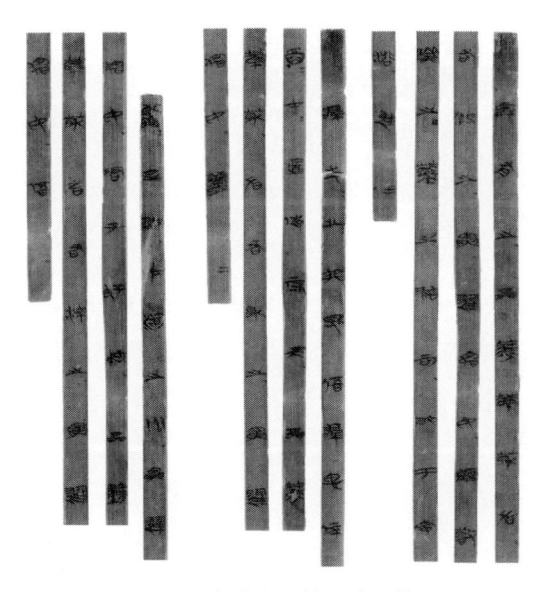

圖 3-7　安徽大學藏簡〈關雎〉

秦簡牘

秦簡牘出土於湖北、湖南、甘肅、四川等地，用秦系文字書寫，其中較有代表性的為睡虎地秦簡、青川木牘等。

睡虎地秦簡 1975 年出土於湖北省雲夢縣睡虎地 11 號秦墓，共有竹簡 1,155 枚，另有殘片 80 枚。在 4 號秦墓中，發現 2 件木牘家信。睡虎地秦簡內容包括《編年紀》、《語書》、《法律答問》、《封診式》等文獻（圖 3-8）。

第三章　漢字「全家福」

圖 3-8　睡虎地秦簡《效律》

　　青川木牘（圖 3-9），於 1979～1980 年出土於四川省青川縣，共有 2 枚，其中一枚字跡清晰，另一枚字跡模糊。字跡清晰的一枚正面和背面都有墨書文字，共 150 餘字。

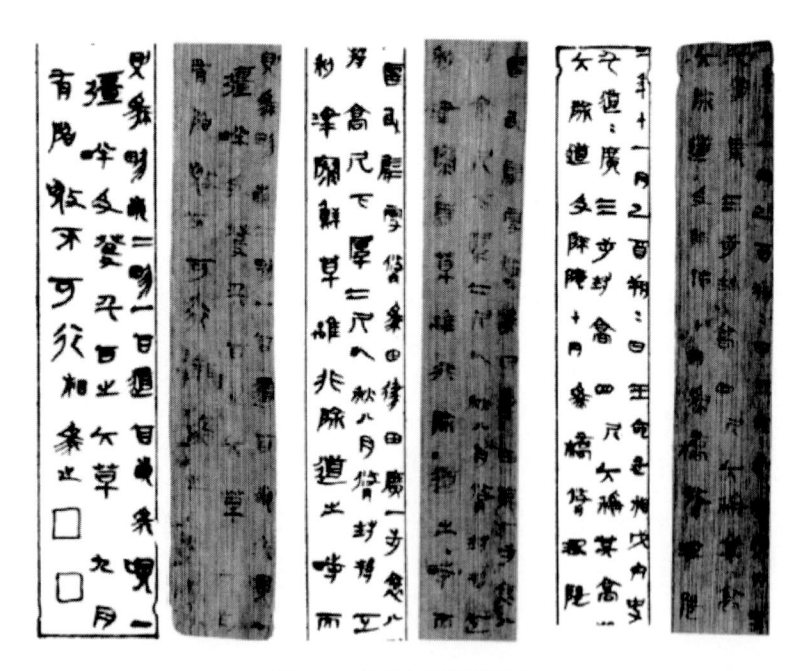

圖 3-9　青川木牘及其摹本

漢代簡牘

漢代簡牘出土於山東、湖南、甘肅等地，用隸書書寫，其中較有代表性的有銀雀山漢簡、武威漢簡、居延漢簡等。

銀雀山漢簡 1972 年出土於山東省臨沂市銀雀山 1 號西漢墓，共有竹簡 4,942 枚，2 號墓出土竹簡 32 枚，包括《孫子兵法》、《尉繚子》、《孫臏兵法》（圖 3-10）等文獻。

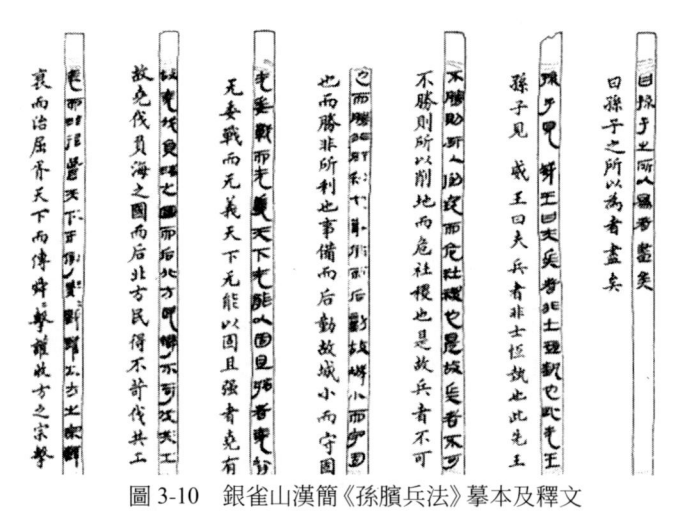

圖 3-10　銀雀山漢簡《孫臏兵法》摹本及釋文

武威地區氣候乾旱，利於簡牘的儲存。因此在武威出土了不少漢代簡牘，其中較有代表性的有《儀禮》簡（圖 3-11）。《儀禮》簡 1959 年出土於武威磨嘴子 6 號漢墓，共分為甲、乙、丙三種，這三種簡抄寫於西漢晚期，內容不同。《儀禮》簡雖然成於眾手，但字形整齊劃一，非常具有規範。

第三章　漢字「全家福」

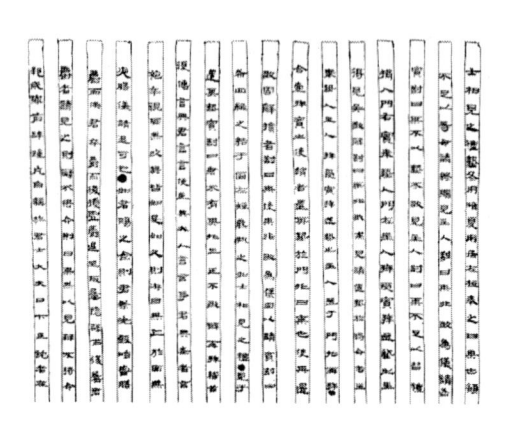

圖 3-11　武威漢簡《儀禮》摹本

三國簡

　　三國簡目前出土較少，主要見於湖南，用隸書書寫，其中最具代表性的是長沙市走馬樓出土的三國吳簡。

　　長沙走馬樓三國吳簡（圖 3-12）出土於 1996 年，共有竹簡近 14 萬枚，主要內容為地方文書檔案，字形有隸書、楷書和行書，還有一些草書，是研究三國史的重要資料。

圖 3-12　長沙走馬樓三國吳簡

3. 貫通古今的石刻文字

　　漢字家族中，金屬文字老成持重，代表了漢字家族最古老的傳統，讓人肅然起敬。簡帛文字簡便靈巧，代表了漢字家族的日常形態。要論豐富和有趣，則非石刻文字莫屬。石刻文字指鏤刻在石質材料上的文字，是漢字家族的萬花筒。一個漢字只要被鏤於金石，就注定被長時間銘記。它們可能自鏤刻起，就被人反覆瞻仰，也可能蒙塵百年，甚至千年之後才被人記起。但鏤刻在石頭和金屬上的意義完全不同。與隨手可得的石頭相比，金屬終究是較為貴重的材料，二者價值判若雲泥。如果說金屬文字展現了文字與媒介的相得益彰，那漢字與石頭的結合，則賦予了二者全新的意義，漢字使最常見的石頭不再平凡，而石頭則成就了漢字的歷久彌新。「無材可去補蒼天，枉入紅塵若許年。」不是每塊石頭都有補天之用，但如果一塊無材補天的石頭被刻上了文字，那這塊石頭就有了述歷史、道興亡的能力，誰能說這不是一種成功呢？如果說金屬文字和簡帛文字是深埋在地下的寶藏，那麼石刻文字大都是矗立在地上的豐碑。而且甲骨文、金文、簡帛文字都是特定歷史時代的產物，石刻文字卻從先秦一直延續到現代，貫通古今，向我們展示了漢字在不同發展階段的一幅幅生動的面孔，它們或雅或俗，或端莊秀麗，或飛揚恣肆，可以說石刻文字是漢字家族中最豐富多彩的一類。

　　石刻文字的內容和用途也各式各樣，包括功用未明的文字性符號、璽印文字、盟誓詛咒文字、歌功頌德文字、經籍樣本文字、墓誌墓碑文字、紀事遊記文字、法帖文字、生活應用文字等。這些內容分布於社會發展的各個時代，也涉及漢字發展的各個階段。這裡只介紹歌功頌德文字、經籍樣本文字、墓誌墓碑文字。

第三章　漢字「全家福」

歌功頌德文字

歌功頌德文字是把某人的功德寫成韻文，鏤刻在石質材料上。將文字刻在石上，既容易取材，又便於誦讀。自春秋之後，這種歌功頌德的方式成為主流。

有的歌功頌德文字鏤刻在形制不規則的石頭上，這些石刻稱為碣，例如石鼓文。石鼓文是春秋晚期秦國作品，發現於唐代。石鼓指的是一種上圓下平的石礅，共有十個，每個上面都刻有一首古詩，內容以記述秦君漁獵為主。由於歷代戰亂，石鼓文破壞嚴重，現在僅存272字。

有些歌功頌德文字被鏤刻在石碑上，稱為碑文。如《史記·秦始皇本紀》記載，秦始皇統一中國後，在始皇帝二十八年（前219年）出巡東方。登嶧山，立嶧山刻石（圖3-13）。登泰山，立泰山刻石。登琅琊山，立琅琊臺刻石。除此之外，還在芝罘、東觀、碣石、會稽等處刻石，其內容均為歌頌秦始皇功德的韻文。

圖3-13　嶧山刻石

經籍樣本文字

經籍樣本文字是為了規範經典中的文字而鐫刻的。在印刷術尚未普及之時，許多典籍只能依靠手抄流傳，難免出現訛誤。為了使經典中的文字有一定規範，歷代都會將標準的經書鐫刻在石版上，稱為石經。佛教傳入中國，為了防止佛教經典失傳，人們也將一些佛經刻寫在石版上。經籍樣本文字中，較有代表性的有熹平石經、正始石經、開成石經以及房山雲居寺石經。前三種石經的內容是傳統儒家經典，第四種石經的內容則是佛教經典。

熹平石經（圖 3-14）刻寫於東漢靈帝熹平年間（172～178 年），主要包括《魯詩》、《尚書》、《周易》、《儀禮》、《春秋》、《公羊傳》、《論語》七種經書，均用隸書書寫。熹平石經刻成後，立在洛陽太學，當時就有大量學子前往摹寫。但遺憾的是，由於歷代戰亂，熹平石經逐漸毀壞，現在僅有一些殘石存世。

圖 3-14　熹平石經

正始石經刻寫於三國曹魏正始二年（241年），包括《尚書》、《春秋》兩部經典。因為石經用古文、小篆和隸書三種字形書寫，所以又稱為三體石經。

開成石經（圖3-15）始刻於唐太和七年（833年），成於開成二年（837年），包括《周易》、《尚書》、《詩經》、《周禮》等十二種經典。開成石經現存西安碑林，是中國古代石經中儲存最完好的一部，相當於一座大型石質書庫。

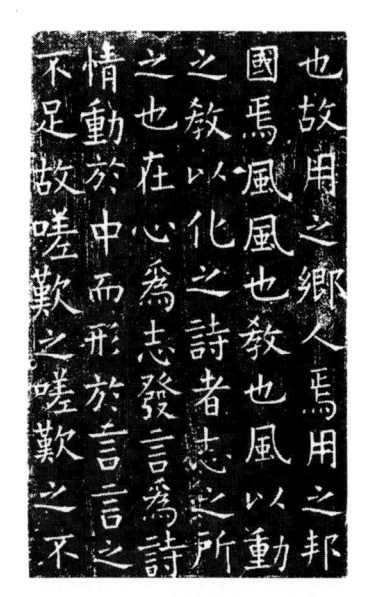

圖3-15　開成石經《詩經》

房山雲居寺石經（圖3-16）的刻寫始於隋代，終於明代，綿延千餘年，是佛教石經中規模最大、歷時最久、儲存最完善的文化珍品。

圖 3-16　房山雲居寺石經

墓誌墓碑文字

墓誌和墓碑都是以記述死者生平事蹟為主，立於墳墓之外的是墓碑，埋在墓室之內的叫墓誌。這類文字從漢代開始，綿延不絕，數量很多。其中較有代表性的墓碑有〈曹全碑〉、〈張遷碑〉、〈史晨前後碑〉等，較有代表性的墓誌有〈張黑女墓誌〉、〈董美人墓誌〉等。

〈曹全碑〉（圖 3-17）全稱為〈郃陽令曹全碑〉，刻於東漢中平二年（185 年），明萬曆年間出土。〈曹全碑〉文字清晰，字形秀美，是目前漢代石碑中儲存較完整的少數作品之一，原石現存西安碑林。

第三章　漢字「全家福」

圖 3-17　〈曹全碑〉

〈張黑女墓誌〉（圖 3-18）全稱為〈魏故南陽張府君墓誌〉，亦稱〈張玄墓誌〉。張玄，字黑女，清人為避康熙帝名諱，改稱〈張黑女墓誌〉。該墓誌刻於北魏普泰元年（531 年），字形風骨內斂，扁方舒朗，是魏碑的經典著作之一。

圖 3-18　〈張黑女墓誌〉

4. 平實廣用的紙質文字

　　紙質文字指書寫或印刷在紙張上的文字。紙張在西漢時出現，到東漢蔡倫對造紙術進行改良，紙張才得以大量生產。紙張物美價廉，得到越來越多人的青睞。在所有書寫材料中，紙張是出現最晚卻影響最大的一種。書寫在紙張上的漢字，也是漢字家族中年齡最小、出現最晚的成員。但紙張與文字的結合，又是世上最美妙的配合。書寫在紙張上的漢字，忠實地履行著漢字的功能，記載著歷史上發生的一切。它沒有金屬文字的熠熠生輝，沒有簡牘文字的一鳴驚人，也不像石刻文字被萬世瞻仰。但紙質文字年輕而有活力，低調而有擔當，它後來居上，以自己的平實價值，在通用層面大體上取代了其他文字媒介，成為堅定的文化傳承者。紙質文字從漢代誕生起，就與時俱進，不斷提升效用，靠自己無所不載的胸懷，默默地看著人世滄桑，記載著所有人的喜怒哀樂，訴說著歷史的興衰。在印刷術發明之前，人們主要用手寫的方式在紙張上進行書寫。印刷術發明之後，出現了印刷體文字。因此，紙質文字分為兩類，手寫本和印刷本。

手寫本

　　手寫本文字是人工書寫在紙張上的文字。手寫本文字種類繁多，我們這裡只介紹敦煌文獻和《四庫全書》兩種規模巨大的手寫紙質文字材料。

　　敦煌位於中國甘肅省西北部，是歷史上絲綢之路的重要樞紐，也是中西文化的匯集地之一。從漢魏六朝到隋唐五代，敦煌匯集了東西方的多種文化，也留下了數量巨大的紙本文獻。但隨著絲綢之路的荒廢，敦煌逐漸被人遺忘。莫高窟始建於前秦建元二年（366年），清光緒二十四

年（1898年）左右，一個名叫王圓籙的雲遊道士來到敦煌，居住在莫高窟。光緒二十六年（1900年），王道士無意間發現了位於莫高窟的藏經洞，藏經洞裡藏有數量巨大的手寫本文獻。這些文獻後來有一大部分流入國外，現在主要收藏在巴黎、倫敦等地（圖3-19）。一部分被當時的清政府收藏，現藏北京、臺灣等地。敦煌文獻內容豐富，其中既包括儒家、道家、佛教經典，也有相當數量的文學作品、語言文字書籍、歷史地理書籍等。敦煌藏經洞出土的文獻，幾乎涉及了古代歷史文化的各個方面，是一座偉大的文化寶庫。

敦煌文獻的書寫者既有文人雅士、官員胥吏，也有鄉里孩童，是我們研究文字演變、構形的重要參考資料。

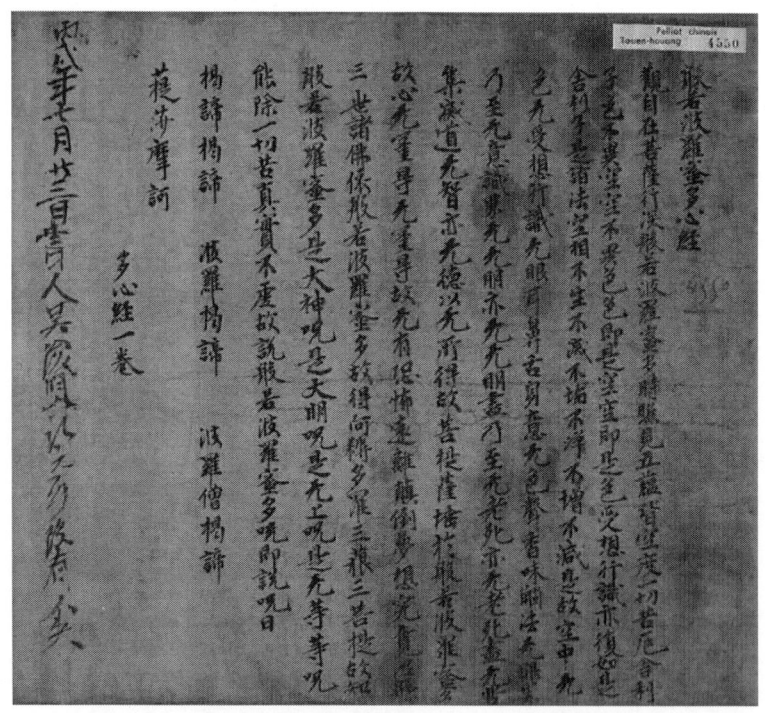

圖3-19　法國國家圖書館藏敦煌寫本《般若波羅蜜多心經》

《四庫全書》是清代乾隆年間編纂的一部官修叢書，因其所收書籍按照經、史、子、集四部分類法分類，基本上囊括了古代所有圖書，故稱《四庫全書》。乾隆四十六年（1781 年），第一部《四庫全書》抄寫完畢，進呈文淵閣收藏（圖 3-20）。之後的數年時間內，又抄寫了六部。分別藏於文溯閣（瀋陽）、文源閣（北京圓明園）、文津閣（承德）、文宗閣（鎮江）、文匯閣（揚州）、文瀾閣（杭州）。

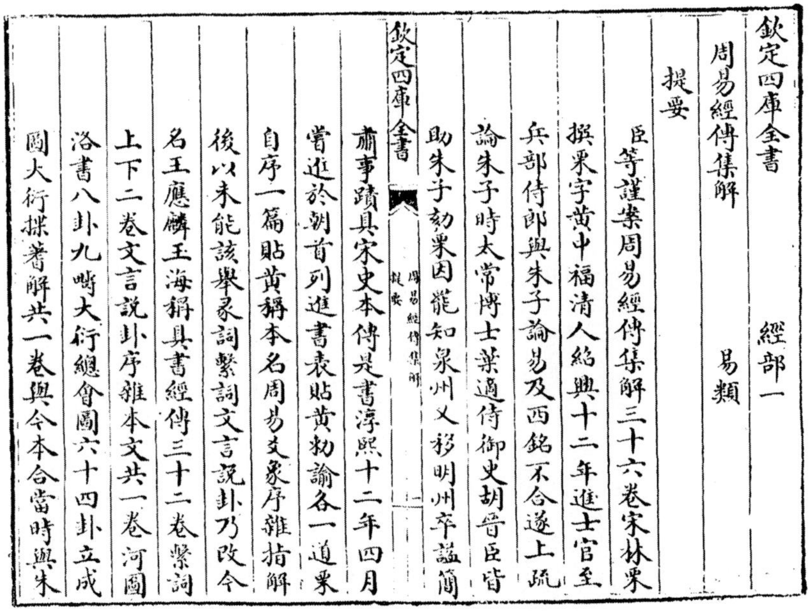
欽定四庫全書　經部一
周易經傳集解　易類
提要
臣等謹案周易經傳集解三十六卷宋林栗
撰栗字黃中福清人紹興十二年進士官至
兵部侍郎與朱子論易及西銘不合遂上疏
論朱子時太常博士葉適侍御史胡晉臣皆
助朱子劾栗因罷知泉州又移明州卒謚簡
肅事蹟具宋史本傳是書淳熙十二年四月
欽定四庫全書
周易經傳集解　提要
嘗進於朝首列進書表貼黃勑諭各一道栗
自序一篇貼黃稱本名周易爻象序雜指解
後以未能該舉彖詞繫詞文言說卦乃改今
名王應麟玉海稱具書經傳三十二卷繫詞
上下二卷文言說卦序雜本文共一卷河圖
洛書八卦九疇大衍總會圖六十四卦立成
圖大衍揲蓍解共一卷與今本合當時與朱

圖 3-20　文淵閣《四庫全書》

雖然《四庫全書》在編纂過程中存在擅改、刪削等問題，但整體而言，它儲存了眾多古代典籍，是研究傳統文化的淵藪。同時，由於《四庫全書》為手工抄寫，也儲存了大量古代，特別是清代的字形和用字現象，是研究漢字演變不可忽視的重要材料。

第三章　漢字「全家福」

印刷本

紙張的發明對書籍的傳播意義重大，但手寫本容易發生文字錯亂，且一次只能抄寫一部，效率很低。所以人們在改進文字媒介之後，又開始嘗試改良文字的書寫方式。到唐代，雕版印刷術出現。一塊書版可以印刷成上千部書籍，大大加快了書籍傳播速度。而且雕版版面固定，書籍內容不易出錯。就文字而言，每一次雕版，等於將書籍重新抄寫一遍，因而不同版本的字跡也不盡相同。圖 3-21 從左至右，分別是陳昌治本、汲古閣本、藤花榭本、續古逸叢書本、平津館本《說文》的「丄」字條內容。從《說文》的「丄」字條內容可以看出，版本不同，文字也存在一定差異。

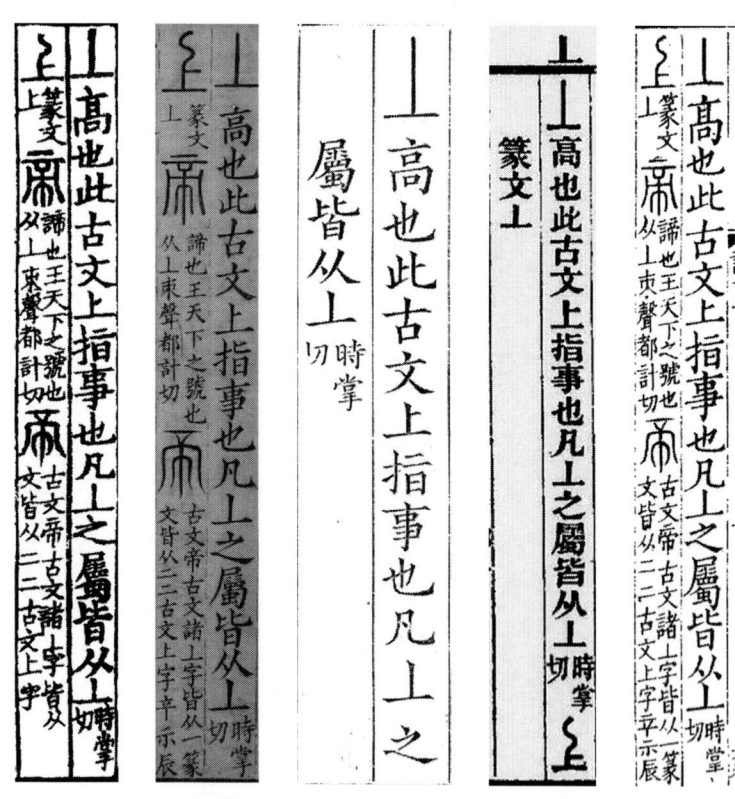

圖 3-21　各版本《說文解字》「丄」字條對照

雕版印刷術發明之初，並未被用來刻印傳統經典，而是以刊刻通俗讀物和佛教經卷為主，五代時期才出現政府刻印的書籍。現存較早的雕版印刷實物有韓國發現的、印刷於 705 年的《無垢淨光大陀羅尼經》，以及在敦煌發現的、印刷於唐代咸通九年（868 年）的《金剛經》。中國現存的雕版印刷實物，年代較早的有 1944 年在四川出土的《陀羅尼經咒》以及五代雕印的〈文殊師利菩薩像〉（圖 3-22）。

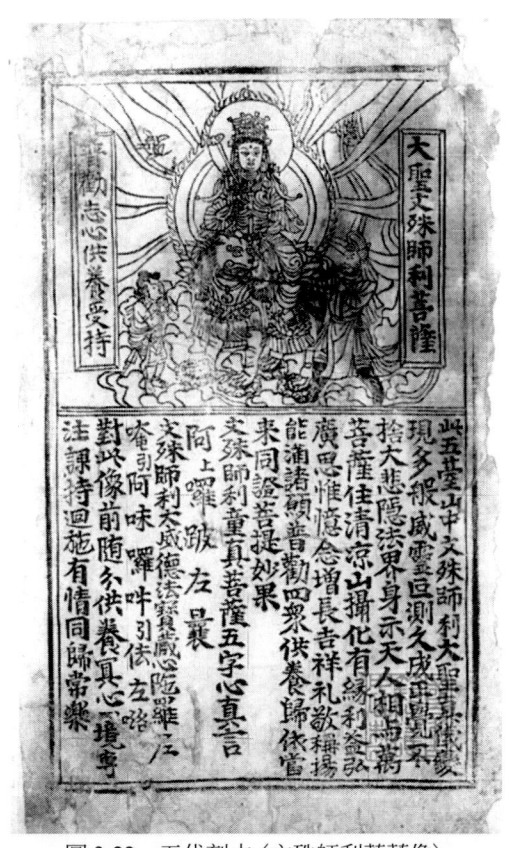

圖 3-22　五代刻本〈文殊師利菩薩像〉

到了宋代，畢昇發明膠泥活字，元代王禎又發明木製活字和轉輪排字架。活字印刷術的應用使同樣的字可以反覆使用，個體字元的書寫樣

式得以固定，文字規範也就容易很多。遺憾的是，畢昇和王禎的活字印刷本只見於文字記載，沒有實物傳世，現在可見最早的活字印刷書籍，有明代弘治年間印刷的《九經韻覽》、《容齋隨筆》等書；清代有銅活字印刷的《古今圖書集成》、《武英殿聚珍版叢書》等。

二、漢字的不同風格

　　上一節主要從媒介角度介紹了漢字家族的主要成員，本節將從書寫風格角度介紹漢字的成長過程和不同群體的不同姿態。我們看小時候的照片，往往會覺得恍如隔世。漢字的發展也是如此，在上千年的使用中，漢字形體在進行著緩慢的改變。我們現在使用的漢字，就是經歷了長時間演變的結果。大篆和小篆、古隸和今隸、行書和楷書、草書及其變體，都可以視為漢字成長過程中不同階段的照片，各自有著不同的背景和體態，在漢字發展史上都有一定的價值和地位。大篆到小篆的變化，使漢字有了統一規範；古隸到今隸的變化，使漢字不再描摹具象；行書和楷書，代表著今文字階段的正式來臨；而草書的諸多形體，則有藝術性的刻意追求。

1. 大篆與小篆

　　大篆主要指以籀文、石鼓文為代表的一種字形。籀文即周宣王時期的童蒙讀物《史籀篇》中的文字，因為《史籀篇》早已亡佚，現存的籀文只有《說文》中收錄的一部分，學者們對籀文多有爭議，這裡從略。

　　與籀文相比，石鼓文（圖 3-23）的研究與整理更為確實。石鼓文發現於唐代，在當時就引起巨大轟動，不少著名詩人都撰寫詩篇，對石鼓加

以歌詠，如杜甫、韋應物、韓愈等。除了文學家之外，唐代書法家虞世南、歐陽詢、褚遂良等，也從學術的角度，對石鼓上的文字進行鑑賞和研究。為了保護文物，這十面石鼓被移到鳳翔孔廟，但在運送過程中出現遺失，只有九個被安全送到。唐末五代戰亂頻仍，石鼓逐漸散佚。到了北宋初年，司馬光的父親司馬池將散佚的石鼓蒐集起來，安置在鳳翔學宮，總數仍是九個。北宋中期，有一位叫向傳師的金石學家，在民間訪得第十面石鼓，但此石鼓已被改作石臼，每行缺少三個字。自此，十面石鼓終於湊齊。到北宋末年，宋徽宗將十個石鼓運至首都開封。為防止反覆拓印損壞文物，徽宗將石鼓上的文字用黃金填滿。此後不久，「靖康之難」發生，北宋滅亡，石鼓也被金人運至燕京（今北京）。金人不知石鼓的價值，將石鼓中鑲嵌的黃金取出後，將其拋棄荒野。元代初年，石鼓被重新找回，放置在北京孔廟之內。1931年，日軍攻占瀋陽，為了保護文物安全，當時的國民政府將石鼓運至南京。抗戰勝利後，石鼓被運回北京，現存北京故宮博物院。

圖 3-23　石鼓文

第三章 漢字「全家福」

小篆指秦始皇統一中國後，實行「書同文」政策時所頒布的標準字形，由丞相李斯等人在大篆的基礎上改造而成，帶有明顯的人為規範性。秦始皇統一六國後，率領大臣在東方巡遊以宣揚威德，分別在嶧山、泰山、琅琊臺、芝罘山、碣石、會稽等六地刻石頌功。這些刻石均為丞相李斯手筆，被認為是小篆的典範之作。在這六種刻石中，嶧山、泰山、琅琊、會稽四石均有宋代拓本存世，被稱為「秦四山刻石」。其中嶧山、會稽兩刻無原石傳世，現存拓本均為後人摹刻，而泰山、琅琊二刻則有零星原石留存。泰山刻石（圖 3-24）鏤刻於秦始皇二十八年（前 219 年），原石扁圓，四周刻字，共 222 字。

刻石立在泰山頂上，剝蝕較為嚴重，宋代時僅剩 47 字。明代嘉靖年間，刻石被移到泰山碧霞元君祠內。不幸的是，清代乾隆年間，碧霞元君祠發生大火，刻石因此毀壞。嘉慶年間，兩塊殘石被找到，僅剩 10 字，被稱為「十字石」。

琅琊臺刻石原石呈圭形，現在僅存 86 字。除上述刻石外，現存較為典型的小篆還有秦國虎符、權量上的文字，以及《說文解字》所收的 9,000 多個字頭。

將大篆和小篆進行對比，可以發現二者的形體較為接近，均有工整勻稱、修長婉轉的特點。但二者也有差別，表 3-2 將二者的一部分字形進行簡單對比，表中大篆來源於石鼓文，小篆來自《說文解字》。

二、漢字的不同風格

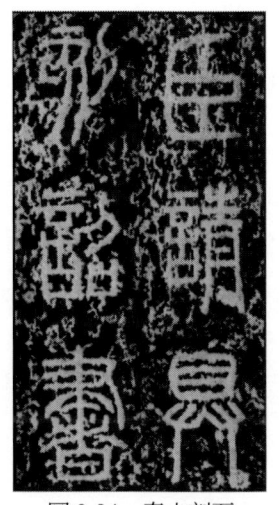

圖 3-24　泰山刻石

表 3-2　大篆、小篆字形對照

例字	涉	為	草	中	道
大篆					
小篆					

　　可以看出，與石鼓文大篆相比，小篆字形更為勻稱，結構也更加合理。例如「涉」字，石鼓文字形描繪兩隻腳（止）跨過一條小河（水），象形程度較高。小篆則將「水」立了起來，兩隻腳放到一邊，在一定程度上

157

喪失了原構形理據，但字形看起來更為勻稱美觀。又如「道」字，石鼓文從行、從首、從寸，形體較為複雜。小篆字形從辵、從首，形體更為簡單，也更為美觀。

秦朝的「書同文」，不只是用小篆統一全國字形，更重要的是，統一規定字的用法和事物的名稱。這種語言文字上的統一，順應秦朝政治軍事的統一，強力維護了中央集權制，也大大促進了語言文字的規範和發展，對後世影響很大。

2. 古隸與今隸

范仲淹在延州（治今陝西延安）和西夏作戰時，望見大雁南飛，不禁想到了離家萬里，他百感交集，寫下了〈漁家傲·秋思〉這首千古名作：「濁酒一杯家萬里，燕然未勒歸無計。羌管悠悠霜滿地。」這首詞中，「燕然未勒」一句化用了竇憲遠征匈奴的典故，這也是歷代文學作品中常見的典故之一。據《後漢書·竇憲傳》載，竇憲率兵攻打匈奴，大獲全勝。為了記載這次功績，他命班固撰寫了一篇〈封燕然山銘〉，並將其鐫刻在燕然山上。竇憲戰勝匈奴對東漢王朝意義重大，所以後人用「燕然勒石」代指擊退外敵建立功勳。但由於歷代史書都未記載燕然山的具體地點，數千年來，似未有人見到其真正面目。2017 年，在蒙古的杭愛山的支脈上，發現了蒙塵兩千多年的〈封燕然山銘〉（圖 3-25）。

二、漢字的不同風格

圖 3-25　〈封燕然山銘〉拓片及原石

第三章 漢字「全家福」

〈封燕然山銘〉鐫刻於東漢永元元年（89年），屬於東漢早期。就其使用的字形而言，屬於古隸，古隸是與今隸相對的文字學概念。從現有的材料來看，隸書形成於戰國晚期，前身是古文字的俗體。秦人為了書寫便利，不斷對古文字進行簡化改造，隸書逐漸產生。秦代到西漢早期，隸書還處於發展階段，尚未完全成熟。從漢武帝時期到東漢末年，隸書逐漸成熟。尚未成熟的隸書稱為古隸或秦隸，已經成熟的隸書稱為今隸或漢隸。在現存的傳世碑刻中，〈曹全碑〉、〈乙瑛碑〉、〈史晨碑〉等均是較為典型的今隸，而〈封燕然山銘〉、熹平石經則是古隸的代表。為了更能了解古隸文字的特點，在表 3-3 中擷取〈封燕然山銘〉拓片字形，並將其與典型今隸進行對比。

表 3-3　古隸、今隸字形對照

例字	其	辤（辭）	寧	君	者
古隸（〈封燕然山銘〉）					
今隸	〈曹全碑〉	〈乙瑛碑〉	〈曹全碑〉	〈曹全碑〉	〈乙瑛碑〉

可以看出，今隸字形多呈扁方形，筆畫舒展，橫畫略呈微波起伏之勢，書法家將今隸的這種特點，稱為「波勢」、「波磔」或「蠶頭燕尾」。

而〈封燕然山銘〉中的字，則帶有一定的古文字特徵，筆畫特點不太突出，波磔也不明顯。古隸與今隸的最大差別，就是古隸筆畫特點不明顯，而今隸的筆畫有明顯波磔。那麼，鐫刻於東漢的〈封燕然山銘〉為什麼還會使用古隸呢？我們認為其中緣由主要有兩點：其一，字形的演變不會一蹴而就，新的字形出現後，舊的字形往往不會立刻退出歷史舞臺。其二，〈封燕然山銘〉是為了彰顯國威而鐫刻的，使用的文字也需古樸莊嚴。

3. 楷書與行書

　　東晉永和九年（353年）春天，王羲之與幾位好友在會稽山陰（今浙江紹興）舉行「修禊」活動。所謂「修禊」，本指暮春時節在水邊舉行的一種祭祀，但在魏晉時期，這種祭祀已經成為以踏青、聚會為主的遊樂活動。王羲之和他的朋友們飲酒作詩，相談甚歡。在聚會結束時，共寫出詩篇37首。王羲之將這些詩文編在一起，取名為《蘭亭集》。按照當時的慣例，他應當為這本詩集撰寫一篇序言。當時王羲之飲酒正酣，即席揮毫，寫下了〈蘭亭集序〉（又稱〈蘭亭序〉）。時至今日，《蘭亭集》早已不為人知，而〈蘭亭序〉卻廣為流傳。〈蘭亭序〉的廣為人知，一方面因為其文辭優美，是魏晉文學的代表作品之一；另一方面，更與〈蘭亭序〉在書法上的非凡成就有密切關係。

　　〈蘭亭序〉全文早已入選學校教材，這裡無須贅述。但它作為行書精品的故事，卻未必人人皆知，我們這裡就來說一說〈蘭亭序〉書法真跡的故事。

第三章　漢字「全家福」

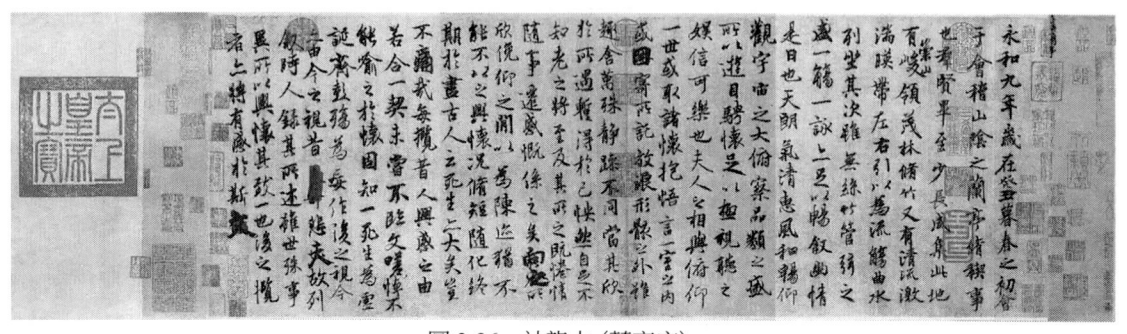

圖 3-26　神龍本〈蘭亭序〉

　　〈蘭亭序〉寫成之後，王羲之自己非常滿意。據說次日他酒醒之後，試圖重寫一份，卻再也無法寫出同樣的作品。正因為如此，〈蘭亭序〉一直為王氏家族所珍愛，代代相傳，到了王羲之的七代孫智永和尚手中，時間已經是唐代。由於智永沒有子孫，只得將〈蘭亭序〉真跡託付給弟子辯才。辯才不敢怠慢，特意將〈蘭亭序〉藏在臥房的暗格之中。唐太宗李世民得知〈蘭亭序〉在辯才手中之後，趕忙命人將辯才請入皇宮，詢問真跡下落。但不論如何盤問，辯才都說真跡已經亡佚。後來，唐太宗派遣監察御史蕭翼偽裝成商人，前往山陰尋訪真跡。蕭翼很快獲得了辯才的信任，得以見到〈蘭亭序〉真跡。有一天，恰逢辯才外出，蕭翼趁機盜走〈蘭亭序〉，並將其獻給唐太宗。唐太宗大喜過望，立刻命令當時專門供職朝廷的書法家趙模、韓道政、馮承素、諸葛貞等人將〈蘭亭序〉臨摹數份，送給太子和近臣。唐太宗在彌留之際，仍然對〈蘭亭序〉真跡放心不下，最終留下遺詔，將真跡隨葬。〈蘭亭序〉真跡從此銷聲匿跡，只有摹本傳世（圖 3-26）。

　　王羲之的書法作品在魏晉時期已經遠近聞名，到了唐代，因為唐太宗的追捧，更被人奉為至寶。據張懷瓘〈書估〉記載，唐人對王氏書跡的蒐集不遺餘力，將其認真抄寫的東西奉為國寶，甚至連其便條、書信都可以依字計價。在現存的王氏書法中，〈快雪時晴帖〉、〈十七帖〉、〈喪亂

帖〉等就是王氏為友人書寫的便箋或書信。

除了唐太宗之外，清乾隆皇帝也對〈蘭亭序〉喜愛有加，他將八種〈蘭亭序〉摹本刻在石柱之上，並將其放置在位於圓明園的坐石臨流亭中，這就是著名的「蘭亭八柱」。到了清代末期，圓明園被英法聯軍焚燒，蘭亭八柱雖然在火災中倖存，但被棄於荒野。到了 1917 年，蘭亭八柱被安置在由社稷壇改造的北京中央公園（今稱中山公園）內。直至今日，蘭亭八柱雖然略有風化，但依然可以辨讀。

〈蘭亭序〉被稱為「天下第一行書」。所謂「行書」，指的是一種介於楷書和草書之間的字形。我們日常習字，往往會先練習楷書，再練習行書和草書，但就文字發展而言，行書、草書和楷書是同時並行的三種書體。所謂楷書，指的就是形體方正、筆畫平直、可作模範的書體，又稱為「真書」、「正書」。現在可見最古的楷書，是三國時期鍾繇的書跡（圖 3-27），所使用的字形與行書非常相近。到了魏晉南北朝時期，楷書不斷發展，逐漸成為主流字形。到唐代，楷書更加成熟，出現了大批傑出的書法家，其中最著名者有歐陽詢、褚遂良、顏真卿、柳公權等。

楷書與行書在形體特點上雖然存在一些差異，但畢竟相同之處更多，我們基本上可以將二者視為屬於同一種字形的不同分支。而隸書與楷書則是漢字發展的兩個階段，二者形體存在較大的差異。下表將一部分隸書和楷書進行對比，第一行取自東漢時期隸書的典型代表，第二行取自楷書範帖歐陽詢〈九成宮醴泉銘〉，從表 3-4 中，我們可以很明顯地看出二者的差別：就整體而言，隸書呈扁平狀，楷書呈正方形；就筆畫層面而言，楷書的橫沒有波磔、撇的斜尖向下，硬鉤、橫折等筆畫也是楷書特點，在隸書中未見使用。

第三章　漢字「全家福」

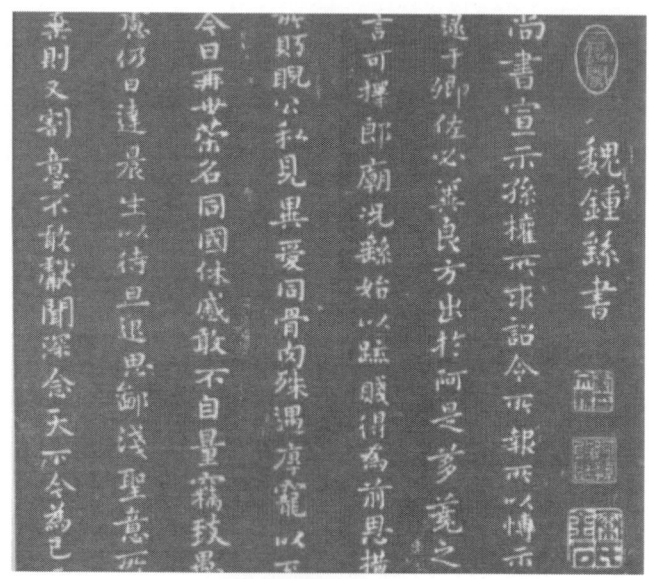

圖 3-27　鍾繇〈宣示表〉

表 3-4　隸書、楷書字形對照

例字	以	之	為	無	代
隸書	〈史晨碑〉	〈曹全碑〉	〈曹全碑〉	〈曹全碑〉	〈禮器碑〉
楷書					

二、漢字的不同風格

之所以會出現這樣的變化,主要與書寫者追求便利有關。以表 3-4「無」字為例,隸書的橫畫往往在起筆時會下垂,而收筆時則會向右上方挑出,形成所謂「蠶頭燕尾」。而楷書的起筆、收筆則明顯簡單,這樣更方便書寫下一個字。總之,楷書的產生是漢字在長期書寫中的自然選擇,具有充分的合理性。也正因為如此,漢字形體發展到楷書就開始趨向穩定,並一直沿用至今。

從漢字的使用歷史看,楷書是主體,其橫平豎直的書寫風格和方方正正的外形特徵,也是中華民族品格的象徵。

4. 草書三體

圖 3-28 是一張字跡潦草的便條,相信不少人第一次見到時,除了最右側的「張旭書」三字之外,一字不識。在生活中,如果有人留下這樣一張字條給你,你也許會直接扔掉。但這幅字陳列在博物館,與它一起陳列的還有〈曹全碑〉、「熹平石經」、〈廣武將軍碑〉等著名石碑,從這些一同展覽的石碑,也可看出它的價值。所以,這塊碑絕不能以「潦草」二字簡單帶過。想了解這幅字的妙處,我們可以先從最右側「張旭書」這三個字入手。

圖 3-28　〈肚痛帖〉

第三章　漢字「全家福」

　　張旭字伯高,在草書方面造詣極高,被稱為「草聖」。因其官至金吾長史,又被稱為「張長史」。杜甫在〈飲中八仙歌〉中讚美了他所謂的「飲中八仙」,其中有「張旭三杯草聖傳,脫帽露頂王公前,揮毫落紙如雲煙」之句。這幾句詩對張旭的描寫可謂生動至極,脫帽露頂、揮毫落紙描繪了酒醉後的瀟灑恣肆,這也正與他的書法風格極為貼近。韓愈在〈送高閑上人序〉中對張旭的書法有極高評價,指出張旭的書法不但筆法變化莫測,且將自己的喜怒哀樂都寓於書法之中,從張旭的字裡,簡直可以看到他的心情變化。上文提到的便條名叫〈肚痛帖〉,是張旭肚子痛時為自己的診斷結果,也是他傳世書跡中較有名的一幅。共 30 字,全文如下:

　　忽肚痛不可堪,不知是冷熱所致,欲服大黃湯,冷熱俱有益,如何為計,非冷哉。

　　整體看來,全帖呈現出一種狂放自由、汪洋恣肆的藝術情趣。開始的「忽肚痛」三字,由於剛剛下筆,還寫得較為有序,這也是全帖最好認的三個字。從「不可堪」開始,筆畫忽然變輕,每個字開始飛動起來,連貫而下。到了末尾「非冷哉」三字,飛舞的文字似乎已經無法節制。所以這三個字雖然與開頭的筆畫粗細相仿,卻表現出翻轉奔騰、無拘無束的氣象,與開頭形成呼應和對比。

　　〈肚痛帖〉所用的字形是草書。草書有廣義和狹義之分,廣義的草書指書寫潦草的字,而狹義的草書則指一種特定的字形,我們一般討論的草書是指後者。草書在各種字形中的地位很特別,了解草書者,對它欣賞有加;而不了解者,卻往往覺得它只是「鬼畫符」,誰都可以創作。就拿〈肚痛帖〉來說,書法家們對其有無數的賞析和研究,但如果不懂書法,我們很可能根本無法領悟其中奧妙。狹義的草書包含三種不同風格

的字形,即所謂「草書三體」:章草、今草和狂草。草書原本脫胎於隸書的草寫,所謂「章草」,實際上就是今隸的草寫。今隸的最大特點是筆畫出現波磔,章草的最大特點也是在每字結束時採取波磔的收筆方式。現存的章草作品中,最具代表性的是三國時期吳國書法家皇象寫的《急就章》(圖 3-29)。

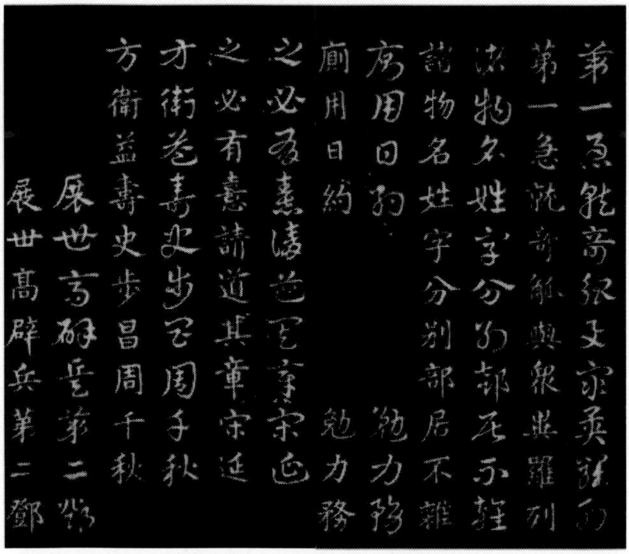

圖 3-29　皇象本《急就章》

　　魏晉南北朝時期,章草在行書與楷書的影響下逐漸發展,由此形成了今草。今草與章草既有相同之處,也有不同之處。相同之處在於,今草的字形基本沿襲章草。不同之處有二:其一,章草中還有不少隸書的筆法,而今草中隸書的筆法逐漸消失;其二,今草連筆比章草多,字與字之間出現了鉤連。現存的今草作品相對較少,其中有名的當屬陸機〈平復帖〉(圖 3-30)。

　　將今草寫得更加草率,字與字的鉤連更加密切,就形成了狂草,上文提及的〈肚痛帖〉,就是典型的狂草作品。值得說明的是,草書來源於

隸書，章草的使用範圍相對較廣。隨著草書的日趨潦草，其藝術價值逐漸高於使用價值。今草已經少有人使用，狂草更是難以辨識，完全成了藝術品。

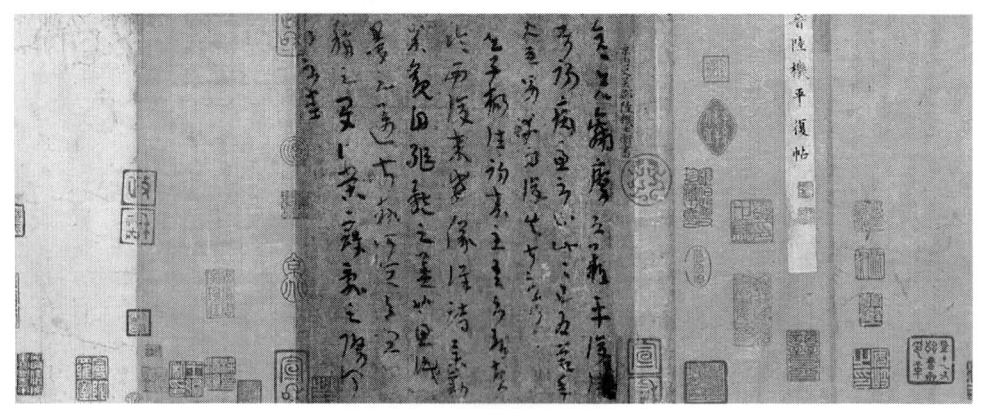

圖 3-30　陸機〈平復帖〉

三、漢字的共同特徵

　　漢字被稱為「方塊字」，因為方塊形狀是漢字的共同特徵。這個「方塊」包括長方形、扁方形和正方形，也可以包括早期的不規則塊狀。由不規則的塊狀演變成正方形，展現了漢字形體發展的程序，也映照著中華文明進步的歷程。就現有文字材料看，甲骨文、金文的形體不太明確，總體上可以視為不規則的塊狀；小篆階段的漢字多取縱勢，基本上呈長方形；隸書階段的漢字多取橫勢，基本上呈寬扁的長方形；直到楷書階段，漢字才最終變成正方形。可見漢字是在書寫過程中逐步變得方正的。那麼，漢字為什麼會是方塊形？又是如何從不規則的塊狀逐漸變得方正的呢？

1. 構形方式對漢字形體的影響

當今時代，汽車在我們生活中的地位日益提高，幾乎成了人人必用的交通工具。除了使用價值之外，汽車還是身分、地位，乃至個人品味的象徵。從出土文物可知，至遲在商代已經開始用車。

殷墟商代墓葬中發現不少車輛遺跡和車輛配件，考古學家根據這些文物，對商代車輛進行了初步復原，如圖 3-31 所示。

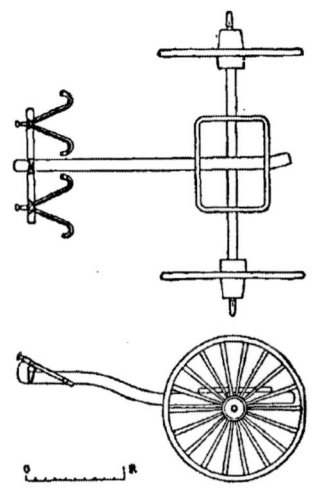

圖 3-31　商代車輛復原圖

那麼，古人是如何用文字記載語言中表示「車」這個事物的呢？「車」字在商周時期已經出現，我們簡單將「車」字的形體變遷整理如表 3-5 所示。

表 3-5　「車」字形體演變

甲骨文	金文	戰國文字	小篆	隸書	楷書
𢊁	𢊁	車	車	車	車

上述古文字描繪的細節雖有不同，但都突出了車輪、車軸等主要部分。將甲骨文、金文形體與上文的復原圖相比，可以發現二者非常相似，商周時期的「車」字，就是對車輛俯視的描摹。在古文字階段，「車」字象形意味較濃，呈不規則的團塊狀。隨著文字的發展，字形逐漸簡化，車軸等部分被省略，車輪成了全字主體，這個形體即後來「車」字所本。簡化過程中，「車」字的象形意味逐漸減少，而字形日益有序。到楷

169

書階段,就定型為方塊的「車」了。

漢字最初是用「依類象形」的方式創制出來的。客觀事物在三維空間中存在,而文字在二維平面中書寫。在將三維空間的事物轉化為二維文字時,很容易形成團塊狀。就「車」字而言,古人用描摹俯視的方式創造「車」字,就必然會將立體的車輛「壓扁」,而形成團塊狀的「車」字。

古人描摹各類動物時,也會採取「依類象形」的方式。狗是人類最早馴化的動物之一,古人稱狗為「犬」,甲骨文中已經出現了不少「犬」字,說明至遲在商代,先民已經開始養狗。「犬」字的形體演變也可以展現出漢字從不規則的團塊狀變為「方塊字」的過程。為表述方便,我們將「犬」字的形體演變,整理如表 3-6 所示。

表 3-6 「犬」字形體演變

甲骨文	金文	戰國文字	小篆	隸書	楷書
犬	犬	犬	犬	大	犬

從表 3-6 可見,甲骨文、金文的「犬」字,在細節上多有不同,但都是對狗側視形的描摹,著重突出狗的尾巴。古人透過生動描摹狗的側視,將三維空間中的狗,搬到了二維平面上。隨著漢字的發展,「犬」逐漸不再象形,戰國文字已經與甲骨文、金文存在差異。到隸書,我們已經無法從字形看出狗的樣子了。古文字字形並不有序,到小篆階段,「犬」字形體進一步規範,呈長方形。隸書階段,「犬」字呈寬扁的長方形。到楷書,方塊形的「犬」字最終定型。

三、漢字的共同特徵

　　總之，漢字最初的構形方式以描摹客觀事物為主，而客觀事物是立體的，把立體的客觀事物轉化成平面的文字形體，無論是俯視還是側視，描摹出來的形體都是不規則的塊狀。隨著文字的發展，在審美意趣、書寫媒介等因素的共同作用下，漢字最終成了「方塊字」。

2. 書寫媒介對漢字形體的影響

　　出土於甘肅的「肩水金關漢簡」中有一枚殘破但有趣的木簡，簡上寫畫有一隻兔子（圖 3-32）。

　　這隻兔子栩栩如生，看起來正在奔跑。與我們常見的兔子不同，牠是立起來奔跑的。之所以會出現這樣的圖畫，並不是因為祖先已經有了創作漫畫的意識，而是因為這隻兔子畫在一條木簡上。從目前出土較多的戰國竹簡的形制來看，一般而言，單枚竹簡寬度較窄，長度因內容而異。想在左右較窄的竹簡上畫一隻奔跑的兔子，難度不小。為了保證圖畫美觀，書寫者最終選擇讓兔子「站立」起來奔跑。

　　除了對繪畫有影響之外，書寫媒介的形制也會對漢字的形體產生較大的影響。在漢字產生之初，媒介可能是大地、石塊、樹葉等未經加工的自然物。在這些媒介上面書寫，漢字形體不會受到束縛。但隨著文字媒介向青銅器物、竹木、布帛、紙張等規則物體發展，媒介的形制開始逐漸對文字形體進行約束。甲骨文、金文中有不少動物也站了起來，如：「虎」字甲骨文寫為「🐅」，金文寫為「🐅」；「象」字甲骨文寫為「🐘」，金文寫為「🐘」。之所以會出現這樣的現象，就是因為受到書寫媒介的制約。

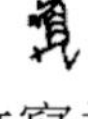

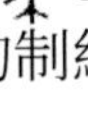

圖 3-32
肩水金關漢簡

第三章　漢字「全家福」

　　竹簡是古代應用最廣、影響最大的書寫媒介。因為竹簡較窄，對漢字的寬度進行了天然限制，而為了在一支簡上書寫更多的文字，勢必不能將一個字寫得過於修長。竹簡形制的長寬限定，對漢字形體有巨大影響。在這種影響之下，即使書寫媒介變成更寬、更長的布帛、木片或紙張，書寫者仍會仿照竹簡的形制，在這些媒介上打出豎線或格子。馬王堆帛書（圖 3-33）是較為典型的書寫在絲帛上的文字，從出土文物可以看出，許多帛書上均有書寫者人為畫出的豎行界格。在這種行格的約束之下，漢字形體變得日益有序。

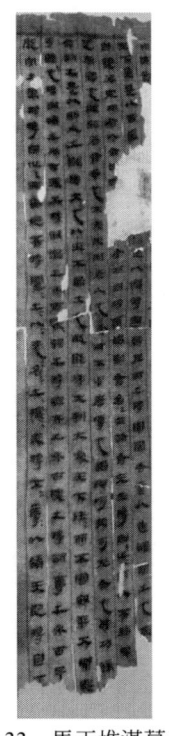

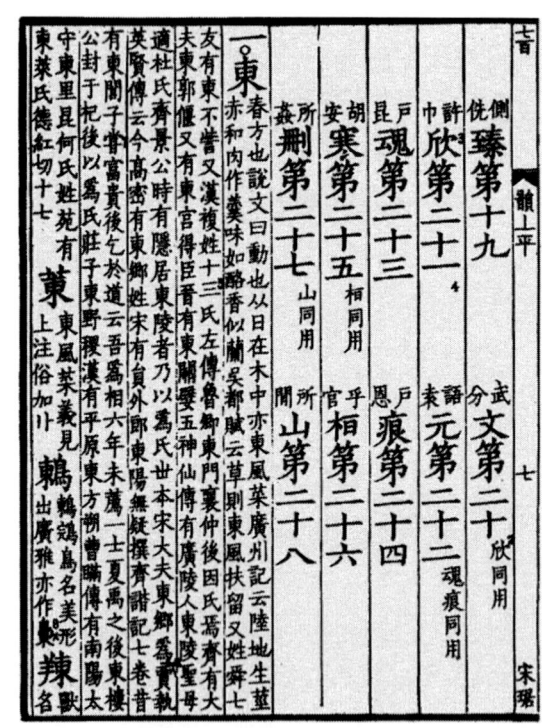

圖 3-33　馬王堆漢墓帛書　　　　圖 3-34　澤存堂本《廣韻》

　　到唐代，雕版印刷技術逐漸成熟。對雕版印刷來說，方正的木片便於製作、排版、儲存，是相對理想的工具。而將字形規劃為方塊，可以

更快捷地利用版面，同時也可使版面更為美觀。圖 3-34 是《廣韻》中的一頁，可以看出，這一頁中的文字排列井然有序，版面清晰美觀，讓人賞心悅目。之所以會有這樣的效果，與方塊形漢字本身的規範整齊有密切關係。雕版印刷的廣泛使用，使書籍的流通更加便利，這種方正的形體，也隨著書籍的流通而深入人心。

3. 審美意識對漢字形體的影響

對聯是中華傳統文化的精髓之一，影響極其深遠。直至今日，各類春聯、楹聯仍然隨處可見。人們用對聯表達自己的喜怒哀樂，表達對未來的憧憬和對前賢的懷念。為什麼中華民族會發明對聯這種藝術形式呢？這與中華民族講求對稱的審美觀念有關。對稱美是中華民族的重要審美觀念，對對稱美的追求，表現在我們生活的各方面。中華民族有「門當戶對」、「投桃報李」、「好事成雙」的習俗，我們的傳統建築也往往講究左右對稱。在文學藝術中，中華民族的詩歌講求對偶，繪畫講究呼應，這都是對稱、均衡美的展現。可以說，中華民族在生活的各個方面和各種物質文明上，均留下對稱審美的烙印。

中華民族講究對稱的審美觀念，對漢字形體影響深刻。漢字在產生之初，為了描摹具體事物，其形體勢必不會十分有序。但隨著時代的發展，漢字變得日益有規範，最終形成了方塊形。在文字由不規則塊狀演變為方塊形的過程中，對稱均衡的審美觀念發揮了重要作用。例如「刖」字，反映的是古代一種砍腳酷刑，甲骨文原本寫為「𠂆」、「𠂇」等形，像一個人被砍掉一隻腳。甲骨文字生動描繪了砍腳的情形，幾乎一望可知。但由於刑具和手都要放在右下角，使整個字形難以平衡。正因為如此，古人另外造了一個形聲字「刖」來代替甲骨文字形。與甲骨文相比，

「刖」字左右勻稱，更加均衡美觀，這個字形就沿用至今。又如「解」字，甲骨文寫為「󰀀」，金文寫為「󰀀」、「󰀀」等形，小篆寫為「󰀀」。甲骨文像用兩手將牛角摘下，金文有兩種寫法，但總體而言仍是摘牛角的樣子。小篆字形雖保持了「牛」、「角」、「刀」三個部分，但並未按照實際情況放置三者位置。從形體均衡的角度而言，甲骨文、金文上大下小，字形上部顯得過於繁複，視覺上不夠方正，小篆字形調整為長方形，則明顯更為均衡美觀。也正因為如此，小篆字形為楷書所繼承，一直沿用至今。再如「示」字，甲骨文最初寫為「󰀀」形，像祭祀的石製供桌。但構形上頭重腳輕，並不均衡穩當，所以後來在下面增加兩筆，寫為「󰀀」，這樣看起來就勻稱穩當，也更方正了，所以後來的小篆、隸書、楷書都選定了這個增筆的字形。這些都說明漢民族追求對稱、均衡的審美意識，在漢字方正化的演變過程中，發揮了重要的作用。

　　總之，漢字的發展是一個逐步規範的過程，也是一個逐步美化的過程。祖先在使用漢字時，往往會對一些形體失衡的字形進行修正。具體的修正方式，主要有三種：一是廢除原字，另造新字，如上文的「刖」字；二是調整原字組成部分的位置和方向，上文的「解」字即是其例；三是增減筆畫，上文的「示」字即是其例。透過這種修正，漢字變得日益均衡、對稱。在二維平面中，正方形的視覺感最為均衡穩定，所以對均衡、對稱的追求，必然會使漢字逐步向方塊形發展。

第四章　漢字的構造與使用

在〈漢字起源探祕〉一章裡，我們了解了一些漢字起源的傳說。古老的傳說充滿了神祕色彩，用今天科學的眼光來看，無論是伏羲氏、黃帝還是倉頡，他們雖然是值得崇敬的偉大神聖人物，但文字的創造一定不是某個人的功績，而是先民的集體智慧，他們只是智慧先民中的佼佼者。文字產生並廣泛使用以後，整理和研究文字工作，則可以由專家個人承擔。黃帝時代的倉頡就可能是漢字的最早整理和推廣者，後來周宣王時期的史籀、秦朝的李斯等，也做過漢字整理和規範工作。至於對漢字進行全面、系統的研究，並有專著流傳的，則要數東漢的許慎了。

許慎（圖4-1）字叔重，汝南召陵（今河南省漯河市召陵區）人，約生於漢永平元年（58年），約卒於漢建和元年（147年）。精通經學，時人譽之「五經無雙許叔重」。曾任太尉南閣祭酒，人稱「許祭酒」，後來又在皇家圖書館「東觀」校訂五經、諸子和史傳，潛心21年，著成《說文解字》一書，是中國第一部按部首編排的字典，全面而系統地整理了漢字型系，對後世產生了深遠影響，歷代學者遞相傳承，校注研治，形成了專門研究《說文解字》的學問，稱為「《說文》學」，也稱「許學」，許慎也因此被尊稱為「字聖」。在「字聖」的故鄉──河南省

圖4-1　許慎像

第四章　漢字的構造與使用

漯河市，有一座許慎文化園（圖4-2），叔重先生長眠於此，每逢他的生辰，人們都會祭奠他，致敬這位卓越的文字學家。

圖4-2　許慎墓

《說文解字》用540個部首統攝9,353字，運用構件功能分析法，並結合經籍中漢字的實際使用情況，全面展現了漢字構造時的形義關係和使用中的功能關係。正是這本個人專著，開啟了漢字構造與使用的學理性分析，讓後人能夠跨越時空去仰望先人造字時的無窮智慧，和使用時的靈活變通。

《說文解字》理論明確，方法科學，系統清晰，內容豐富，它像靜謐夜空中的一束光，照亮了中華文明曲折坎坷的前進道路，也傳承了中華民族悠久燦爛的歷史文化。

一、先有「文」，後有「字」

1.「文字」之名的由來

社會發展到需要用平面符號來記載事件、表達思想和記錄語言時，文字就會被先民想方設法創造出來。那麼漢字究竟是用什麼思路和方法

一、先有「文」，後有「字」

構造出來的呢？其實漢字最初不叫「漢字」，甚至也不叫「字」，而是叫「文」。《左傳‧宣公十二年》：「夫文，止戈為武。」這個「文」，就相當於現代說的「文字」或「漢字」。「字」的本義是生育，用來指書寫符號，大概始於秦漢。今天的「文字」是一個概念，也可以單說「字」，沒有差別。但秦漢人當初說「字」的時候，是跟「文」不同的，他們認為「文」和「字」代表著構造形體的兩個不同階段，展現了不同的取形原則和構造方法。這種觀點的典型代表，就是前面提到的許慎老先生。你看他是怎麼說解「文」和「字」的吧！

《說文解字‧文部》：「文，錯畫也。象交文。」

這個字，甲骨文寫為「𠬝」、「𠬜」、「𠬞」，金文寫為「𠬟」、「𠬠」、「𠬡」，像是站立的人身上畫有交錯的花紋，大概就是紋身、花紋的「紋」義，跟《說文解字》的解釋能對應上。有時會省略身上的花紋，今天的「文」字就是從省略花紋的字形演變而來的。

《說文解字‧子部》：「字，乳也。從子在宀下，子亦聲。」

甲骨文未見有「字」字，金文寫為「𡥂」、「𡥃」，由兩部分組成，「宀」是對房屋的描摹，有屋頂、屋脊以及兩側的牆壁，後來牆壁縮短，變成了「宀」（ㄇㄧㄢˊ）。房子裡面的「子」或「𡥀」是小孩子，上面是大大的頭，中間是身體，兩個手臂揮舞著，下面是靠在一起的雙腿，這就是一個襁褓裡初生嬰兒的形狀，把這兩個構件合在一起，房子裡面有個嬰兒，就是生育繁衍的意思。

許慎在《說文解字‧序》中就是根據「文」和「字」的字形義來解釋為什麼把記載語言的符號也叫做「文」和「字」。他說倉頡最初創造文字的時候，是依據客觀事物的共同特徵來描摹形體，用這種方法創造出來的形體，有點像花紋，所以叫做「文」。後來，依據語言的音義，用現有的

177

「文」孳生出新的形體,從而大大增加文字符號的數量,這就叫做「字」。換個說法,為什麼叫「文」?因為文是以物貌為基礎的。為什麼叫「字」?因為字能夠孳生繁衍,越來越多。

可見許慎把文字的取象構形分作兩個階段。第一個是原生階段,從無到有,即根據客觀事物的立體形狀,描摹出平面形體,叫做「文」。「文」的構造必然受到客觀事物的局限,因為不是每種事物都有形,且形會有許多近似,不同物體往往難以區別。所以「依類象形」的方法,不可能構造出大量字元,這樣勢必發展到第二個階段,孳生造字,由少生多,就是把已有的形體跟語言音義結合,讓帶有音義的「文」,根據表達詞語音義的需求,參與二度、三度造字,這樣孳生出來的形體就叫「字」。「字」的構造突破了客觀事物形體的限制,利用已有的形體,組合出更多的形體,一生二,二生三,三生千千萬,於是漢字的數量迅速發展,很快就能滿足表達和記載的需求。

當然這是就漢字構造的歷史而言,可以分為「文」和「字」兩個階段,先有「文」,後有「字」。但在文字形成系統,能滿足表達和記錄需求後,站在後來使用漢字的層面,就沒有必要區分「文」和「字」了。而且「文」和「字」的區分,是就總體的取形原則而言的,具體到每個字的構造,會有更多的方法。以下在「文」、「字」的總體框架內,從形體功能的角度,介紹幾種具體的構造方式。

2. 一目了然的象形字

表達事物最簡單、最直觀的方法,就是把事物畫出來,智慧的先民在造字之初採用的就是這種客觀描繪形態的寫實方法。所以在漢字的甲骨文和金文階段,我們看到很多漢字寫得與實物很像,誇張一點說,有

一、先有「文」，後有「字」

的字形甚至像兒童的「簡筆畫」，即使是不懂漢語的人，看到這些字的形態，也能明白其所要表達的事物和相應的意思。怎樣描繪事物最直觀、準確？當然是細節越多越逼真；怎樣描繪事物最有效又便捷？顯然是線條越少越簡單。這就形成了矛盾。文字不同於圖畫，需要兼顧準確度與便捷性，所以先民在長期的實踐中，找到了二者的平衡，他們並沒有實實在在地把事物的每個細節都完整無缺地描繪出來，而是描繪事物的輪廓或主體，然後抓住事物最突出的特徵，以此來實現準確度與便捷性的統一。人們把這種造字方法稱為「象形」。以下講兩個典型的象形字。

「龜」的不同形態

當人類先祖面對大自然的暴風驟雨、疾疫飢寒，還無能為力時，看到龜類能夠抵禦自然環境的變化，壽命綿長，就對龜產生了崇拜，認為龜是一種具有神祕力量的生物，能傳達上天的旨意，所以用龜甲來占卜。「龜」字因此具有悠久的歷史，原始的「龜」字，比今天的寫法複雜得多。

🐢 🐢（甲骨文）、🐢 🐢（金文）、🐢（小篆）、龜（楷書）

甲骨文和金文的「龜」字活靈活現，分明就是一隻烏龜，不僅有頭、甲、四肢、尾巴，甚至還有眼睛和背上的花紋。雖然寫法各異，有的從側面描摹，有的是俯視描摹，但表達的事物讓人一目了然。由於文字的發展，小篆和楷書的象形程度降低了，原始的繪畫式線條，變成了規矩勻稱的筆畫，但字形還能跟龜的頭部、身軀、龜甲、龜足和尾部大體對應。

「一言九鼎」的「鼎」長什麼樣子

我們常說某個人說話「一言九鼎」，意思是一句話抵得上九個鼎，形容說的話分量很重，作用很大。這裡有一個典故。戰國時，秦國的軍

第四章　漢字的構造與使用

隊把趙國的都城邯鄲圍得水洩不通，形勢萬分危急，趙國國君孝成王就派平原君到楚國去求援。平原君打算帶領二十名門客前去，已經挑選了十九名，還少一個無法確定。一位叫毛遂的門客，自告奮勇提出同去，平原君半信半疑，勉強帶著他一起前往。平原君到了楚國後，立即與楚王談及援趙之事，談了半天也毫無結果。這時，毛遂對楚王說：「我們今天來請您派兵援助，您猶豫不決。可是您別忘了，楚國雖然兵多地大，卻接連敗北，連國都都丟掉了。依我看，楚國比趙國更需要聯合起來抗秦啊！」毛遂的一席話，說得楚王口服心服，立即答應出兵援趙。回到趙國後，平原君感慨道：「毛先生一到楚國，就使趙國的威望高於九鼎大呂。毛先生三寸長的舌頭，強似上百萬的軍隊啊！」成語「一言九鼎」由此而來。那麼，「鼎」又是什麼樣子呢？

「鼎」本來是一種食器，用來烹食或盛儲肉類，雙耳。既有三足的圓鼎，也有四足的方鼎（圖4-3），最早的鼎是用黏土燒製的陶鼎，後來用青銅鑄造，並逐漸成為權力的象徵。

圖4-3　河南省鄭州市杜嶺街出土的方鼎

「鼎」這個字看起來有點怪異，下面有很多方折的筆畫，寫起來並不那麼順暢。上面的「目」字又代表了什麼？和眼睛有關係嗎？也讓人費

一、先有「文」，後有「字」

解。在現代生活中，「鼎」已經不常見了，所以看到這個字形時，會感到奇怪，如果我們回顧「鼎」字的發展歷程，答案便一目了然了。

🦅🦅（甲骨文）、🦅（金文）、🦅（戰國文字）、鼎（小篆）、鼎（楷書）

在甲骨文和金文的字形裡，我們可以看到鼎的幾個顯著特徵——雙耳、鼎腹、鼎足，鼎的腹部有方有圓，鼎的足可以省略為兩個。「鼎」字上部的「目」，其實和眼睛無關，是鼎的腹部及其紋路，經過漢字筆畫改造的結果，只是和表示眼睛的「目」字形偶合而已。「鼎」字下部的方折筆畫，是鼎足拉伸改造的結果。連結出土文物「鼎」的實際形狀和古文字中的「鼎」字，就不難理解現代「鼎」字的構形來源了。

3. 人為規定的標記字

語言中有一些概念很難描摹，它們有的是抽象的事物，沒有具體的形體可以描摹；有的雖然有實在的形體，卻只是某個事物的一部分，如果從整體形象中抽離出來，就會讓人不知所云。所以在表達這些概念時，先民們創造了一種新的方法——人為規定一些記號，用來象徵某些事物或指示某些部位，從而體會出某些含義。這個記號通常是一點或者是一個短橫，就像我們今天做標記一樣。古人稱這種造字方法為「指事」。

二　二　二

上面這幾個形體是什麼字呢？是數字「二」嗎？答案也許出乎你的意料：第一個字是「二」；而後兩個不是「二」，它們分別是甲骨文的「上」和「下」。數字「二」就像是兩個並排放置的算籌，也許是先民最初用來計數的小木棒，它們長度一樣，所以古文字的數字「二」，一定要寫成上

第四章　漢字的構造與使用

下兩橫一樣長,並不是我們今天寫成上橫短、下橫長的樣子。上橫短、下橫長的是古文的「上」字,這又是為什麼呢?先民很早就有了「上」、「下」的空間概念,然而這個概念是很抽象的,必須要有一個參照物才能表達,所以就畫了一個長橫線作為參照物,在參照物上面畫一個短的記號,表示上方;同理,在參照物下面畫一個短的記號,就表示下方了,這就是古文「上」、「下」二字的造字構想。因為這兩個字和數字「二」的寫法非常相似,很容易混淆,所以後來就在「二」、「二」兩個字上,另加一個豎線以示區別,於是就出現了沿用至今的「上」和「下」。

　　我們常說的成語「本末倒置」,「本」和「末」都和「木」有關。「木」是「木」的象形字,字形有樹根,有樹梢,表樹木義。「本」字在「木」的根部加上一個記號來表示樹根,金文寫為「木」,小篆寫為「木」;「末」字在「木」的樹梢部位加上一個記號來表示樹梢,金文寫為「木」,小篆寫為「末」。隨著語言的發展,「本」和「末」的詞義引申擴大,「本」由樹根義引申出根本、主要的意思;「末」由樹梢義引申出末端、次要的意思,成語「本末倒置」就是比喻把主要事物和次要事物,或事物的主要方面和次要方面弄顛倒了。

　　還是這個「木」,如果在樹木的中間部位加個標記(一點、一橫或兩橫),那會造出什麼字呢?

　　根據上面的造字思路類推,這就是指示樹木的中間部位,即樹幹。字形演變為「朱」,因為「朱」借用為表硃紅義,後來再加木,造出「株」

來表示「朱」的樹幹義。成語「守株待兔」的「株」，就是樹幹、樹樁（樹幹的下面一截）的意思，那隻倒楣的兔子，撞上樹幹或樹樁才會死的呀！

4. 形義組合的表意字

前面我們已經說過，「文字」的「字」就是房子裡面有一個揮舞著雙臂的小嬰兒，所以有生育、繁衍的意思。簡單的事物，可以用象形的方法直接描摹，一看便知，而隨著人類的不斷進步，社會生活中還有更多紛繁複雜的事物無法直接描繪出來，這就需要利用現有的形體來構造新的形體。現有形體有的仍然具有象形功能，有的固化了某種意義，把這些具有象形或表義功能的構件相互組合起來，就能產生新的字形，這就是文字學家們所說的「會意」的造字方法。例如「宀」就可以跟其他象形構件或表義構件組合出許多新字。

（甲骨文）——宀

「宀」是個象形字，《說文解字》：「宀，交覆深屋也。」我們從甲骨文字形也可以看出來，這是房屋的象形字，有交叉覆蓋的屋頂，和用以支撐的立柱或牆壁，這說明在造字的時候，人類已經走過了穴居和巢居的階段，可以利用草木、泥土或石塊自行搭建房屋了。有了固定的住所，人類就可以避開風吹日曬，減少被野獸襲擊的可能性。早期先民選擇了群居的生活，大大提高了生存機率。隨著人類的進步，房屋也不斷更新，質地越來越堅固，裝飾越來越豪華，從茅草屋、木屋到石屋、土房子，再到後來的磚瓦房子、今天的鋼筋混凝土高樓大廈，房屋千姿百

態。但在構字上,與房子相關的新字產生,大都是取最原始的房屋形狀(宀)來跟別的構件組合的。

☒（甲骨文）、☒（金文）——家

「家」字,「宀」下的「☒」是「豕」字,也就是豬。豬是重要的家畜,是財富的象徵,飼養家豬需要一定的經濟實力。在原始社會裡,有能力飼養豬的可能是一個部族,所以房子裡面有豬,可以視為一個家族的象徵,「家」的早期含義就是家族。

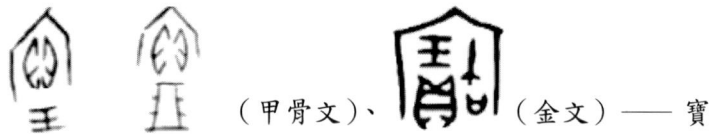

☒ ☒（甲骨文）、☒（金文）——寶

「奇珍異寶」的「寶」,房子裡面有「王（玉）」、有「貝」、有「缶」。「王」並不是表示領袖的「王」,而是玉器的「玉」字。在古文字階段,「王」和「玉」這兩個字很相似,都是三個橫筆和一個豎筆,差別是「王」字上面兩橫距離近,寫為「王」,玉字三個橫筆間距一致,寫為「玉」,像一串穿起來的玉片,後來為了避免文字混淆,在玉器的「王」字上加了一點作為記號,就寫成了今天的「玉」字。甲骨文的「☒」是兩串玉合起來之形,表示很多玉器的意思。在人類早期的經濟活動中,貝殼因其堅硬耐磨、光潔美麗、形體小巧便於攜帶,且個體完整獨立,所以曾經長期作為貨幣使用。相對於今天所說的錢,「☒」、「☒」就是「貝」的象形字。金文字形中增加了一個「☒（缶）」,《說文解字》對「缶」的解釋是「瓦器,所以盛酒漿,秦人鼓之以節歌」。缶本來是一種盛酒漿的容器,後來也可以作為樂器,在上古時代重要活動時,經常會出現擊缶奏樂的場面。無論是作為盛放佳釀美酒的食器,還是敲擊奏樂的樂器,缶

都是富裕豐足的象徵。房子裡面放著玉、貝和缶,組合起來自然就是珍寶之義了。同時,「缶」和「寶」在古代的讀音相近,「缶」還有標識讀音的作用。

▯(甲骨文)、▯(金文)、▯(小篆)—— 宿

「人」是「人」的象形字,像一個側面站立著的人形。「▯」是竹蓆的象形字,蓆子上有人字形的紋路。房子裡有一個人躺在蓆子上,就是住宿之義。在文字的發展過程中,甲骨文和金文字形裡的「▯」到小篆就發生了變化,寫成了「茵」,後來楷書又寫成了「百」。

▯(金文)、▯(小篆)—— 寒

《說文解字》:「寒,凍也。從人在宀下,以茻薦覆之,下有仌。」古文字的「屮」是初生的小草的象形,寫為「屮」,四個「屮」放在一起就是「茻」,表示很多草的意思。許慎認為「二」是「仌」(古「冰」字)。一個人在房子裡,身上蓋著草,下面還有冰,所以整個字形表達的是寒冷之義。

▯(金文)、▯(小篆)—— 寇

金文的「人」像一個側面站立的人,在頭部塗黑加粗,產生強調的作用,寫為「元」,表示人頭。右邊的「攴」字是一隻手拿了一個木棒之類的東西,有擊打的意思。房子裡面有人手拿器械擊打另一個人的頭部,這就是侵犯,所以「寇」字有強盜、侵略的意思。當年日本人侵略,我們就把入侵的日本人叫「日寇」。

5. 有音有義的形聲字

　　早期的造字方法以象形、指事和會意為主，隨著文字系統的完善，字形和讀音的對應關係逐漸固定下來，人們看到某個字的時候，會在腦海裡自然轉換出它的讀音。文字是記錄語言的符號，而語言是既有讀音又有意義的，無論是象形字、指事字還是會意字，雖然它們的意義能夠從字形看出來，但是人們無法看出它的讀音，使用起來還是沒那麼便捷，如果能在字形上加一個標示讀音的部件就完美了，於是形聲字應運而生，而且很快成為漢字的主要構造方法。因為絕大多數事物都可以找到一個意義相關的類屬作為形旁，也可以找到語音相同或相近的字作為聲旁。這種造字方法區別度高、系統性強，識字效率也高，所以後來造字主要用意符、聲符組合的方法，甚至原有的象形字、指事字、會意字也會用形聲方法加以改造或重造。據統計，甲骨文晚期形聲字占比不到20%，而小篆字系的形聲字則占比在90%以上了。

　　形聲字的聲旁，在構字時通常是沒有意義的，只產生提示讀音的作用。如「篤」字，《說文解字》解釋為：「馬行頓遲。從馬竹聲。」「竹」跟「篤」古代讀音相同，所以發揮標音作用，馬行走遲緩跟竹子沒有關係。又如「波」字，《說文解字》的解釋是：「水湧流也。從水皮聲。」「皮」在古代讀音跟「波」相近，而且以「皮」作聲符的「跛」、「坡」、「破」、「頗」等讀音也相近，可見「皮」只產生表音作用，跟這些字的意義無關。如果把沒有意義關聯的聲旁，硬要進行意義連結，就可能鬧笑話。宋代政治家、文學家王安石對文字有所研究，著有《字說》一書。但他的《字說》往往把字的聲符當意符解釋，例如說「篤」是「用竹子鞭打馬」，「波」是「水之皮」，如此之類甚多，從而遭到嘲笑和批評。《宋人軼事匯編》裡就記載了這方面的一些軼事。如蘇東坡看了王安石的《字說》後，跟他開玩

一、先有「文」，後有「字」

笑說：「如果用竹子鞭打馬是『篤』字，那麼用竹子鞭打犬，有什麼可笑的呢？」又拿「波」字取笑說：「如果『波』是水之皮，那『滑』就是水的骨頭嘍？」王安石無言以對。蘇東坡是採用歸謬法來譏諷王安石的，「笑」古代也寫為「笑」，按照王安石的思路來解釋，「笑」就是用竹子鞭打犬，這顯然沒有道理。水勉強可以說有「皮」，但能說水有「骨頭」嗎？如果「笑」不能解釋為用竹子鞭打犬，「滑」不能解釋為水的骨頭，那把「篤」解釋為「用竹子鞭打馬」、把「波」解釋為「水之皮」（還有「坡」解釋為「土之皮」）就同樣是錯誤的。

又如，有一次王安石問蘇東坡：「『鳩』字從『九』和『鳥』，有什麼依據嗎？」蘇東坡心想，「鳩」不是指讀音跟「九」相近的一種「鳥」嗎？這麼簡單的形聲字，王安石肯定是又要把「九」當意符，所以故意說：「《詩經》有云：『鳲鳩在桑，其子七兮。』七個孩子再加上父和母，正好是九個啊！」王安石聽了很高興，深以為然。過了許久，方才醒悟過來，原來蘇東坡是在戲謔自己。

蘇東坡之所以嘲諷王安石，是因為王安石對文字的解釋有偏誤，他把所有形聲字都理解為會意字，難免牽強附會，造成一些顯而易見的錯誤。今天我們解釋漢字時，要弄清楚造字的不同理據類型，有什麼道理就說什麼，不要牽強附會，無中生有，成為另一個王安石啊！

當然，形聲字的聲符並不都是毫無意義的。早期的一些在原字基礎上增加聲符而形成的形聲字，還有後來產生的一些同源分化字，其聲符在表音的同時，往往還有提示語源意義的作用，這類聲符表義大都需要專業考證，一般人不必太在意，更不能像王安石那樣，將聲符表義普遍化、絕對化。

第四章　漢字的構造與使用

二、漢字構造的理與智

漢字構造有一定的原則和方法，其中蘊含著古人的思維方式和聰明才智，這種文化基因的傳承，對塑造中華民族集體的創造精神具有潛移默化的作用。

1. 漢字構形的特徵意識

自然界中有很多相似的事物，常見的四足哺乳動物就有馬、虎、牛、羊、鹿等，黃河流域曾經氣候溼潤，還會有大象出沒。這些動物在生活中很容易區分，用眼睛一看便知，然而造字的時候，不可能完完整整地畫出來，那樣費時費力，一點也不經濟，如果單純採用描繪輪廓的方法，這些動物又都有頭、軀幹、四足和尾巴，寫起來很容易混淆，那該如何為牠們造字呢？智慧的先民找到了一個既簡單又快捷的方法——畫出這些動物獨有的特徵，用各自的特徵與其他動物相區別，就完美地解決了字形混淆的問題。

（甲骨文）、（金文）、（小篆）——馬

（甲骨文）、（金文）、（小篆）——虎

（甲骨文）、（金文）、（小篆）——象

我們來看甲骨文和金文的「馬」、「虎」、「象」這三個字，它們的共同點是描繪了動物的頭、軀幹、腿和尾巴，而它們的差異性特徵也很明顯。

二、漢字構造的理與智

「馬」的甲骨文字形不僅畫出了馬頭，還特意畫出了馬的眼睛，相比於其他動物，馬是大眼睛、雙眼皮，還有長睫毛，在人類的審美觀看來明亮有神，令人印象深刻。不僅是眼睛，甲骨文的「馬」還有飄逸的鬃毛，甚至連尾巴上的長毛都畫出來了，這些特徵都是其他動物所不具有的，當人們看到這個字時，就會毫無疑問地認出這是馬。隨著漢字的發展，「馬」的寫法也不斷簡化，然而馬的鬃毛這個最具區別性的特徵，一直保留在字形中，在書寫的過程中被拉直了，變成了「馬」字上部橫寫的筆畫。虎的體形碩大健壯，人類認為虎凶殘威猛，所以在造字時抓住了張開的血盆大口這個顯著特徵；虎的背上布滿黑色的條紋，虎爪厚實鋒利，有的字形也表現了這些特徵。大象最顯著的特徵就是鼻子長，「象」字突出了長鼻子的特徵。這些特徵都被造字者加以利用，簡單、經濟地達到了記錄客觀事物的目的。

（甲骨文）、（金文）、（小篆）—— 牛

（甲骨文）、（金文）、（小篆）—— 羊

（甲骨文）、（金文）、（石鼓文）—— 鹿

馬、象、虎的特徵找到了，那麼牛、羊和鹿呢？這幾種動物最顯著的差別、特徵，就是牠們頭上的角。牛角彎曲向上，羊角彎曲向下，鹿角枝杈不齊，各自一目了然，至於四肢軀幹就沒有那麼重要，可以省略簡化了。

還有犬、豕、鼠、兔、雞、燕、龜、蛇、蛙等，幾乎所有的動物用字都特徵鮮明，彼此各異，共同構成了千姿百態的古文字動物大觀園。

2. 漢字構形的方位意識

具體的物象可以直接描摹他們的形態特徵，抽象的概念怎麼辦呢？有一種方法是用幾個符號創造一個具體的情境或建立某種關係來表達，這其中某個形體的擺布位置和方向，往往能區別不同的意義，可見古人的方位意識在漢字構造中，發揮了作用。

例如語言中有很多反義詞，它們意義相反或相對，先民在造字時抓住這個特點，巧妙地運用改變部件方向的方法，為一組反義詞造字，既減少了記憶字形的負擔，也使詞義更加明顯。像行為動作類的詞語很抽象，先民在為這類詞語造字時，經常把人的腳趾當會意的一個部件，原因就是行動必須依賴腳，而腳趾的方向，跟人面對的方向是一致的，可以代表人發出動作的方向。腳趾在甲骨文裡用「止」來表示，字形像一隻腳。

（甲骨文）、（金文）、（小篆）——出

（甲骨文）、（金文）、（小篆）——各

細心的讀者可能已經發現了，這兩個字的甲骨文非常相似，它們的構成部件是一樣的。先民曾經掘地而居，「凵」和「凵」都可以表示古人半穴居的住所。一隻朝向坑穴之外的腳，表示離開的意思，就是「出」。反之，一隻朝向坑穴之內的腳，就表示到來的意思，就是「各」，只不過「各」字後來的詞義發生了變化，不再表示到來的意思了，到來的意思另造「佫」（ㄍㄜˊ）表示。

（甲骨文）、（金文）、（小篆）——降

二、漢字構造的理與智

🆎（甲骨文）、🆎（金文）、🆎（小篆）──陟

「降」和「陟」也是使用這種方法造出來的。「降」表示事物向下運動，在古代，它的反義詞是「陟」。古文字中「阝」是層層疊疊的山，一座山，兩隻腳，向上攀登的時候腳是朝上的，下山的時候腳是向下的。所以「降」的兩個腳的腳趾向下，就是「降」；「陟」的兩個腳的腳趾向上，就是「陟」。後來隨著文字的發展，表示腳趾的部件「止」慢慢變形，這兩個字就寫成了今天的樣子。

不僅是反義詞，一些意義相關的詞，也可以採用改變構件方位的方法來造字。

🆎 🆎 🆎（甲骨文）── 目

甲骨文表示眼睛的「目」字，是一隻眼睛的象形，外面是眼眶，裡面是眼珠。

人的眼睛最大的功能就是觀察事物，與「目」相關的字如：

🆎（甲骨文）見、🆎 🆎（甲骨文）── 視

這是甲骨文的「見」和「視」字，下面人形不同，上面都突出了眼睛，像人平視有所見。無論是「見」還是「視」，上面的眼睛一定要橫著寫，表示人在正常狀態下觀察事物。那麼，如果想表示人低頭觀察事物怎麼辦呢？造字者選擇的方法，就是改變目的方位，把表示眼睛的「目」豎起來寫。

191

第四章 漢字的構造與使用

（甲骨文）、（金文）——臣

豎寫的眼睛字形是「臣」，「臣」字現在使用最多的是臣民的意思，似乎與眼睛沒有關係，這又是怎麼回事呢？讓我們先來看看「臣」作為構字部件時，在會意字裡面的情況。

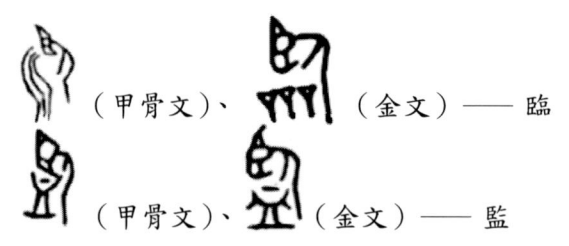

（甲骨文）、（金文）——臨

（甲骨文）、（金文）——監

「臨」、「監」二字裡面都有「臣」這個部件，「臨」的字形是一個人俯身向下，眼睛注視著水或者其他事物。「監」是一個人站在盛水的容器旁邊，俯身向下觀察自己，在銅鏡產生之前，古人是以水為鏡的。

從這些古文字，我們知道先民用改變構件方位的方法來附加意義，人在低頭時，從側面看，眼睛的確是豎起來的，所以用豎立的眼睛表示低頭俯視十分生動。一些包含「臣」部件的字，就有從上往下看的意思，這個意思進一步抽象就產生了上級對下級、高位對低位的監督、檢查之義了，比如現代漢語經常用的「蒞臨」、「光臨」、「監視」、「監察」等等。那麼「臣」又是怎麼從豎立的眼睛變成臣民的呢？郭沫若給出了解釋：「以一目代表一人，人首下俯時則橫目形為豎目形，故以豎目形象屈服之臣僕、奴隸。」

低頭俯視可以用豎立的眼睛來表示，那麼向遠處瞭望怎麼表示呢？造字者也用了同樣的方法。雖然同樣都是把眼睛豎起來，但二者還是有差別的。前者是實在的、可以觀察到的「豎」，而後者是抽象的「豎」，形容極盡眼力望向遠處，就好像今天形容聽得仔細，用「豎起耳朵」一樣。

二、漢字構造的理與智

（甲骨文）、（金文）——望

甲骨文「望」字有兩種寫法。第一種寫法，上半部分像豎立的眼睛，下半部分像站立的人，整個字形像人站立在地面上舉目遠望；第二種寫法與第一種寫法相比，在人的下面增加了土塊的形狀，像人站在土丘上，更加突出向遠處瞭望的意味。金文的寫法也有很多，或與甲骨文同，或在甲骨文的基礎上，增加了意符「月」，寫為「」，用豎立的眼睛和遠方的月亮來提示遠望之義。橫寫的眼睛是平視，豎立的眼睛既可以表示俯視，也可以表示遠望，造字者用變換字元方向的方法，表達了不同的語義。再如兩個人形相併朝左就是「从」，相併朝右就是「比」，相互背對背就是「北」；「日」在「木」上是「杲」，「日」在「木」下是「杳」，「日」在「木」中是「東」；「木」在「口」下為「杲」，「木」在「口」上為「杏」，「木」在「口」中為「困」……等等。可見漢字構造中，利用方位區分不同的字詞，是非常重要的方法。

3. 漢字構形的數量意識

《戰國策》裡記載了一個故事。戰國時期，魏國的大臣龐蔥陪同太子去趙國當人質。臨行前，龐蔥對魏王說：「大王，如果現在有一個人對您說街上有老虎，您會相信嗎？」魏王說：「我肯定不相信。」龐蔥接著說：「如果又有一個人對您說街上有老虎，您會相信嗎？」魏王答道：「我可能會有點懷疑。」龐蔥又說：「那如果有第三個人對您說街上有老虎，您會相信嗎？」魏王這次回答：「那我會相信了。」龐蔥說：「街上不會出現老虎，這是很明顯的事情，然而經過三個人的傳播，好像就真的有老虎了！現在趙國都城邯鄲和我們魏國都城大梁之間的距離，可要比王宮離

193

第四章　漢字的構造與使用

街市的距離遠得多啊！而對我有非議的人，遠遠不止三個，所以懇請大王可以明察秋毫，不要相信他人的讒言啊！」魏王說：「你就放心去吧！我心裡有數。」於是，龐蔥和太子離開了魏國。然而，他們離開沒多久，就有人在魏王面前誣陷龐蔥。剛開始魏王還不太相信，後來誣陷的人多了，魏王也就信以為真。等到龐蔥和太子從趙國回來，魏王果然再也沒有召見過他。

這就是成語「三人成虎」的典故。其實「三人」並不是真的指三個人，而是指很多人。老子的《道德經》說：「道生一，一生二，二生三，三生萬物」，「三」在中華民族文化中有時是一個虛數，常常代表多的意思，比如「冰凍三尺，非一日之寒」、「垂涎三尺」、「三令五申」等等。

這種思維也被運用在造字之中，三個相同的構件放在一起，就附加了「多」的意義：「人」聚集起來就是「众（眾）」，「木」成片種植就是「森」，「石」累積起來就是「磊」，很多「魚」吃起來味道「鱻（鮮）」，很多「羊」在一起味道「羴（羶）」，「金」多了就是「鑫」，「水」多了就是「淼」，「火」大了就成「焱」，「土」堆高了就是「垚」，「車」多了就會發出「轟」的聲音……

宋代大文豪蘇東坡性格爽朗幽默，喜歡和別人開玩笑，民間傳說他和史學家劉攽就用「皛」和「毳」這兩個字互相開了個玩笑。三個「白」組成的「皛」，是很白、皎潔的意思；三個「毛」組成的「毳」，是指鳥獸或人類身上的細毛。蘇東坡曾說過他喜歡吃白色的飯食，有一天，劉攽就邀請他去家中吃飯，說要吃「皛飯」。蘇東坡十分好奇這頓飯到底有多麼白，便欣然前往。賓主坐下後，劉攽請僕人上菜，只見僕人端上來一盤白蘿蔔絲、一碟鹽、一碗白米飯。劉攽說：「白蘿蔔、白鹽、白米飯，這就是『皛飯』。東坡先生請慢用。」蘇東坡知道劉攽和自己開玩笑，便呵

呵一笑。吃完飯,蘇東坡對劉攽說:「我請你明天到我家吃『毳飯』」。劉攽也很好奇,問「毳飯」是什麼,蘇東坡笑而不語。第二天,劉攽早早就到了蘇家,兩人相談甚歡,然而已至中午,還不見蘇東坡有上菜的意思,劉攽忍不住問:「您說的『毳飯』在哪裡呢?」蘇東坡說:「蘿蔔也冇(方言裡『冇』與『毛』讀音相近,是『沒有』的意思)、鹽也冇、米飯也冇。這就是『毳飯』啊!」說完二人相視捧腹大笑。

其實,漢字構形中不只是用三個相同的構件表示多數,兩個相同的構件也往往比一個構件的獨體字數量多、程度高,四個相同構件的字,當然也不會跟一、二、三個的是同一字,所以數量多寡,也成為先民們構造時的區分方法。如一木為「木」,二木為「林」,三木為「森」;一草為「屮」,二草為「艸」(ㄘㄠˇ),三草為「卉」,四草為「茻」(ㄇㄤˇ);一口為「口」,二口為「吅」(ㄒㄩㄢ,喧譁),三口為「品」,四口為「㗊」(ㄐㄧˊ,眾口)⋯⋯如此之類,都彰顯了數量意識參與構形的作用。

4. 漢字構形的象徵意識

在造字的過程中,有些事物雖然有客觀實體,但是特徵難以用象形的方式描摹,或者只是一種泛指,沒有確定的對象;有些事物是抽象的概念,沒有具體形狀可以描摹⋯⋯遇到這些問題時,造字的先民巧妙地採用了象徵的方法,用簡單的點畫「寫意式」地表達這些事物,不求形似,只求意會。這種象徵式的筆畫,一般都會與描摹具體事物的部件相結合來表意,「虛實相生」,從而讓人產生聯想,理解字形所表達的詞義。

(甲骨文)、 (小篆)、 (隸書)──血

第四章 漢字的構造與使用

單獨描摹「血」很困難，所以先民採用了藉助相關事物的方法。「🝑」是器皿之「皿」的象形字，表示裝牲血的器具，皿中的圓點，就是血塊的象徵，小篆字形改為用一橫畫，這個象徵符號和「皿」一起，就表示「血」的意思。

 ☐（甲骨文）、☐（金文）、☐（小篆）——甘

「甘」字是「口」字中間有一橫，這一橫象徵口中之物。含在口中不忍吐出之物，必然味道甘甜，這就是先民創造「甘」字的智慧思維。

簡單的點畫不僅可以象徵實在的事物，也可以象徵沒有實體的氣流或聲音。

☐（甲骨文）、☐ ☐（金文）、☐（小篆）——曰

「曰」字由「口」上加一橫構成，橫畫後來也寫為「㇄」。口是說話的器官，其上橫畫象徵口中發出的氣流、聲音，所以「曰」字表言說之義。

牟（小篆）——牟

「牟」是牛鳴之意，聲音沒有固定的形態可以描摹，所以在「屮（牛）」頭上用一個彎曲的「𠃌」來象徵牛發出的聲音。

象徵符號是抽象的，充分展現古人利用構字環境展開豐富聯想的智慧，所以相同或近似的符號，在跟不同的構件組合時，往往能象徵不同事物，從而大大增加了漢字的符號性和便利性。如一個橫畫，在「雨」字中象徵天，在「立」字中象徵地，在「夫」字中象徵簪子，在「甘」字中象

徵食物，在「曰」字中象徵語音，在「問」字中象徵門問……等等，隨情應景，功能多樣，造化無窮。

5. 漢字構形的類別意識

　　類別包括歸類和分類兩方面。歸類重在認同，分類重在別異，認同和別異是一件事情的兩個觀察角度。類別的核心是關係，有關的歸為一類，無關的分為異類。在造字構形中，互有關聯的字可以歸為一類而使用相同的某個構件。例如動詞，非常抽象，但生活中常用，怎樣為這些動作造字呢？如果每個動作、每種行為都造出互不相干的字，那就會繁雜無序，難以掌握，所以需要根據動作的某種關係歸類處理。行為、動作涉及主體和客體、狀態和方式，還可能包含工具、處所等相關要素。其中最重要的是動作、行為的主體，所以先民造字時，會很聰明地把動作主體相同的詞語連結起來，用同樣的形體表示同一主體，然後再跟別的形體組合成會意字或形聲字，從而形成表示動作的類別字。例如與手相關的動作、與足相關的動作等。

　　手是人類從事生產活動最重要的器官，先民在為與手相關的動詞造字時，會將手形符號與不同事物相配合，用會意的方法來表現不同的詞語。當人們看到字裡面有「又」或「爪」（都是古文字單手的簡單象形）這個構件時，就會聯想到與手有關的動作。單手開門為「啟」（ ），雙手拉開門閂為「開」（ ），以手握禾為「秉」（ ），以手摘葉為「採」（ ），以手捕鳥為「獲」（ ），以手取貝為「得」（ ），以手牽象為「為」（ ），以手按壓人頭為「抑」（ ），用手抓住前面的人為「及」（ ），用手割取戰俘之耳為「取」（ ），雙手解牛角為「解」（ ），雙手貢冊為「典」（ ），雙手捧酒為「尊」（ ）……等等，加上「手」（扌）旁構字，

197

加上名詞、形容詞的話，漢字系統有一個龐大的與「手」（又、爪）相關的類別字群。《說文解字》「又」部收字28個，重文16個；「手」部收字256個，重文19個。當然這並不是全部。

「意符＋聲符」組合的造字方法，是最能展現類別意識的。意義相關的字，使用同一個意符歸成類，而用不同的聲符區分類中的個體；聲音近同的字，使用同一個聲符歸成類，而用不同的意符區分類中的個體。這樣造字就變得簡便快捷，按照意符、聲符互聯互別的方法，可以需要時臨場構造，也可以批次產出。例如與人的腿、腳運動相關的詞語，就採用了意符連類的構造方法，造字者使用「足」作為意符，再附加一個語音相近的聲符，就構造出同類的一大批字：跑、跳、跨、踐、踏、踩、踩、踢、跟、蹤、跪、蹲、踮、蹬……這樣把同類的詞語聯起來造字，記憶和使用更便捷有效率。

古人的類別意識是逐漸建立和完善的，漢字的類別體系也是不斷豐富和調整的。例如動物的類別一開始很細，後來逐漸歸納、連結為更大的類，於是「犬」（犭）旁字不一定都屬於「狗」，「馬」旁字不一定都是「馬」，「牛」部字也不一定只限於牛。又如祭祀類的字，很多本來是沒有歸類意符的，後來才陸續加上「示」旁（祭、社、祖等），形成以「示」為意符的祭祀類系統。

三、漢字的特殊功用

許慎說：「蓋文字者，經藝之本，王政之始，前人所以垂後，後人所以識古。」先民們用他們的智慧，創造出多姿多采的漢字，使語言能夠傳於異時異地，為人們的交際提供了便利。人們把文字視為工具，將思

想的精髓和經驗的累積，書之於金石、竹帛、紙張，便形成了文獻，文獻一代代傳承，人類的文明才得以延續和發展。漢字的主要功能是記錄語言，產生文獻，這種一般的用法，大家很熟悉，沒有必要全面講，所以本節只講一些有趣的特殊用法。因為漢字是一種二維的圖形符號，它的「圖畫式」書寫樣態，有時候會與某些事物的形狀偶然巧合，人們可以利用漢字的外形來譬況模擬事物。多數漢字還可以拆分，拆分出來的筆畫可以用來計數，拆分出來的部件有的又可以再用象形或會意的思維進行重新分析，拆分出來的筆畫和部件有時還可以透過變異寫法，來賦予字詞之外的寓意⋯⋯如此等等，漢字就具備了許多特殊功用。

1. 外形譬況

中華民族有悠久的園林文化，如果從殷周時代囿的出現算起，到現在已有3,000多年的歷史，上至王公貴族，下至普通文人雅士，都喜好營造園林，皇家園林是帝王宴飲遊樂的場所，文人園林則更多是主人審美情趣的寄託。在江蘇省揚州市有一座著名的園林——个園。

為何要以「个」來命名這座園林呢？這要從他的主人說起。个園始建於明代，當時名為壽芝園，清嘉慶二十三年（1818年），兩淮鹽商黃至筠將壽芝園改建成家宅園林，名為个園。黃至筠甚為愛竹，園中所植之竹有上百種，蔚為大觀。

（甲骨文）、（金文）

（小篆）、（隸書）

「竹」是個象形字，像竹葉紛披的樣子。「竹」字的半邊就像是「个」，竹子頂部的每三片葉子搭在一起也像「个」，竹葉之影映在白牆上

第四章　漢字的構造與使用

也是「个」……主人名「至筠」,「筠」亦是竹,「个園」其實就是竹園啊!

在个園內有一副對聯:「月映竹成千个字,霜高梅孕一身花。」這是清代詩人袁枚的兩句詩。據《隨園詩話》記載,十月的一天,園中一個擔糞的僕人在梅花樹下高興地對袁枚說:「樹上有一身花呢!」袁枚於是寫成詩句「月映竹成千个字,霜高梅孕一身花」(圖4-4)。意思是在月光的照映下,竹林葉影婆娑,投射在牆壁上就像是千千萬萬的「个」字,露寒霜重,梅花樹孕育了一身的繁花。

這個「个園」的「个」字,就是用外形來譬況竹葉,跟「个」的音義無關。類似的字形譬況,在生活中是常見的,如「十字路口」、「之字路」、「八字腳」、「米字格」、「王字花紋」、「回形走廊」等。能被借用來描摹事物形狀的漢字,多數結構較為簡單,形體特徵明顯,少數形體複雜的漢字也能被借用,但外部輪廓的特徵也是極為明晰突出的,如「金字塔」、「國字臉」……等。

用漢字外形描摹事物形狀的情況不限於生活中,在典範的文學作品裡,也不難見到。例如魯迅的〈阿長與《山海經》〉裡寫道:「但到夜裡,我熱得醒來的時候,卻仍然看見滿床擺著一個『大』字,一條臂膊還擱在我的頸子上……」「滿床擺著一個『大』字」,就是用漢字「大」的形態,來描摹長媽媽伸張開雙手雙腳、仰面朝天的睡姿,與「大」的音義無關。這樣的借字形描寫,既簡潔又直觀生動。如果按常規寫法描述長媽

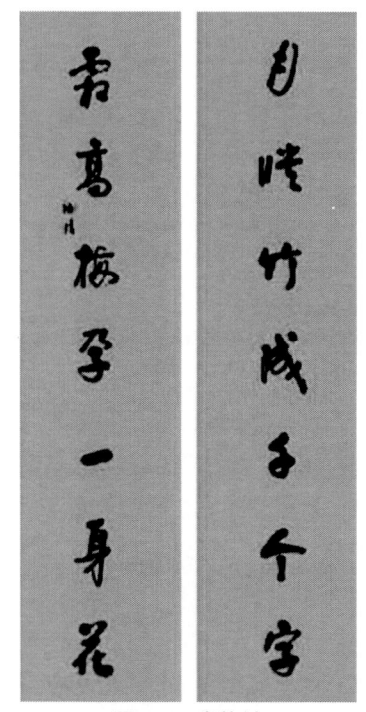

圖4-4　袁枚詩

媽的睡姿,也許可以置換成「卻仍然看見長媽媽張開雙手雙腳,仰面而睡,占了大半張床的空間」,但讀來趣味性、表達的生動性大打折扣,且語句顯得拖沓冗長。

2. 筆畫表意

在商業領域,常規的記數方法存在一些弊端,一是寫法過於簡單,易被不懷好意之人竄改;二是資金數目無法保密,商業機密極易洩漏。為此,商業界創造了一些只有內行人才懂的隱語來示數。據說,僅一至十這十個數字,就有一百多種不同的寫法,不僅行業之間的隱語不同,即使是同一行業,不同地區的隱語也不同,甚至同一地區同一行業的不同商號和店鋪的隱語也有差異。這些隱語有不少就是利用漢字的筆畫來實現的。

清末至民國時期的布匹行業,曾流行用「主」、「丁」、「丈」、「心」、「禾」、「竹」、「見」、「金」、「孩」、「唐」分別表示數字一至十,其中的原理就是用筆畫計數。一個完整的漢字,它的筆畫數總和就是對應的數目。這裡「主」其實應該用「丶」字,「丶」是古「主」字,因為寫為一點的字形容易產生混淆,所以才借用了音同的「主」字。「主」取一「丶」表示數字一,「丁」字兩畫表示數字二,「丈」字三畫表示數字三,依此類推,只需計算筆畫的總數,就能知道所表達的數目,而外行人不懂其中奧祕,是無法理解其表達的意思的。

中華文化民間有數九的習俗,用來計算寒天與春暖花開的日期。從二十四節氣的冬至日開始算起,每九天算一「九」,數過九個「九」(八十一天)之後,便又是春暖花開、生機盎然之時了。據此,民間還流傳著「畫九」、「寫九」、「九九消寒」的風俗。消寒圖是記載入九以後的

第四章 漢字的構造與使用

「日曆」，它一共有九九八十一個單位，所以才叫做「九九消寒圖」，人們每天填充一個單位，希望寒冷的冬日早日過去，企盼來年五穀豐登，飽含迎春的殷殷心意。

「九九消寒圖」有各種不同的形式，其中之一也是利用文字的筆畫，選九個字，每字九個筆畫，每天用硃筆填充一畫，待到圖形填滿，便是冬去春來。據記載，清道光帝御製「九九消寒圖」（圖4-5），用「亭前垂柳珍重待春風」九個字，每字九筆，題曰「管城春滿」。清宮每年冬季都要填寫這種「九九消寒圖」，亦有用「春前庭柏風送香盈室」九字者。這種用筆畫計數的方法，既達到了計數的目的，又平添了幾分遊戲雅趣。

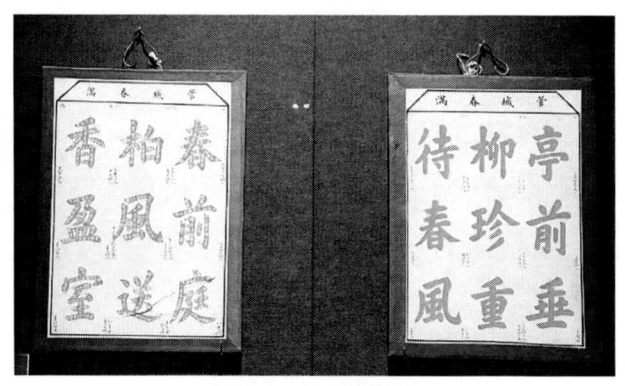

圖4-5　九九消寒圖

有的表數方法是利用漢字的特定筆畫數，而不是筆畫總數。清代學者翟灝在《通俗編·市語》中記載當時估衣鋪用「大」、「土」、「田」、「東」、「里」、「春」、「軒」、「書」、「藉」九個字表示數字一至九，就是因為這些字裡分別包含一至九個「橫筆」（包括橫折中的橫）。例如「田」字因有三道「橫筆」而表示「三」，「書」有八道橫筆所以表示「八」，依此類推。舊時的典當、古董行業還用「由」、「中」、「人」、「工」、「大」、「王」、「夫」、「井」、「全」、「非」等字分別表示數字一至十，這與各自的音義和筆畫總

數都無關,而是取決於各字形輪廓中筆畫端點的出「頭」數。例如「由」中間的豎筆出一個「頭」,所以表示「一」,「中」中間的豎筆上下出兩個「頭」,所以表示「二」,「全」有九個「頭」就表示「九」,其餘類推。這些用字既私密,又有趣,充分展現出漢字的奇妙和用字者的智巧。

3. 構件表意

　　合體漢字是由構件組成的,構件本來只有構字作用沒有表達功能,但實際使用中,常常有人利用漢字的構件或某一部分形體來表達字元記語功能之外的一些含義。

　　歷史上中原王朝稱南方少數民族為「蠻」,稱北方少數民族為「狄」。「蠻」字的形旁是「虫」,「狄」字的形旁是「犭」,這種名稱,其實在用字上暗含貶義,就是利用構件,把人家視同蟲蛇犬獸。這種用字思維,在「瑤族」的名稱用字變化上也有展現。相傳瑤族的祖先護國有功,其後代常免徭役,故名「莫徭」。元代統治者認為這個不服徭役的民族是野蠻之人,於是改「徭」為「猺」,稱其為「猺民」、「蠻猺」。

　　太平天國政權也用「犭」旁表達對清朝統治者的不滿。清朝咸豐元年(1851年),洪秀全等人在廣西金田村發動反對清朝封建統治的武裝起義。1853年3月,起義軍攻下江寧(今江蘇南京)並定都於此,改稱天京,建立了與清王朝相對峙的太平天國政權,在文字上也進行了一些改造。「咸豐(今簡化作『豐』)」是清文宗奕詝的年號,太平天國的書面檔案在紀錄「咸豐」這個詞語時,寫為「𤞞𤞩」。洪仁玕在〈誅妖檄文〉中寫道:「天國永興也,有無數之祥兆;而妖胡將滅也,有莫大之災氛。故天意滅奴,誅𤞞𤞩之喪於黃土;人心歸主,正豪傑之宜頂青天也。」「咸」和「豐」都可以單獨使用,在單用時,「咸」和「豐」的寫法都沒有變化,

203

只有在寫「咸豐」皇帝這個詞語時，才加上「犭」旁，用意十分明顯，等於用字形咒罵咸豐這個「狗皇帝」啊！

女皇造字的深意

1982年5月，河南省登封縣農民在嵩山遊玩，無意間撿到一個長方形的文物。後來，這件文物被鑑定為屬於武則天的文物，最初命名為「武則天除罪金簡」，後改名為「武則天金簡」（圖 4-6、圖 4-7）。

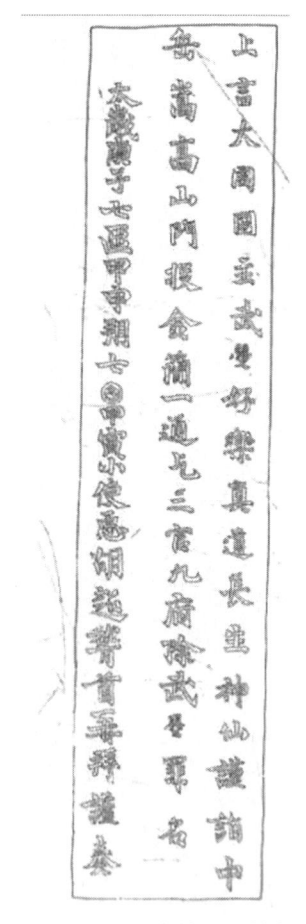

圖 4-6　武則天金簡照片　　圖 4-7　武則天金簡文字摹寫圖

金簡呈長方形片狀，正面鐫刻雙鉤楷體銘文：「上言：『大周囧主武瞾，好樂真道，長生神仙，謹詣中嶽嵩高山門，投金簡一通，乞三官九府，除武瞾罪名。』太歲庚子七囲甲申朔七㋡甲寅，小使惎胡超稽首再拜謹奏。」

　　武則天是中國歷史上唯一的女皇，她喜好標新立異，相信祥瑞之說，迷信文字的神祕力量。據史書記載，在宗秦客、武承嗣的建議下，武則天稱帝後改造過十七個字，希望透過文字來達到鞏固政治地位和宣示權力合法性的目的。這個金簡上就有五個新造字，分別是囧（國）、瞾（照）、囲（月）、㋡（日）、惎（臣）。那麼，武則天為什麼要改這幾個字呢？這幾個字改過之後又有什麼深意呢？

　　「囧」即「國」字。表示國家之義的「國」字是一個形聲字，外面的「囗」表示國家的範圍，裡面的「或」標示讀音。武則天認為「或」與「惑」讀音相近、形體也相似，「惑」有疑惑、迷惑之意，「囗」內有「惑」寓意不祥，就打算另造新字。傳說有人建議把「或」改成「武」字，以彰顯整個國家都是武氏天下；然而又有人說，「囗」像一個牢籠，「武」在「囗」中猶如「人」在「囗」中而成「囚」，寓意亦不祥。於是就造了「囧」字，「囗」內有「八方」，寓意國土廣大，天下八方都是女皇統治的疆域。

　　「瞾」即「照」字，是武則天為自己名字專造的字。「瞾」字由「日」、「月」、「空」三個部件組成，乃日月當空照之義。古人認為日為陽，月為陰，男為陽，女為陰。封建社會男尊女卑，女性地位低下，所以女人當皇帝社會普遍難以接受。而「瞾」字日月並列，高懸空中，象徵男女地位平等，女性同樣可以統治國家，這就暗示了女性稱帝的合法性。同時也蘊含著統治清明、君臨天下之意，彰顯了一代女皇的霸氣。

　　「囲」即「月」字，「㋡」即「日」字。武則天認為「玉兔金烏」為日月

中物，所以改「月」字作「囸」，也寫為「卍」；改「日」字為「⊙」，楷書也寫為「囜」，「乙」象日中金烏之形。實際上這兩個字蘊含著嫦娥奔月兔相伴、金烏棲日光燦爛的神話內容。

「𢘑」即「臣」字，武則天唯恐臣下有二心，故造「𢘑」字，從一從忠，告誡臣子要忠於一人。

武則天改造的這些字，都不僅僅是用來記錄語言中對應的那個詞，在整個字表達的詞的音義之外，還利用構件表達特定的言外之意。

4. 變形寓意

為了實現某種特定的表達效果，漢字在對應詞語的同時，還可以透過變異正常字形，來表達詞語之外的訊息，比如變換字形字號、改變漢字置向、增損形體筆畫、變異漢字形態、綜合布局字形等。

圖 4-8　康熙帝「花港觀魚」御碑

南宋內侍盧允升在花家山下建造別墅，園內栽花養魚，池水清冽、景物奇秀，稱為「盧園」，後盧園荒廢，景色亦衰。清康熙帝南巡時，重

新砌池養魚，築亭建園，勒石立碑，題有「花港觀魚」四字 (圖 4-8)。

細細觀察康熙帝所題四字，發現「魚」字的寫法很奇特。「魚」下面是四點，而康熙所題之「魚」下面只寫了三點，飽讀詩書的一代聖主當然不會寫錯簡單的「魚」字，一定是有意為之。那他為什麼要省去一點呢？這要從「魚」字下面的「灬」說起。

🐟（甲骨文）、🐟（金文）、🐟（小篆）、魚（隸書）

「魚」字是個象形字，上象頭，中象身，下象尾，在字形的演變中，下面的尾部演變成了「灬」，而「灬」又恰好與「火」字的變體寫法一致，比如「熱」、「烈」、「煎」、「熬」下面的「灬」都是「火」，所以就容易讓人產生「魚」字下面也是「火」的錯覺。魚下有火必然會死，觀魚聯想到烤魚，大殺風景！

怎麼辦呢？改火為水！漢字的「水」經常被簡化成三點，將「灬」省去一點便成了水，魚在水中自然歡愉暢快，悠遊靈動。康熙帝有意減筆，避免烤魚聯想，也展現了皇帝宅心仁厚、澤被萬物之意。這是漢字變形給後人留下的一段佳話。

字形變異各式各樣，也可以結合其他方式進行。有一種近乎謎語的詩體叫神智體，就是綜合漢字的形體大小、位置正反、筆畫多少、排列疏密、構件分合等情況來創造的，解讀時要把這些字形特徵融入詩歌中加以聯想增補，才能得其旨趣，悟其精妙。

相傳這種智巧的詩體是宋代大文豪蘇軾首創。北宋熙寧年間，遼國使臣到訪宋朝，這個使臣以能賦詩文自誇，經常拿出一些古怪的詩文來為難宋朝官員，神宗皇帝很苦惱，便請多才多藝的蘇軾陪同這位使臣。

| 第四章　漢字的構造與使用

　　一日，這位使臣又賦詩一首來詰難蘇軾，蘇軾淡然一笑，不慌不忙地說：「賦詩實乃易事，觀詩才是真正的難事呢！」使臣不服，蘇軾揮筆寫下一首〈晚眺〉詩（圖 4-9）請使臣賞讀。這個自詡通曉詩文的遼國使臣，對著詩文沉吟良久，苦思冥想也不知其所以然，無言以對，急忙告辭離去，從此再也不敢自誇擅長詩文了。

　　究竟是什麼樣的詩，讓遼使如此狼狽，百思不得其解呢？讓我們一起來看一看吧！

圖 4-9　蘇軾〈晚眺〉

　　原來這是一首需要「看」的詩，「亭」字寫得很長，「景」字寫得極短，「畵」是「畫」的另一種書寫形式，而「畵」字中間缺少了「人」，這三字連成一句，要讀作「長亭短景無人畫」。「老」字寫得很粗很大，「拖」字橫寫，「笻」字裡的「竹」寫得很細瘦，這三字讀作「老大橫拖瘦竹笻」。接下來，「首」字反著寫，「雲」字的中間斷開了，「暮」字下面的「日」字是傾斜的，這三字便是「回首斷雲斜日暮」。最後，「江」字的一豎寫得曲折，「蘸」字倒著寫，「峰」字之「山」側著寫，這三字就是「曲江倒蘸側山峰」。這首詩合起來就是：

長亭短景無人畫,老大橫拖瘦竹節。

回首斷雲斜日暮,曲江倒蘸側山峰。

這首詩就像謎語一樣,不僅要理解字義,更需要結合漢字的書寫形態來分析解讀,仔細玩味才能悟出其中深意,難怪遼使一時啞口無言呢!

第四章　漢字的構造與使用

第五章　生活中的漢字話題

一、網路中的漢字生態

　　在網路時代，不少歷史上已經「死去」的漢字，正以某種方式重新獲得「新生」。與此相關的一些標新立異的用字現象，也在網路上應運而生。正視這些現象，解讀動因效果，加以合理疏導，給予適當規範，是我們維護網路漢字生態的正確選擇。

1. 古老生僻字 —— 舊瓶裝新酒

　　網際網路時代已讓人們見證了太多「奇蹟」，一個十分生僻的字，能夠在網友的加持下，一夜之間爆紅。

　　說起因網路獲得重生的古老漢字，就不得不提「囧」字。「囧」字從2008年開始在中文地區的網路社群間成為一種流行的表情符號，成為網路聊天、論壇、部落格中使用最頻繁的字之一。「囧」被形容為「21世紀最風行的單個漢字」之一。「囧」是一張人臉的話，裡面的「八」就是兩道因悲傷和沮喪而下垂的眉毛，下面則是張口結舌的那個「口」。當一個人說「我很囧」的時候，可以想像他那副表情，完全和「囧」一模一樣。而「囧」的發音也和「窘」一致，簡直再完美不過。伴隨著它的流行，「囧」已經不再只是一個單純的漢字，而是發展成為一種網路文化。除上述字外，網路上還有不少流行的生僻字。網友們在使用這些字的時候，往往透過它們的構成部件來表意。復古的生僻字有的會被網路文化

第五章　生活中的漢字話題

賦予新的意義，但也有的生僻字出現在網路中可能並沒有什麼新義，只是因為字形特別，如幾個相同構件疊加或筆畫特別多，讓現代人覺得新奇有趣。

網友們喜歡用這些生僻字，很大一部分原因是因為它們能「見字識義」、「見字表義」，既生動又含蓄曲折，而且可以表現漢字的原生態思維，具有返璞歸真的潛意識追求。

有人懷疑，這些字詞的流行，是否會帶來生僻死字的復甦，從而打亂現代漢字的成熟系統？其實這種擔心大可不必，整體而言，被網友們「挖」出來或「造」出來的生僻字數量並不多，不足以動搖漢字的整體，而且一段時間之後，其中有些字也會隨著大家興趣的減弱，淡出人們的視線。畢竟，網路流行的特性就是紅得快，熱度退得也快。

2. 諧音字 ── 規範還是容忍

不知你有沒有這樣的感受，就是網路上看不懂的詞越來越多了。看看下面這些詞，你都知道它們的意思嗎？

神馬　內牛滿面　怎麼肥四　就醬紫了

如果你都知道，那麼恭喜你，說明你緊緊追隨著年輕人的腳步。如果你不知道，也不必著急，說明你已經足夠成熟穩重，不會再去盲目跟風一些標新立異的表達。

上面這些詞，或來源於輸入法的打字錯誤，或來源於說話的口音，它們的共同特點就是透過聲音表意，我們稱之為網路諧音字。

不管你對網路諧音字是否接受，都無法否認它已經成為年輕人中非常普遍的一種表達方式。網路諧音字除了用漢字、漢語外，還能經常見

到用諧音漢字表外語詞，和用數字諧音漢字詞或外語詞。

漢字諧音外語詞。如：北鼻（baby）、買尬（my-god）。

數字諧音詞。如：7456（氣死我了）、9494（就是就是）、4242（是啊是啊）、880（抱抱你）、3166（日語「再見」）。

網友們還會用這些網路諧音製作各種圖片和表情符號，使網路表達變得更加生動。

網路諧音字詞或調侃，或勵志，一經使用，便以其特異和另類吸引了眾多瀏覽者的眼球。這些網路諧音字詞在豐富人們表達的同時，對語言使用規範也提出了極大的挑戰。那麼，如何對這種現象進行積極正確的引導，是未來很長一段時間相關單位要著力思考的問題。

3. 火星文 —— 創造還是破壞

據考證，「火星文」起源於一些人最初為了打字方便，用注音文替代一些常用文字在網路上交流，達到了快速打字兼可理解內容的效果。很快，一些網友覺得這種文字另類醒目，便把這種輸入方式發展開來。網際網路的發展，為火星文的快速推廣產生推波助瀾的作用。

火星文的特點是用亂碼般的字擾亂漢字閱讀者的第一印象，將簡單的文字複雜化。想閱讀和欣賞火星文，得先解碼一下它的構造。火星文最常見的「變身方式」，是瘋狂新增偏旁部首。例如：

被 鯉妏攴巚蒻恐懼

這類字的閱讀非常簡單，把所有的偏旁部首都自動忽略掉，就差不多可以認出來了。這句話說的是「被火星文支配的恐懼」。

第五章　生活中的漢字話題

還有另一個常見的「變身方式」，是左右結構漢字的拆寫。例如：

乚ァ苟禾刂國鎵笙死薏

要注意的是，火星文從不做無謂的拆寫，拆寫追求的是整個句子的視覺美感。所以，不可能讓拆寫後的字完全保持原樣。上面這句中就是將某部分替換為相似的日文。上一句話解碼為「苟利國家生死以」。類似用法還有：

ぜ馬，我莈錢るゆ

（媽，我沒錢了）

除了增加偏旁部首、拆分左右結構，數字、英文等符號，也是火星文中的常見元素。例如：

ぷ 懂　壘仅荮緟鱒淪為↓等亼

（不懂火星文的終將淪為下等人）

火星文受到年輕群體推崇的原因，在於它在創造一種通用文字的同時，還讓每個人都能擁有自己的 freestyle！

（你有 freestyle 嗎）

← ηι 桷 freesτγζeǒ 馬～→☆

〃鯢有 fʀëësτy しë嗎ぐ

Ｙòひ宥 fʀëësτy しë鎷

ご你有 freesτyle 嗎）

…………

同樣一句話，卻有千萬種表達方式，你可以用簡體、繁體、英文、數字、日文、符號，甚至是冷門的希臘字母和西里爾字母，你還可以隨

214

機在句子前後插入喜歡的符號。你寫下的每一句火星文，都是你的獨一無二，讓每個人在理解與被理解的同時，還能保有自我與個性。

二、姓名中的漢字文化

1. 你認識「淑芬」、「家豪」嗎？

根據 2023 年「菜市場名」統計，男、女名字分別由「淑芬」與「家豪」蟬聯冠軍，成為最常見的名字。

現在家長都很重視取名，都想為孩子取一個好聽又獨特的名字，但是很多家長在取名時過於看重寓意穩妥，而這些美好的寓意，集中在希望孩子快樂、聰明、事業有成上，這就使孩子的名字用字很集中，選擇範圍非常狹窄，缺乏特色可言。

另外，家長不知道該為孩子取什麼名字時，往往會先想到上網搜尋。商家利用這樣的商機，用「生肖取名宜忌」等貼文吸引流量，而這些貼文互相抄襲，內容大同小異。

「生肖取名宜忌」的核心手法是把人跟生肖動物的習性簡單地畫上等號。比如羊愛吃草，生活在樹林田間，名字中就要用帶草字頭或木字旁的字。很多家長抱著「寧可信其有」的心態，紛紛以此概念取名。比如農曆羊年，新生兒名字中，寶寶名字的「花花草草」感就很強，很多名字中都帶有草字頭或木字旁。

根據資料顯示，新生兒名字的熱門字很集中。熱門字在讀音、寓意、風格等方面高度雷同。寓意方面，普遍傾向於幸福、快樂這些狹小的領域。這些孩子未來非常可能在幼稚園、小學「偶遇」同名的小朋友，

第五章　生活中的漢字話題

兩兩尷尬。姓名的本質是稱呼的代號,「姓所同也,名所獨也」,重名率這麼高,指代作用勢必會大大減弱,為學習、社交、工作帶來不必要的困擾!

2. 怎麼這麼多人名不認識

除了熱門字的集中外,近年孩子們的名字還出現了另一種極端的現象。學生們的名字裡,生僻字越來越多。

比如,趙老師班上有名女生名叫「劉翾翯」,身為班導,第一次上課,他原本想點名,但眼光一掃,手冊上的「劉翾翯」三個字就有兩個字不認識,點名只得作罷。

找了個藉口回到辦公室後,趙老師連忙翻出字典尋找。知道「翾翯」讀音為ㄒㄩㄢ ㄏㄜˋ後,他才慢悠悠地回到教室,開始點名,念出劉翾翯的名字時,站起來示意的劉翾翯投來了敬佩的眼光。

「妳的名字取得好,希望妳人如其名:展翅飛翔,做人高潔。」說這話時,趙老師明顯感覺自己信心不足——這兩個字,自己兩分鐘前才認識。

有記者檢視了某校一年級新生,發現名字中含生僻字的學生有 30 人左右,其中許多字連老師都不認識,這 30 人中,至少超過 10 人的名字是請算命先生取的。

也有生僻字是學生家長自己取的,劉翾翯的名字就是媽媽取的。對於名字的由來,身為教師的媽媽,稱是家人查字典、古書所取。「和那些普通名字相比,顯得家長也有點水準嘛!」

對於請算命先生等取名中有生僻字,有學者指出,「取生僻字名字,頂多就是一種心理暗示,名字並不能改變命運」。相關單位也特別提醒,

極少數人的名字因為使用冷僻字、異體字，參與社會生活時，常會帶來麻煩和不便。

3. 家長取名真的太無知了嗎？

如果你認為跟古人相比，當代家長實在是太無知了，為孩子取名字不是頻頻撞名，就是要找算命先生，那你就大錯特錯了。如果從歷史的角度考察古代人的姓名，現代家長可能是最有知識的了。不信，你先看看古人是怎麼取名的吧！

認字不夠，數字來湊

事實上，近代以前，平民百姓大多只有小名，有身分地位的人才有大名。人們今天能在史書中看到的名字，不是達官顯貴，就是讀書人。其中的名字，當然聽起來都很有學問。但是當我們把視線下移到平民百姓，就會發現，古人的名字遠不如想像中的高貴、豪華。

《明太祖實錄》中記載朱元璋的姓名：「姓朱氏，諱元璋，字國瑞。」但實際上，明太祖在發跡之前不叫「朱元璋」，他的本名叫「朱重八」。

為什麼叫「重八」？這就要從當時民間取名的規矩說起。

宋元時期，民間無官者多不取名字，而是以數字代替。加上當時社會底層文化水準不高，識字不多，用數字取名大概也省去不少麻煩。

那麼數字從哪裡來呢？後世史家大概有這幾種猜測：或按出生時間的數字取名，或按出生時父母年齡相加的數字取名，或直接按兄弟排行取名。根據這些猜測，有研究者認為，「重八」是八十八，其實就是他出生時父母年齡相加之數；當然「重八」也可能是按照兄弟排行所取的名字，畢竟有文獻記載，朱元璋的幾位兄長分別叫「重四」、「重六」、「重

七」。而朱元璋的祖父名叫朱初一，很可能是按出生時間取的名字。

不管「朱重八」的名字屬於哪種情況，有一點是可以確定的，那就是，在中國歷史上很長一段時間，數字都是平民百姓取名的一種重要方式。

不避俗、不避醜

平民百姓取名字用數字很好理解，但是你可能想不到，古代不少貴族的名字也是不避俗、不避醜。

一提起先秦，很多人立刻會想到《詩經》、《楚辭》，會想到諸子百家、百家爭鳴，感覺那個時候的人，每個都很有學問。然而翻翻歷史文獻才發現，那個時候很多人的名字取得任性而直接，比如晉成公的名字叫「黑臀」，他是「春秋五霸」之一的晉文公之子。楚公子「黑肱」是楚共王之子，他的爺爺就是「不鳴則已，一鳴驚人」，最後飲馬黃河、問鼎中原的楚莊王。黑肱字子皙，「皙，白也」，看來老祖宗早在兩千多年前就已深諳「缺什麼、補什麼」的道理啊！鄭莊公的名字叫「寤生」，翻譯成現代漢語就是「難產」，放到現在，誰會這麼幫孩子取名字呢！

這樣的取名方式，之後長期存在於中國民間，還衍生出一套說法──幫孩子取個醜名字，不易夭折，好養活。

以名排輩的傳統

古代人的名字在很多時候還產生排輩的作用。漢高祖劉邦本名劉季，他的兩位兄長分別叫劉伯、劉仲。按通俗的說法，這三個兄弟的名字其實就是劉老大、劉老二、劉老三。這是較為樸素的排行方式。隨著歷史發展，以姓名排行愈加複雜。這其中最具代表性的就是朱元璋為子

孫規定的取名方式 ── 不僅每一代子孫擁有固定的輩分字，名字中的最後一個字，還要按照五行相生的順序，使用固定的部首。朱元璋覺得用這樣的方式，就能夠保證老朱家的氣韻綿延不斷。

朱元璋一共有二十六個兒子，他規定兒子們取名時都必須帶「木」，像朱標、朱棣、朱棡、朱棣、朱橚、朱楨等等。根據五行相生原則，木生火，他的孫子輩取名字就要用「火」字，比如朱允炆、朱高熾等。

朱元璋的想法是好的，但他忽略了一點，那就是老朱家的後代子孫實在是太多了，而且皇室又非常注重避諱，下一輩不能和上一輩同名，所以到了明朝中期時，老朱家取名字就成了一個大難題，每個新生兒出生，都要絞盡腦汁取名字；再到後來，朱家子孫已經放棄了尋找生僻字取名字的做法，乾脆自創漢字。舉幾個例子，如朱公錫、朱慎鐳、朱同鉻、朱同鈮、朱寘鐳、朱效鈦、朱彌鎘、朱諟釩……老朱家某一代人的名字都用金字旁，這些金字旁的生僻字歪打正著，也成了提供現代元素週期表的翻譯素材。

4. 人名用字的時代性

姓名用字具有鮮明的時代性。從歷史的角度來看，名字終究是一個時代的反映。比如魏晉時期，玄學興盛，「道」、「玄」、「元」、「真」等字眼便常常出現在人名中；南北朝是民族大融合的時期，北朝人取名隨意率真，如趙黑、閻大肥、傅豎眼……等等；南朝佛教興盛，時人的名字中多見「佛」、「慧」、「法」、「僧」等字。近代以來，時代潮流彰顯在名字中的情況愈加明顯。比如八、九十年代，盛行「瓊瑤風」，人名中開始注入風雅的文化元素。

第五章　生活中的漢字話題

　　近年,「雙姓制」的悄然興起值得關注。這裡說的「雙姓制」有兩種含義。

　　第一種含義是指有的孩子隨父姓,有的孩子隨母姓。隨著時代的發展,小孩不再理所當然地跟爸爸姓,父母可以自行約定小孩從父姓或母姓。第二種含義是指「父姓 + 母姓」形式的新雙姓。

　　有人認為「雙姓制」現象的增加,展現出「子隨父姓」觀念的一定鬆動,但種種跡象顯示,將「雙姓制」視為對母親一方的尊重,可能更合適一些。不管怎麼說,這都算是時代的一種進步!

第六章　漢字傳播

　　漢字誕生於中原地區，在基本成熟之後，就開始向周邊由近及遠地傳播。

　　除母語基本相同、政治體制基本相同的華夏民族不同地區外，也逐步傳播到跨文化的少數民族地區和境外國家。少數民族地區不是固定的，有的原本也是不同部落或邦國，後來才融合到中華民族大家庭。境外國家從歷史淵源看，大致可以分為兩個大的範圍：一是「漢字文化圈」，即歷史上曾以漢字作為正式文字並長期使用過的國家；二是歷史上曾透過陸上和海上「絲綢之路」跟中華民族有過經濟文化交流的國家。

　　跨文化傳播的基本特徵是母語不同和政治體制不同，傳播地原本一般沒有文字，接觸到漢語、漢字以後，通常分三階段吸收、消化漢字。第一階段是原樣接收漢語、漢字，即學說漢語，書寫漢字，像漢族人一樣使用漢語、漢字。這時被傳播和接受的漢語、漢字，基本上保留原樣。第二階段是借用漢字或仿造部分漢字，配合記錄本民族語言，這時所謂的「漢字」，只是形式上的漢字，字音或字義已經不是原本的漢語音義了。如日本的「萬葉假名」、越南的「字喃」等。第三階段是利用漢字的元素（部件或筆畫）和漢字的構造方法，重新創造本民族自己的文字，這時的文字只是跟漢字相關，受到漢字影響，實際上已經不是漢字了。如「西夏文」、「諺文」等。

　　跨文化漢字傳播總是伴隨著漢籍文獻和文物傳播，接受傳播後，傳播地也會產生新的漢字文獻和文物。了解和研究漢字傳播，離不開漢字文獻和文物。

第六章　漢字傳播

一、漢字走進少數民族地區

　　清嘉慶九年（1804 年），學者張澍回到家鄉甘肅武威養病。一日秋高氣爽，張澍閒來無事，約了幾位友人到城中的大雲寺遊玩。大家一邊暢談、一邊遊賞，不覺已經來到大殿後院。突然，張澍的目光被一個造型奇特的亭子吸引住了，它四周被磚泥封得密不透風。詢問了一番，沒有人知道它是什麼時候、出於什麼原因被封的。憑藉金石學的素養，張澍覺得這應該是一個碑塔，裡面可能立著石碑。於是他叫來僧人，想打開磚石一探究竟。僧人卻惶恐地說：「千萬不可打開，據說這裡封藏著靈物，一旦洩漏，會為武威城帶來災禍啊！」張澍對這種鬼神之說頗為懷疑，同時也對碑塔越發好奇。於是他發誓道：「拆除封磚與寺中諸位僧人無關，若有災禍，請全部降臨到我一個人頭上！」或許是被他勇於探求真相的精神觸動，僧人應允了張澍的請求。

　　打開磚石，一個石碑赫然出現在眼前。張澍忙上前辨認，上面的文字方方正正，由橫豎撇捺之類的筆畫組成，和漢字差不多，乍看似可識讀，但仔細辨認，卻一字不識。「這不會就是招致災禍的符文吧？」人們議論紛紛。張澍則鎮定地說：「再打開後面的磚石，碑的背面定有釋文！」隨著磚一塊塊拆下，石碑上的漢字逐漸顯露出來。原來這是一則紀念重修護國寺的碑銘（圖 6-1），張澍注意到，碑文末題款處刻著「天祐民安五年」的字樣。「天祐民安」，這並非歷代中原王朝的年號。張澍翻檢史籍，終於確認這是《宋史》中記載過的西夏國年號。根據碑文的記述，這座寺廟為東晉十六國時前涼國王張天錫所建，原名宏藏寺，武則天天授元年（690 年）改名大雲寺，西夏天祐民安五年（1094 年）重修時，被稱為護國寺。紀念碑上無人能識的文字，就是消失已久的西夏文。就這樣，張澍成為明確辨識出西夏文的第一人。但非常可惜的是，由於當

一、漢字走進少數民族地區

時訊息的閉塞，很長時間內，這個重要的發現，都不被掌握漢學研究話語權的西方學術界所知。

圖 6-1　涼州重修護國寺感應塔碑銘（局部）

事實上，當時人們能見到西夏文的地方，不只有這一處。在北京的居庸關長城腳下，有一座雕花精美的漢白玉雲臺，本是一座佛塔的基座。在雲臺門洞的內壁上，刻有六種文字所書寫的經文、建塔記等內容。其中五種文字是人們已知的，即梵文、漢文、藏文、八思巴文、回鶻文，只剩下一種奇怪的文字無人知曉。直到 19 世紀末，國際學者們還在反覆討論這種文字，其中英國學者偉烈（Wylie）推測是女真文。1898

第六章 漢字傳播

年，法國學者德維利亞注意到重修護國寺碑，經過對比，確認居庸關雲臺上的這種神祕文字也是西夏文。這時距張澍的發現，已經過了近一個世紀。

在此之後，更多西夏文被發現。20世紀初，俄國的科茲洛夫率領科考隊到內蒙古黑水城遺址，經過挖掘，一大批珍貴的西夏文獻重見天日。他們將數不清的文物帶回俄國，從此開啟了西夏學研究的大門。

西夏文的發現和最初的研究，伴隨著近代中華民族的風雨飄搖。那麼這種引起學者無限興趣的神祕文字是如何產生的？它與漢字究竟有怎樣的關係？這一切，要從漢字傳播出發去了解。

現在，中華民族即使相隔千里，方言殊異，透過漢字，也能暢通無礙地交流。之所以能夠處於這種狀態，漢字的統合作用厥功甚偉。但漢字的統合作用是逐漸實現的，對上古時期的人們來說，由於交通的不便和文化的隔閡，不是任何地方的人都會說漢語、認漢字的。

河南殷墟甲骨文告訴我們，最晚在殷商時期，中國已經形成了成熟的文字。但這種文字當時主要在黃河中下游的中原地區通行，與今天相比，其範圍還相當局限。而與「中原」相對的「四夷」，則多有自己的語言，甚至原始的文字，華夏大地上的文化傳統紛繁多元。

不過漢字之光一旦點亮，必然會由近及遠，逐漸照亮邊荒。從春秋戰國時代到漢代初期，漢字逐漸從中原傳播至南方的荊楚、百越，西南的巴蜀以及東北、西北等地區，最終華夏大地大部分地區實現了「書同文」，民族的向心力和文化的凝聚力越來越強。漢字一步步走入四方少數民族之家，成為中華各民族共同使用的文字，並在各家生根發芽，甚至繁衍後代。漢字對中華各民族產生了深遠的影響，是融合民族共同體的強力黏著劑。

1. 漢字在南方地區的傳播

　　商代以前，中國的南方是三苗和百越人的天下，許多不同的民族在那裡生活。他們雖然與中原地區有交流，但仍保有鮮明的地域特色，風俗信仰與中原迥異，使用的語言也和中原不同。

　　長江中游的江漢平原是荊楚之地。浩渺的雲夢澤、茂密的山林，孕育出神祕而浪漫的文化。楚人崇尚巫鬼，情感熱烈，充滿想像。《楚辭》裡那些瑰麗的意象和獨特的語詞，就是楚地語言和文化的鮮明反映。

　　商周以來，中原王朝的勢力逐漸擴散到楚地，楚人開始學習中原的語言——「雅言」。「雅」就是「夏」的意思，就是指中原的華夏民族，記載雅言的漢字，也隨之傳播開來。至少在西周後期，漢字已經在楚國上層社會通行了。除了學習使用漢語，楚人有時也借用漢字來記錄楚地方言詞語。比如楚人稱「虎」為「於菟」（ㄨ ㄊㄨˊ）。魯迅先生有一首很著名的詩，其中就用到了這個詞：「無情未必真豪傑，憐子如何不丈夫。知否興風狂嘯者，回眸時看小於菟。」後兩句的意思是說，威風凜凜的老虎，也會溫柔地看顧自己的小孩。

　　到了春秋戰國時代，楚地產生了一種婀娜婉轉、修長秀麗的漢字字形，有時上面還會用鳥蟲之形加以裝飾，這種獨特的藝術字形，叫做「鳥蟲書」。這大概與楚地崇拜鳳鳥、蟲蛇盛行相關。精美的青銅器，配上錯金雕刻的鳥蟲書，顯得高貴華麗，充滿荊楚獨特的浪漫氣息。這種字形還向周圍散播，影響到曾、吳、越、蔡等地（圖6-2）。就這樣，漢字在傳播中與當地的文化碰撞融合，豐富了自身的形態。

第六章　漢字傳播

圖 6-2　「曾侯乙編鐘」錯金銘文

　　長江下游是吳越文化的發源地。這裡雖與中原早有來往，但受中原文化影響不是很大。當地人有「斷髮紋身」（圖 6-3）的習俗，與中原「身體髮膚，受之父母，不敢毀傷」的傳統迥然相別。相傳，周文王的伯父泰伯本來應當繼承王位，當他看到父親想將王位傳給小弟，繼而傳位給姪子周文王，就主動讓位給小弟，遷徙到江南的吳地，甚至跟隨當地習俗，也剪短了頭髮，並在身上紋以花紋。

一、漢字走進少數民族地區

圖 6-3　春秋青銅鳩杖上斷髮紋身的越人形象

最初，吳越的語言也與中原不同。大家可能聽過這兩句優美的詩句：「山有木兮木有枝，心悅君兮君不知。」它出自〈越人歌〉。但很多人可能不知道，最初這並不是一首漢語詩。它的作者是一個越人船夫，是用古越語吟誦的，經過翻譯，才形成今天我們所見到的文字，並且廣為流傳。

隨著來往日益密切，中原語言文字不斷從北向南播散，在吳越地區全面開花。江西吳城出土的商代文物中，已經刻有和甲骨文相似的字元。例如圖 6-4 陶器上刻劃的「✝」，據學者考證，應該就是「戈」字，甲骨文作「𢦏」。

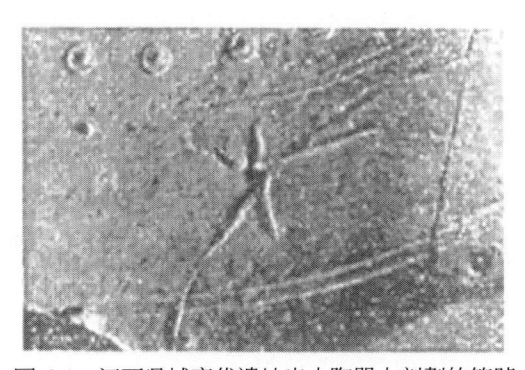

圖 6-4　江西吳城商代遺址出土陶器上刻劃的符號

227

第六章　漢字傳播

　　這個地區出土的春秋戰國時代青銅器上的漢字銘文越來越常見，說明漢字在當地已經廣泛使用。在這些青銅器中，最著名的當數「天下第一劍」越王勾踐劍（圖6-5）了。這把鑄造於兩千多年前的寶劍，1960年代出土時，竟然毫無鏽蝕，寒光凜凜，鋒利無比。它上面用精美的鳥蟲書體刻著「越王勾踐自作用劍」八個字，更顯得高貴華美。

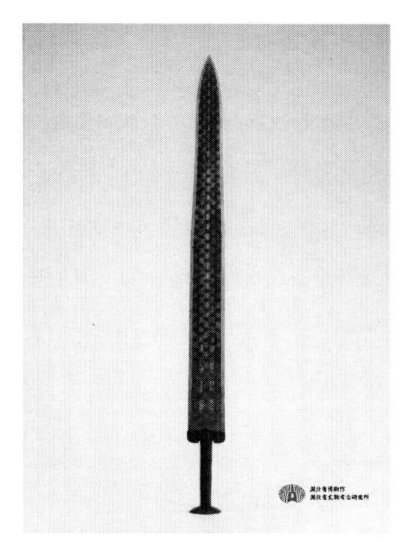

圖6-5　越王勾踐劍

　　更遠的閩越、南越和西甌，大致相當於今天的福建、廣東、廣西一帶，在很長時間內，被視為蠻荒之地，漢化得更晚一些。秦統一中國，削去閩越王王號，閩越之地納入秦朝版圖。秦始皇派趙佗征服嶺南，開始對南越進行統治和管理。隨著公文的往來、經濟文化的交流和漢人的大量遷入，漢字逐漸在這些地區傳播開來。秦滅亡後，趙佗在南越自立為王，又攻占了桂林、象郡，在廣大的嶺南地區推廣中原禮制，促進漢越融合，漢字成為當地通行的文字（圖6-6）。

圖 6-6　廣州南越王墓出土璽印 —— 文帝行璽

　　廣西地區自古以來是多民族的聚居地，生活著壯族等少數民族的先民。隨著中央政權的管轄以及與漢人雜居相處，壯人逐漸學會漢語、漢字。魏晉南北朝中原動盪，更多避亂的漢族士人來到嶺南，在當地講學，熟悉漢語、漢字的壯族知識分子越來越多。唐宋以來，壯族開始借用漢字或仿照漢字創造新字來記載自己的語言 —— 壯語。

　　要知道，語言和文字是兩套不同的符號系統，是兩碼事。相同的語言可以使用不同的文字來書寫，反過來，相同的文字也可以書寫不同的語言。因此，用拉丁字母能拼寫出漢語的詞語和句子，同樣地，漢字也能夠用來記錄其他的語言。

　　用漢字記錄民族語言，最常用的方法就是借字記音。例如壯族借用「該柱」表示「買賣」的意思，「皮往」表示「兄弟、姐妹」的意思，借用近似讀音的漢字表示壯語中的詞，但意思和漢字本義沒有關係。這種對漢字的借用，擴展了漢字的功能。就這樣，漢字在少數民族親戚的家中「住」了下來。

　　壯族還大量創造新字。古代已經有學者注意到了廣西地區大量存在的方俗字。南宋時的周去非在《嶺外代答·俗字》中記載：「廣西俗字甚多。如奀，音矮，言矮則不長也；氼，音穩，言大坐則穩也；袞，音倦，

第六章　漢字傳播

言瘦弱也；歪，音終，言死也；夯，音臘，言不能舉足也；仦，音嫋，言小兒也；妷，徒架切，言姐也；閅，音橪，言門橫關也；岳，音磟，言岩崖也；氽，音泅，言人在水上也；汖，音魅，言沒入水下也；乱，音胡，言多髭；砑，東敢切，言以石擊水之聲也。」其中不少是仿照漢字創造的方塊壯字。

新造的方塊壯字長得和漢字差不多，這是因為其主要利用已有的漢字和構件（圖6-7）。也就是說，這些新字雖然是漢字系統中原本沒有的，但其基本的構字元素和構形方法，大都能夠在漢字中找到。例如「㽟」是一個形聲字，使用了漢字中最常見的構形模式。這個字是「田」的意思，下面的「田」是意符，上面的「那」提示壯語讀音。「饡」是由「晚」、「飯」拼合而成，就是「晚飯」的意思，這是一個會意字。「屳」是雙聲符字，是「白米」的意思，「山」和「三」兩個構件都來自漢字，讀音相近，都用來提示字音。這個構形模式在漢字中雖然很少，但也不是沒有。「咘」是「泉」的意思，「布」表音，「口」則是提示該字為借音字的記號，這種構形方法也源於漢字，是漢字記錄外來音譯詞時常用的構形方式，在漢譯佛經中經常見到。例如人們熟悉的六字真言「唵嘛呢叭咪吽」就是這樣的字。

不僅是壯族，中國南方其他少數民族，如苗族、瑤族、侗族、布依族、哈尼族等，也都有類似的新造字。透過混合使用漢字和新造字，少數民族就可以較為順暢地記錄自己的語言了。這種用字現象，是漢字為適應地方特殊詞彙產生的新用法和變異，在廣義上屬於漢字的特殊部分。

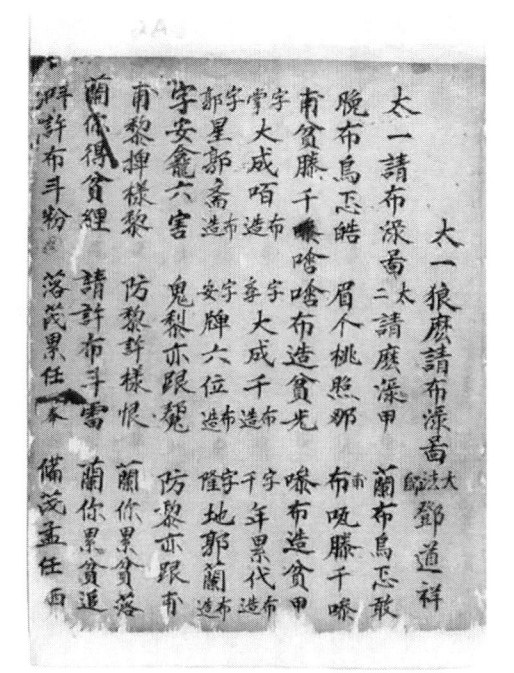

圖 6-7　方塊壯字文獻

2. 漢字在西南地區的傳播

　　巴蜀地區位於中國西南。由於地理阻隔，上古時期，這裡的文明發展相對獨立，孕育出奇異、燦爛的文化。著名的三星堆文化便是其中的代表，那些造型獨特的青銅人像、青銅神樹、黃金面具等等，無不令人印象深刻（圖 6-8）。更值得注意的是，上古時期的巴蜀，可能還存在著自己的文字（圖 6-9）。這個地區出土的一些先秦文物上刻有特殊符號，有學者認為這些符號具有文字性質。

第六章　漢字傳播

圖 6-8　三星堆遺址金面具青銅像　　圖 6-9　巴蜀地區出土戰國虎紋銅戈上的符號

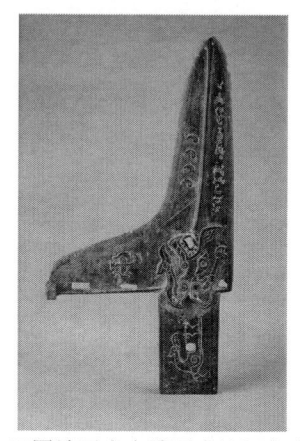

　　商周以來，中原的語言文字不斷影響著巴蜀。春秋戰國戰亂動盪，巴蜀與秦、楚兩國毗鄰，接觸更加頻繁，漢人不斷遷入，漢字在當地流行開來。秦統一巴蜀後，在當地推行秦文字，加速了巴蜀地區的民族和文化融合。到了漢代，巴蜀與中原關係更密切，四川盆地大部分地區變得與中原沒什麼兩樣了。

　　位於西南邊陲的雲南地區，西漢已在此設郡。政令傳達、經濟文化交流都要藉助漢字，必然會促進漢字在當地的傳播，出土文物印證了人們的推測。在西漢滇王墓中，我們看到了很多漢字文物（圖 6-10）。到了東漢，雲南地區的漢文碑刻和中原已沒什麼差別，說明當時這裡已經有相當一部分人掌握了漢字和漢語。

　　到了唐宋時期，雲南地區先後建立了南詔和大理政權，繼續沿用漢字為官方文字。不少南詔和大理文人創作的格律詩歌和碑銘文章流傳至今，語句工整典雅，不亞於中原。

圖 6-10　西漢滇王墓出土的滇王之印

　　有意思的是，在使用漢字的過程中，雲南地區還出現過一些特殊的用字現象。在第四章我們介紹過，武則天在位時創造了一批新字，稱為「武周新字」。武則天退位後，「武周新字」很快被中原地區棄用了。但出土的宋代時期大理國文獻中，卻仍經常出現一個「武周新字」——「圀」。「圀」本來是代替「國家」的「國」字，但大理國賦予了它特定的意涵：「圀」專門用來指稱大理本國，而在指稱雲南地區以外的宋朝政權等其他國家時，則使用普通的「國」字。這種用字的區分，意在強調自身政權的優越性和獨特性。由此可見，民族地區不只是被動地接受漢字，還會創造性地使用漢字。

　　古代雲南地區生活著彝族、白族等許多少數民族的祖先，他們都有自己的語言。在熟悉了漢字、漢語之後，他們開始借用漢字記錄自己民族語言中的詞語。比如《新唐書·南詔傳》中記載的南詔國官職名稱有「坦綽」、「布燮」、「久贊」等，都是彝語官職名的音譯，漢字在這裡只是記音的符號。

　　大理市喜洲鎮慶洞村聖源寺內壁上，有一塊漢字白文書寫的石碑，上面刻著明代時大理白族詩人楊黼創作的長詩〈詞記山花·詠蒼洱境〉。其中一段是這樣的：

夏雲佉玉局山腰，春柳垂錦江道途。四季色花阿圍圍，風與阿觸觸。

詩句雖然都是漢字書寫的，但讀起來卻似懂非懂，這是因為其中有一些字與其在漢語中的讀音和意思並不一樣，是借用漢字記白族詞語的音。比如「佉」是白語「繫腰帶」的意思；「阿觸觸」是白語「一陣陣」的意思。詩中還有另一種記民族詞語的方法：「夏雲」、「春柳」、「四季」等在這裡都表示漢字本來的意思，但是讀法和漢語不同，需讀成白語中對應詞的讀音。

白族也仿照漢字創造了一些新字，不過數量並不多。這是因為白族和漢族歷來關係密切，語言接近，漢字一直是當地的官方文字，白族人漢語、漢字水準很高，因此他們更傾向於利用已有的漢字，並且注意用字的規範。

3. 漢字在北方地區的傳播

在北方，南北朝以前，匈奴是最主要的少數民族。或戰爭，或和平來往，使匈奴和中原頻繁接觸，漢字逐漸傳入匈奴。

圖 6-11 中這枚戰國時的玉印，上面刻有「凶（匈）奴相邦」漢字銘文，為戰國晉系文字，當是匈奴人所使用的。到了漢代，漢王朝與匈奴有戰有和，雙方常有書信往來，匈奴對漢字更加熟悉。後來，匈奴分裂為南匈奴和北匈奴。南匈奴和漢人雜居而處，有一部分匈奴貴族能熟練地使用漢字，對漢文化的掌握，已經和漢人沒什麼差別了。比如十六國時前趙的建立者劉淵就是匈奴人，他自幼熟通經史，博覽群書，和漢族的儒生簡直沒什麼兩樣。

一、漢字走進少數民族地區

在東北地區，上古時生活著肅慎、東胡、濊貊（ㄏㄨㄟˋ ㄇㄛˋ）、扶餘等民族，他們與中原一直有著密切的關聯。春秋戰國時期，漢字已傳入東北，吉林出土的戰國青銅器上就刻有漢字。漢代時，扶餘人的一支在東北建立了高句麗國，直接把漢字作為本族文字使用。著名的「好太王碑」就是高句麗王所立，碑文共 1,700 餘字，完全用漢字、漢語書寫，儲存了豐富而珍貴的史料（圖6-12）。唐代時，靺鞨（ㄇㄛˋ ㄏㄜˊ）人在東北建立渤海國，全面使用漢字、漢語，推廣漢文化。渤海國與唐朝有隸屬的朝貢關係，經常派遣唐使和留學生到唐朝學習。唐代詩人溫庭筠以「車書本一家」來形容渤海國與唐朝的關係，就是說兩國車同軌、書同文，處於統一的大家庭中。

圖 6-11　「匈奴相邦」印

圖 6-12　「好太王碑」碑文拓本（局部）

235

第六章　漢字傳播

　　五代十國時，東北一支原本不為人知的民族異軍突起，走上歷史舞臺，最終統一中國北方，建立了強大的王朝。這個民族就是契丹（圖 6-13）。

圖 6-13　胡瓌「卓歇圖」（局部）中的契丹人形象

　　契丹人是上古東胡的後代，為鮮卑族的一支，原本過著游牧和漁獵生活。他們最初沒有自己的文字，僅依靠刻木記事。隋唐時期，契丹歸附中原王朝，與漢人雜居而處，開始了漢化程序，漢字也自然地成為他們通用的文字。

　　契丹人建立遼國後，推崇漢文化，皇族改用漢族的姓名，皇帝採用漢服和禮制，還設立國子監和太學，講授儒家經典。宋代雖然軍事實力不強，卻是中國古代文化的高峰。宋朝的詩文在契丹廣為流傳，特別是大文豪蘇軾的作品。有一次，蘇轍出使遼國，一路上總是遇到契丹人向他打聽蘇軾的情況。蘇轍於是作詩一首，寄給哥哥：「誰將家集過幽都，逢見胡人問大蘇。莫把文章動蠻貊，恐妨談笑臥江湖。」幽默地調侃蘇軾文名太大，連遼人都紛紛來問候，將來無法低調地退隱田園了。

學習漢文化使契丹迅速發展壯大，但契丹人對漢文化的情感是複雜的。他們既吸收漢文化，又希望保持民族性。擁有自己的文字是一個民族文化強大的重要象徵，同時，漢字直接記錄契丹語也多有不便。這是因為契丹語屬於阿爾泰語系，與漢語差別很大。漢字又是表意文字，很難準確地記錄契丹語的音節和詞彙。在這樣的背景下，契丹開始嘗試在漢字基礎上創造契丹文字。

契丹採用了與前面提到的方塊壯字不同的造字策略。他們沒有個別地創造新字，而是系統性地新造民族文字。契丹文字也受到漢字影響，採用了漢字的構造方法和基本元素。不過，契丹文字並不直接使用已有的漢字構件，而是對其加以改造，因此看起來與漢字差別很大。

契丹文有兩套，首先製造出的是契丹大字。這種文字和漢字一樣是表意文字，據記載，有 3,000 多個字元，主要是透過擷取漢字一部分，並在筆畫上進行增減變化而來。例如契丹文「夵」，是在漢字「天」的基礎上增加筆畫，契丹文「馬」是在漢字「馬」的基礎上減省筆畫。圖 6-14 中的這枚銀錢上刻的就是契丹大字，它並非遼國一般的流通貨幣，而是某種典禮中的壓勝錢（花錢）。

圖 6-14　遼上京出土的契丹大字銀幣

第六章　漢字傳播

　　契丹語單字大都是多音節的，具有詞尾變化，用表意文字還是不夠簡便，因此稍晚又產生了契丹小字（圖6-15）。這是一種拼音文字，據學者統計，一共只有三、四百個原字，每個原字就是一個記音符號。原字形體多是擷取漢字一部分，再增減筆畫而來，例如契丹小字「共」字形是從「益」減省而來，表示 i 的音，和「益」讀音一樣。有時還直接使用一些獨體漢字充當純粹的記音符號。以這些原字為基礎，在平面上加以組合，就形成了一個合成字，可以表示一個詞。這種二維的方塊構形與漢字是一樣的，而與西方拼音文字的線性書寫方式不同。契丹小字更適合契丹語，也更簡便，「數少而連貫」，因此更為通行。

圖6-15　契丹小字〈道宗皇帝哀冊〉及冊蓋

　　在字形上，契丹文也受到漢字的影響，除了有近似漢字楷體的一般字形，還有篆體，可以用於莊重的場合。

　　正當契丹在文明中不斷探索前行時，在遼國北方，另一個民族悄然壯大，並最終取代遼國，入主中原。這個民族就是女真。

　　女真族是古老的肅慎後代，原本以漁獵維生，沒有自己的文字。女真領袖完顏阿骨打建立金朝，滅遼和北宋後進入中原，全面學習漢民族

的禮樂制度，漢字開始加速在女真人中傳播。當時，女真貴族學習漢字蔚然成風，今天所見女真貴族墓誌銘，多是漢字書寫的，可見他們對漢字的熟悉和認同。

　　有的女真人甚至能熟讀經史，精通琴棋書畫，金主完顏亮就是其中的代表。相傳他看到描繪南宋都城臨安繁華景象的畫，頓生躍馬江南、一統南北的雄心，揮毫作詩一首：「萬里車書盡會同，江南豈有別疆封。提兵百萬西湖上，立馬吳山第一峰。」其漢文程度可見一斑。另外，金國是一個多民族國家，不只有女真人，當不同民族的人聚在一起時，常會遇到語言不通的情況。這時，人們就會使用漢語、漢字作為溝通的媒介。

　　女真建國後，也不滿足於使用漢字，開始創造自己的文字。女真文字和契丹文一樣，也有兩套。據史書記載，金天輔三年（1119 年）首先頒行了女真大字，天眷元年（1138 年）又創造了女真小字。但今天我們見到的女真文字，究竟是大字還是小字，學界還沒有完全一致的看法。女真文字以漢字為原型，也受到了契丹文的影響。女真文形體很多是在漢字基礎上增減筆畫變化而來，有的是表意字，一個字能表示一個多音節的詞；有的是表音字，一個字表示一個音節。

　　金朝政府設立官學推廣女真文，用女真文翻譯經史文獻，還設立了相關科舉科目。圖 6-16 描摹的是一塊女真文石碑上的文字。這塊石碑發現於黑龍江省哈爾濱金上京古城遺址，據專家考證，這裡原來是金朝官方設立的一所女真文學校。石碑上的內容對應的漢語是「文字之道，夙夜匪解」。「夙夜匪解（同『懈』）」是《詩經‧大雅‧烝民》中的句子，被翻譯和刻在這裡，是用來勸勉女真學子勤奮讀書的。

第六章　漢字傳播

圖 6-16　金上京女真文勸學碑（摹寫）

　　同一時期仿照漢字創立民族文字的，還有西北地區的党項族。党項族是古老少數民族羌人的一支，原本在青藏高原游牧維生，逐水草而居，文明程度低，也沒有自己的文字。唐朝時，吐蕃崛起，不斷擠壓党項人的生存空間，他們向唐朝發出歸附的請求。開放包容的唐太宗接納了党項人，並邀請其領袖至長安遊覽。大唐的燦爛文明和恢弘氣度，深深震撼了党項人。隨著歸附和內遷，党項與大唐關係日益密切。他們開始學習漢民族的生產方式、禮儀制度、儒家典籍，而這些都離不開語言、文字的學習。党項與中央政權的往來文書以及當地的書面交際，都使用漢字，漢字成為當地的通用文字。

　　党項領袖元昊建立西夏後，開始致力於民族文字的創立。他任命大學者野利仁榮創造西夏文（圖 6-17），並於 1037 年頒布全國。西夏文共 6,000 餘字，有意突出特色，不用一個漢字。然而從方正的形體到橫豎撇捺等基本筆畫，再到構形的方法，無不滲透著漢字的精神。當時西夏周圍各民族的文字模式不盡相同，吐蕃、回鶻的文字是表音體系的文字，漢字、契丹大字則是表意體系的文字。西夏選擇了表意的模式，字形呈方塊二維平面狀，這明顯是受到漢字的影響。

圖 6-17　西夏文殘碑

西夏文有單體和合體兩類。單體字基本上沒有象形性，只是抽象人為規定的符號。例如「人」寫為「𗹭」，「小」寫為「𗤀」。合體字主要有形聲、會意兩類，和漢字相似。這些構形方法反映出党項人對漢字構形的深入了解。

西夏文創造後，西夏政府設立專門機構推廣西夏文，講授內容主要是西夏文譯寫的儒家經典，以培養西夏文和漢文都精通的人才。由於政府的大力推廣，西夏文推行很快。在內蒙古黑水城遺址，出土了大量西夏文的佛經、儒家經典等文獻（圖 6-18）。

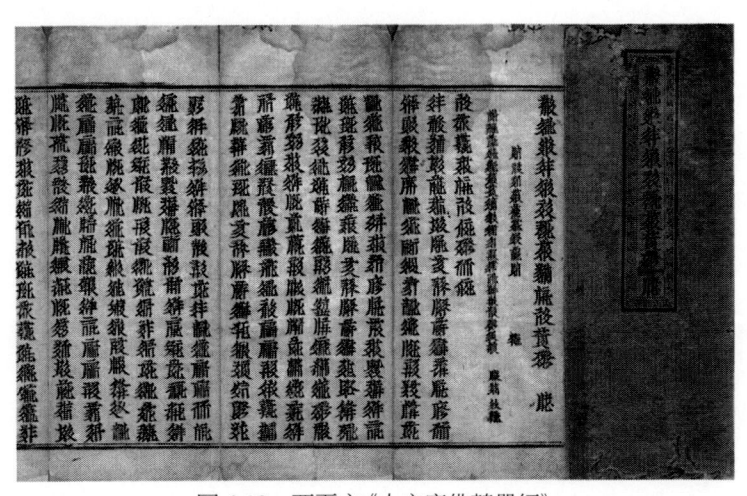

圖 6-18　西夏文《大方廣佛華嚴經》

第六章　漢字傳播

　　與此同時，西夏的漢文獻也同樣豐富，說明當地雙字、雙語並用、並重。

　　正如西夏著名的西夏文、漢文雙語字典《番漢合時掌中珠》序言所說：「今時人者，番漢語言可以具備。不學番言，則豈和番人之眾；不會漢語，則豈入漢人之數。」

　　民族文字的產生，是各民族政治、經濟、文化發展到一定高度的展現。表面來看，創造民族文字，弘揚民族文化，似乎與漢字和漢文化分庭抗禮，但實際上，這正是漢字傳播達到一定程度後的結果。在吸收、學習漢字及漢文化的基礎上，很多少數民族發展出具有相當文明高度和民族特色的文化，最終匯入華夏文明的浩瀚長河，為漢字文化增添了絢爛的色彩。

　　從學習漢字，到借用漢字書寫自己的民族語言，再到形成民族文字和漢字式文字，漢字以其無限魅力吸引著周邊民族，使其學習和仿效。共通的文字有利於跨越地域方言的障礙，便於政令傳達，維繫中華民族統一。這種文化的力量，甚至能夠超越政治力量。文字每傳播到一地，就帶去文明的火種，滋養著不同地域和人群的文化，同時也加強雙方的理解與認同。正是在這樣的過程中，中華民族逐漸形成和壯大。

　　漢字，流淌著中華民族的血脈，凝聚著中華民族的力量。一個個方塊字，記載著中華民族上下五千年的光輝與燦爛、歡笑和淚水，彰顯著中華兒女的智慧與自信、包容與友善。這是我們共同的財富，永遠的驕傲。

二、漢字文化圈

　　唐貞元二十年（804 年）八月的一天，一艘木製帆船出現在福建赤岸的港口，打破了港口的平靜。木船似乎在海上漂泊了很久，布滿了風吹

雨打的痕跡，船上的人看起來既興奮又難掩疲憊。

　　這是一群不速之客。他們既不是往來的客商，也不是出海的漁民。海港守官前去查問，得知這是日本派出的一個遣唐使團，為首的遣唐使叫藤原葛野麻呂。一個月前，他們經日本天皇准許，從日本九州出發，出使大唐。然而不幸的是，船隊在海上遇到風暴，一行四艘船被吹散。這一艘雖然僥倖脫險，但偏離了原本的航道，在海上漂蕩了一個多月，最終到達福州沿岸。那時，從未有日本的遣唐使在福州登陸過，船上的人也難以證明自己的身分——他們的國書印信都在被吹散的另一艘船上。

　　守官滿腹狐疑，不敢輕放眾人上岸。正當大家一籌莫展之時，船上一位隨行的留學僧站了出來，代替大使寫就〈為大使與福州觀察使書〉，呈給福州主官。這是一篇典雅華麗的駢文，其中詳細敘述了九死一生的渡海經過：「頻蹙猛風，待葬鱉口，攢眉驚汰，占宅鯨腹。隨浪升沉，任風南北，但見天水之碧色，豈視山谷之白霧。」又誠懇、真摯地表達終於到達大唐時「過赤子之得母，越旱苗之遇霖」的喜悅，請求主官通融，准予入境。這封書信不僅文采斐然，而且書法飄逸靈動。而它竟出自一位年輕的日本僧人之手，這不禁令福州觀察使閻濟美驚嘆不已，也加深了對眾人的信任。就這樣，一行人終於踏上了大唐的土地。

　　這位日本留學僧人就是著名的弘法大師空海。他俗姓佐伯，出身豪族，從小學習儒家經典，奠定了深厚的漢文功底。幾年後，為了尋求真正的解脫，佐伯決心出家。在修行過程中，他感到佛經中的很多教義以及梵文真言難以理解，故立志入唐求學，最終獲准隨遣唐使前往中國。

　　除了佛法精湛，空海還擅長詩文，在唐留學期間，與中國詩人多有唱和。他的書法也頗受稱讚，由於篆、隸、楷、行、草各種書體俱佳，

第六章　漢字傳播

被譽為「五筆和尚」。

兩年後，空海學成回國，不僅帶回大量佛經、佛教繪畫、法器，還帶回了不少詩文集、書法、繪畫等藝術作品。他設壇弘法，開創了真言宗，被視為日本第一高僧。他的書法在日本被視為王羲之、王獻之之後的第一人，代表作《風信帖》是日本的國寶。他還編寫了日本現存最早的漢字字書《篆隸萬象名義》，保留了語言文字方面珍貴的材料。

空海為日本文化做出了重大貢獻。同時，他也是漢字文化圈國家友好來往的代表，在歷史長河中，還有許許多多像他這樣的人，承擔了文化使者的角色，共同促進著漢字和漢文化的域外傳播。

兩千年來，漢字承載著文化，像水一樣流布海外四方，形成了廣大的「漢字文化圈」，範圍包括東亞和東南亞的日本、北韓、韓國、越南等國家。這些國家在歷史上不僅長期使用漢字，而且在文化精神、思維方式、審美藝術、民俗禮儀等方面，都有跟漢字文化相通的地方。那麼，漢字是如何傳播到這些國家，又對這些國家產生過怎樣的影響呢？

1. 漢字在越南

越南是中國的近鄰，從古至今，兩國一直有著密切的往來。越南北部和中部地區，中國古代稱其為交趾，屬於百越中的駱越，從上古時就與中原文明有千絲萬縷的連結。《墨子》中記載堯治天下時曾「南撫交趾」，《呂氏春秋》也提到大禹「南至交趾」，這些雖然不能完全視為信史，但一定程度上反映出中原文明與越南地區很早就有接觸。秦始皇統一嶺南後，設立桂林、南海、象三郡，其中象郡的管轄範圍大致包括今廣西西部、越南北部和中部。秦亡後，秦將趙佗在三郡地區建立南越國，後為漢武帝所滅。漢朝接著在這裡設郡，其中交趾、九真和日南三

郡,就位於越南北部和中部地區。就這樣,越南作為正式的行政區,納入中原王朝管轄範圍之內,一直持續到唐代。所謂正式的行政區,意即不是附屬國之類的形式,而是以郡縣制直接管轄的中國領土,和中原的州縣沒有差別。因此,這個時期在越南歷史上被稱為「千年北屬時期」。

交趾地區多崇山峻嶺,山高谷深,與外界聯繫十分不便。因此,秦漢之時,這裡的經濟文化發展遠落後於中原。當地人有自己的語言,但沒有自己的文字。中央王朝政治上的管理,以及中原移民的不斷遷入,將中原的生產方式、典章制度、語言文化帶到了這片土地。政令上傳下達需要統一的文字,漢字自然確定了官方正式文字的地位。以漢文典籍為主要內容的文教活動,也在當地展開。

到了漢末三國時期,中原戰火紛飛。但當時擔任交州(漢末改交趾為交州)太守、綏南中郎將(監督管理交州七郡)的士燮(ㄒ一ㄝˋ)卻能保境安民,使當地免於戰亂,和平發展40多年。士燮熱愛經學研究,尤其精於《左傳》、《尚書》。他還禮賢下士,當時來交州躲避戰亂的學者名士有劉熙、許慈、薛綜、牟子、康僧會等一大批。士燮創辦學校,請學者講授「四書五經」等儒家經典,交流學術,著書立說,傳播中原文化,促進了漢字、漢語推廣。士燮雖然僅僅是一位地方太守,在群星璀璨的三國時期,並不那麼引人注目,但在越南地區備受推崇,被越南人譽為「士王」、「南交學祖」,去世後入帝王廟和文廟,享祀不絕。

隋唐時期,朝廷繼續對交趾地區進行管轄。隋唐王朝在當地發展教育,越南人和中原人一樣可以參加科舉,入朝為官。他們精通儒學,創作詩文,引領了學習漢文化的風氣。這個時期,越南地區形成了漢越兩種語言、一種文字的狀況。

在漢文化長久的影響下,越南人已經把漢字視為「本國字」,漢字滲

第六章　漢字傳播

透到了越南的各方面，成為越南文化的一部分。因此，西元 10 世紀，越南成為獨立王朝後，仍舊以漢字為官方文字。

越南歷代政權仿照中國開展儒家教育，設國子監，置五經博士，開科舉取士，考試內容主要以中國的典籍為基礎。在這樣的背景下，從州府到鄉村，均有學校進行漢字和漢文典籍教育，知識分子用漢字、漢語進行創作。越南的史書主要用漢字編著，漢字、漢語書寫的文學作品也很豐富。

19 世紀的阮朝時期，越南人在學習和使用漢字基礎上，對漢字進行整理和研究，開始編纂具有本國特色的漢字字典辭書。例如黎直撰《字學訓蒙》，用四字一句的詩歌體解釋漢字，對字的形音義詳加辨別；還有《字典節錄》、《字學四言詩》、《字學求精歌》、《難字解音》等，都是說解漢字的著作。

隨著漢字在越南的傳播，越南人嘗試借用漢字或新造漢字式文字來記錄越南語，逐漸形成本民族的文字 ——「字喃」。「喃」字本身就是一個字，是在漢字「南」的基礎上加口字旁形成，就是「南」的意思，「字喃」就是越南民間土俗字的意思。最初，人們只是借用漢字記錄同音的越語詞。例如 8 世紀末越南將領馮興被尊稱為「布蓋大王」，「布蓋」就是越南語的音譯。到了 13 世紀，字喃已經趨於成熟完善。越南永富省的「報恩寺碑記」，刻於西元 1209 年，上面有 22 個字喃，其中有新造形聲字 6 個，借用已有的漢字記錄越語的假借字 16 個。這是目前所見最早的字喃材料。字喃最初主要用於記人名、地名，後來也用於書寫詩詞文章（圖 6-19）。

陳朝的阮詮仿照韓愈〈祭鱷魚文〉，用字喃作〈驅鱷魚詩〉，開創了用字喃進行文學創作的先河。此後字喃文學創作越來越多，字喃的構形和使用也更加完善。

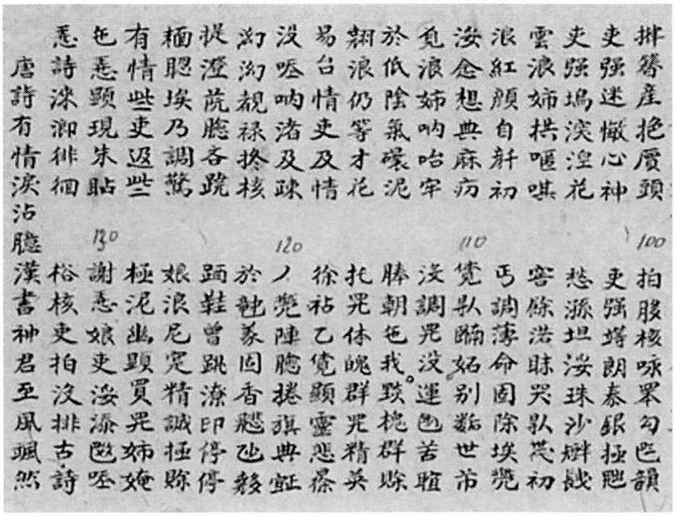

圖 6-19　字喃書寫的《金雲翹傳》書影

那麼字喃到底是什麼樣的文字呢？我們先了解一下它所記載的越南語。越南語和漢語有相似之處，都是孤立語，沒有複雜的形態變化，多為單音節詞。但是二者的語序有所不同。比如字喃就是越南語的表達方法，形容詞放在後面，跟我們正好相反，按我們的習慣，應該叫「喃字」。越南語中漢語借詞特別多，約占其詞彙總量的 70%。比如「越南社會主義共和國」用今天的越南字寫為「Nước Cộng hòa Xã hội Chủ nghĩa Việt Nam」，用字喃則寫為「渃共和社會主義越南」，其中「共和、社會主義、越南」都是漢語借詞，字喃就直接用漢字了。只有 Nước 是越南固有詞，是「國家」的意思，字喃使用一個新造形聲字「渃」。

字喃是在漢字基礎上創造的方塊字。一部分字喃直接借用已有的漢字。有的使用漢字本來的形音義，像「共和、社會主義、越南」，意思和漢語一樣，發音與漢語只是略有不同，就像是一種方言的發音。有的只借漢字的音來表達越南的詞，不管它本來的字義，例如字喃「半」是「賣」的意思，讀作ㄅㄢˋ。還有少部分是訓讀字，即不改變漢字的

247

第六章　漢字傳播

意思，但是讀越南語固有詞的音。另外一部分字喃，是利用漢字已有的字形或偏旁部首，採用形聲、會意等方法新造的。採用會意方法創造的字很少。如「𠆴」由「人」和「上」會意而成，是「頭目」的意思。「𠆳」由「人」和「下」會意而成，是「下人」的意思。大部分字喃是採用形聲的方法構造而成，用兩個漢字拼成一個新字。另外，字喃還有一些特殊的構造方法，在漢字基礎上加「口」或「🞐」，提示這個字只是記音字。如「🞐」，讀作「代」，是「教導」的意思。「🞐」讀作「尼」，是「這個」的意思。

字喃產生後，並沒有完全取代漢字。漢字仍居於正統的地位，被稱為「儒字」、「聖賢之字」，而字喃則被視為粗俗之字，有時用於輔助漢字學習。越南將《三字經》、《千字文》等改編為漢喃一體的教科書，如《三字經演音》、《三千字解音》等，用字喃注釋對譯漢語的字句，來進行兒童識字教育。又有學者編纂漢喃字典，如《指南玉音解義》、《嗣德聖製字學解義歌》等，以字喃解釋漢字。

19世紀末，越南淪為法國殖民地，法國開始對越南文字進行拉丁化改革。目前，拉丁化的拼音文字是越南官方文字，日常生活中，人們一般不再使用漢字和字喃。不過，漢字對越南的影響並沒有完全消失。在越南名勝古蹟、家庭祠堂裡，都能見到漢字的身影。越南慶祝春節時，還會貼「福」字和對聯，求安祈福。

2. 漢字在朝鮮半島

位於朝鮮半島的北韓（朝鮮）和南韓（韓國、大韓民國），今天使用的文字看起來和漢字沒什麼關係，不過我們應該知道朝鮮半島有過使用漢字的歷史。在韓國古裝劇裡或化妝品包裝上，我們還能看到漢字。絕大

多數韓國人，包括我們所熟悉的韓國明星，其實都有漢字姓名，而且就印在他們的韓國身分證上。如果我們到韓國旅遊，在街頭、名勝古蹟和博物館的文物展覽中，也能看到漢字的身影。一些招牌、海報上常有漢字元素；一些儀式場合，如婚禮、開業典禮、傳統節日慶典上，經常有漢字條幅（圖 6-20）。這些都是漢字在這片土地上留下的印記。那麼在歷史上，漢字在朝鮮半島有著怎樣的地位，產生過怎樣的影響呢？

圖 6-20　韓國貼對聯慶立春

朝鮮半島在地理上與中國山水相連，中國很早就與朝鮮往來，《山海經》中已有對朝鮮的記載：「東海之內，北海之隅，有國名曰朝鮮。」朝鮮半島北部地區與中原連結更為密切，接受漢文化影響很早。春秋戰國時代，燕國、齊國與朝鮮有貿易往來，也有中國人從漢地流動至朝鮮半島，漢字因此被帶到了那裡。朝鮮半島出土不少齊國、燕國貨幣明刀幣，上面刻有漢字。漢武帝設定樂浪郡等四郡，管轄範圍到達朝鮮半島北部和中部，加速了漢文化在當地的傳播。在北韓平壤的樂浪郡遺址，出土了不少刻有漢字的瓦當、印章、銅鏡等（圖 6-21）。這些是今天朝鮮半島所能見到的最早的漢字材料。

第六章　漢字傳播

圖 6-21　樂浪郡遺址出土的「樂浪禮官」瓦當

　　大約漢代時，漢字開始傳播到朝鮮半島南部地區。當時東亞最先進的漢字及其承載的漢文化備受朝鮮人仰慕，他們開始全面接受和學習漢字、漢語。在此後的 1,000 多年時間裡，一直到朝鮮創造自己的民族文字前，漢字一直是朝鮮半島唯一的文字，也是正式的官方文字，國家重要的文獻都用漢字書寫，文化教育的內容都是漢文典籍，文人的詩文創作也都使用漢字。魏晉南北朝時期，朝鮮半島上的新羅和百濟與中國往來頻繁。位於朝鮮半島西南部的百濟與中國隔海相望，積極學習漢文化，他們建立了儒學教育制度，設立「博士」講授中國的經史典籍。西元 375 年，百濟以晉朝人為博士，用漢字撰寫了百濟史書《書記》。百濟曾多次派遣使者來東晉、南朝的首都建康（今江蘇南京市），請求賜予儒家經典和佛教文獻等書籍，還請求派學者前往百濟講學。在這樣的背景下，百濟有一部分人熟練、掌握了漢字、漢語，漢字成為百濟正式使用的文字。

　　新羅位於朝鮮半島東南部，秦漢時期，一些來自中國的移民踏上這片土地，把文字帶到這裡。高麗時期編纂的史書《三國史記》記載，新羅沾解王五年（251 年），有一位叫夫道的人因能寫會算而著名，他寫的

文字只能是漢字。新羅與中國直接的往來稍晚，南朝梁時才開始派遣使者，但憑藉高明的外交策略後來居上。到了唐代，新羅在唐朝支持下統一了朝鮮半島。新羅統一後，全面吸收唐朝文化，在西元 682 年模仿唐朝設立國學，講授《論語》、《孝經》等儒家經典，另外還特別重視學習《文選》。作為文化媒介的漢字，自然得到了更廣泛的傳播。新羅又大量派遣留學生到唐朝學習，有的甚至在唐朝參加科考並當官，其中最有名的是崔致遠。他在唐參加科舉並考中進士，為官十年之久。崔致遠工於詩文，他的詩文集《桂苑筆耕》廣為流傳，被譽為朝鮮半島漢文學的開山之作。

西元 10 世紀，高麗王朝統一朝鮮半島，依舊重視學習漢文化。這個時期，大量中國書籍傳入高麗。宋朝初年，原本禁止書籍出境，但後來卻單獨對高麗解禁。高麗除了請求宋朝賜書，還高價從商人手中買書，獲得了「九經」、《史記》、《資治通鑑》、《冊府元龜》、《太平御覽》等豐富的典籍。同時，隨著印刷術的發展，高麗也自己刊刻漢文書籍，漢字在更廣泛的人群中得到普及和傳播。

朝鮮王朝時代，漢字在當地已經使用了上千年，朝鮮人對漢字的掌握和理解更加深刻，開始結合本民族情況編撰自己的漢字字典辭書。例如崔世珍的《訓蒙字會》，是專為方便朝鮮兒童學習漢字而撰寫的啟蒙讀物，開篇寫道：「天地霄壤，乾坤宇宙。日月星辰，陰陽節候。」四字一句，押韻排列，模仿中國傳統啟蒙書《千字文》，但更適應朝鮮漢字使用的特點。朝鮮人創作的字書還有《全韻玉篇》、《第五遊》、《字類注釋》等，各具特色，從中可見作者對漢字獨到的理解。朝鮮時代，文人除了進行漢文和漢詩創作，還在中國影響下，進行小說創作，其中有相當一部分是用漢字書寫的。15 世紀金時習創作的《金鰲新話》，模仿《剪燈新

話》，是朝鮮漢文小說的奠基之作。朝鮮著名的漢文小說還有《九雲夢》（圖 6-22）、《春香傳》、《玉樓夢》等。

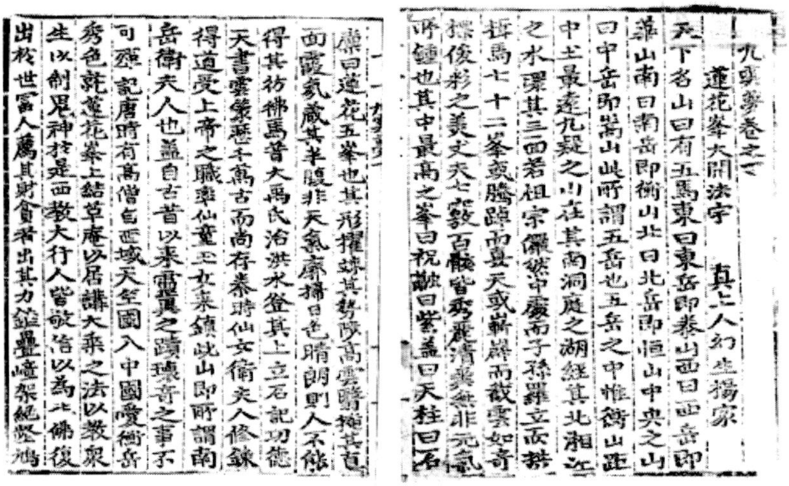

圖 6-22　《九雲夢》書影

朝鮮人在全盤接受漢字、漢語的基礎上，也開始嘗試用漢字記載本民族的語言，產生一種按照朝鮮語語法和詞序使用漢字的方法，稱為「吏讀」。早期吏讀只是改變詞的順序，漢字的意思不變。例如清州郡出土的〈壬申誓記石〉：

今自三年以後，忠道執持，過失無誓。

用漢語順序來說，應當是：

誓（曰）：自今三年以後，執持忠道，無過失。

新羅時代，朝鮮半島民間流行一種民謠，叫做「鄉歌」。鄉歌中口語詞很多，也借用漢字，這種書寫形式叫「鄉札」，屬於吏讀的一種。例如鄉歌〈薯童謠〉是這樣寫的：

二、漢字文化圈

善化公主主隱

他密只嫁良置古

薯童房乙

夜矣卯乙抱遣去如

翻譯成漢語，大概意思是：

善化公主

偷偷嫁人

每到夜晚

抱薯童去

其中「隱」、「只」、「置」等是借用漢字記朝鮮詞的音。「密」、「嫁」、「夜」、「抱」等，是取漢字的義而讀朝鮮的音。同一時期，朝鮮半島還出現了一種叫「口訣」的書寫形式，就是在漢文之間插入特定漢字或漢字的偏旁、筆畫，來表示朝鮮語中的虛詞，從而幫助人們根據朝鮮語的語法，理解和誦讀漢文。例如北韓蒙書《童蒙先習》中有這段內容：

　　天地之間，萬物之中（厓），唯人（伊）最貴（為尼），所貴乎人者（隱），以其有五倫也（羅）。

　　其中「厓」、「伊」、「隱」，表示的是朝鮮語中的助詞，「為尼」、「羅」表示詞尾，其餘部分完全就是漢文。

　　經由上面的介紹，我們能感受到，用漢字記朝鮮語並不是很方便。朝鮮的世宗大王對此深感憂慮：「國之語音，異乎中國，與文字不相流通，故愚民有所欲言，而終不得伸其情者多矣，予為此憫然。」因此，在西元 1444 年，他頒布了本民族的文字——《訓民正音》（圖 6-23），就是今天韓文的前身。

第六章 漢字傳播

圖6-23 《訓民正音》書影

　　韓文看起來複雜，但本質上就是一套拼音系統，每一個基本書寫符號，都表示一個音素，合起來拼成一個字元，記錄一個音節。韓文採用二維方塊的拼合模式，而非像英語一樣的線性模式，這應該是受到了方塊漢字形體的影響。

　　人們稱這種文字為「諺文」，就是通俗文字的意思。與之相對的就是被視為正式文字的漢字。諺文書寫、記憶簡便，大大促進了文化的普及。不過，《訓民正音》受到不少士大夫的反對，甚至貶斥。漢字在朝鮮半島使用歷史太悠久了，朝鮮對漢文化非常尊崇，甚至以「小中華」自居。因此，人們仍以漢字為正統。

　　政府頒布公文、文人創作作品仍用漢字，朝鮮的科舉也仍以漢文經書和詩文為內容，這一直持續到近代。

　　韓國廢止漢字，是二戰之後的事了。此後漢字在當地的影響大大削弱。但是歷史無法輕易被人為割斷。韓文中漢語借詞大約占60%，同音

詞很多，單純用表音文字容易造成誤解。因此在必要時，韓文會以括號標出一些詞對應的漢字。

3. 漢字在日本

對於日文，大家可能並不陌生。小時候看的日本動漫，平時購買的日本進口商品上，都能看到日文的身影。日文中存在的大量漢字，還有一些似漢字又非漢字的字元，讓我們倍感親切，不禁疑問：日本為什麼會使用漢字？這些漢字是如何記載日語的？那些與漢字相似的符號，又是怎麼回事呢？

中國與日本隔海相望，兩國最早的往來起於何時，漢字最初在什麼時間傳入日本，可能很難確切地考證了。不過，根據文獻記載，中日兩國應該很早就有往來。據《後漢書》記載，東漢時，日本曾正式派使者朝見光武帝，光武帝賜予印綬。出土的文物佐證了文獻的記載。日本福岡出土了一枚「漢委奴國王」金印（圖 6-24），就是漢朝賜予的。

圖 6-24　「漢委奴國王」金印

日本還出土了不少漢魏時期帶有漢字銘文的中國貨幣、銅鏡和兵器等，這些可能是最早踏上日本土地的漢字。不過，對當時絕大多數日本人來說，他們並不能理解這些文字，而更將其視為一種符號或裝飾。

在中日來往方面，朝鮮半島的百濟發揮了中介作用。「渡來人」──

第六章　漢字傳播

從朝鮮半島或中國渡海到日本的移民，是漢字在日本最初傳播的重要力量。日本史書《日本書紀》記載，西晉太康六年（285年），有一個叫王仁的百濟人，為日本帶去了中國的典籍《論語》、《千字文》，並擔任太子的老師，講授這些經典。這是對漢字傳入日本最早的明確記載。到了南朝梁武帝時，百濟人段楊爾又將《詩經》、《尚書》、《禮記》、《周易》、《春秋》帶到日本。這些「渡來人」在日本朝廷負責文書工作，教貴族練習漢字、學習漢語，大大推動日本對漢文化的學習。

到了隋唐時期，統一王朝的宏大氣象與燦爛文化，深深吸引著周邊國家，中日來往更加密切。西元645年，日本孝德天皇發起大化革新，全面學習、模仿唐朝的政治經濟制度，模仿唐朝的國子監建立大學寮，以東渡日本的漢人或留學唐朝的日本人為教師，教授漢文儒家經典。日本頻繁派遣隋使、遣唐使及留學生、學問僧到中國學習，再將先進的文化帶回日本。能識文斷字的日本人越來越多，漢字及其承載的漢文化，在日本散播開來，在這片土地上生根發芽。

書籍的流傳是漢字在日本傳播的重要媒介。據統計，平安時代，日本的漢籍已多達1,500多種。傳入日本的漢籍中，包括大量中國字典辭書，例如《說文解字》、《字林》、《玉篇》、《爾雅》、《方言》等，為日本人學習和理解漢字提供了幫助。在中國字書的影響下，日本人也對漢字進行研究，結合日本實際編纂自己的漢字字典辭書。例如高僧空海依據中國的字書《玉篇》，編纂了《篆隸萬象名義》（圖6-25），是日本現存最早的一部漢字字書。後來又產生了漢和詞典，如《新撰字鏡》、《類聚名義抄》等，用日本的「假名」來解釋漢語字詞。

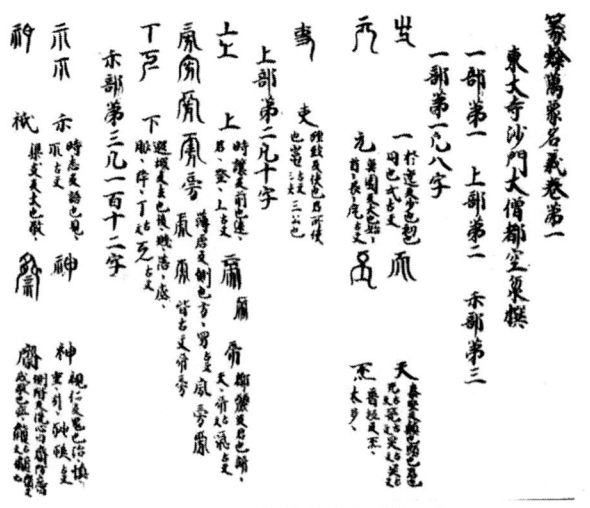

圖 6-25　《篆隸萬象名義》書影

　　日本原本只有自己的語言，沒有自己的文字。漢字傳入後，被當作日本的官方文字使用，長達 500 年之久。日本各種官方文書都用漢字書寫，直到江戶時期，日本在書寫官方檔案時，仍然把漢語文言視為正統。

　　在日本人眼裡，漢字不只是實用的工具，更是文化，是藝術。日本貴族階層十分推崇和欣賞中國的詩文作品，並模仿用漢字、漢語寫詩作文。日本最早的漢詩集名叫《懷風藻》，編纂於天平勝寶三年（751 年），作者主要是皇帝、貴族、官吏、儒者、僧侶等，詩風模仿六朝詩歌。到了平安時期，日本流行的漢詩典範變成了唐代詩歌，尤其推崇白居易的詩。一直到江戶時期，日本文人還會創作漢詩，例如著名小說家夏目漱石就是一位漢詩大家。

第六章 漢字傳播

圖 6-26　空海《風信帖》

　　中國獨特而璀璨的書法藝術也傳到了日本。王羲之、歐陽詢、顏真卿等大書法家最受日本人喜愛。在他們的影響下，日本也產生了不少書法大家。平安時期的嵯峨天皇、空海（圖 6-26）、橘逸勢，被譽為「三筆」。後來，日本逐漸形成具有自身特色的「和樣」書法風格，以被譽為「三跡」的小野道風（圖 6-27）、藤原佐理、藤原行成為代表。

　　日本與其他國家和文明雖有來往，但相隔浩瀚大洋，有一定的距離，因此形成了獨特的民族精神。他們樂於學習外來優秀文化，同時又並非機械照搬，而是轉化融合，為我所用，在漢字的學習上也是如此。日本在熟悉漢字之後，很快開始嘗試用漢字記錄日語。

　　西元 5 世紀，日本已經出現了對漢字日本化的用法。日本和歌山縣橋本市隅田八幡神社所藏的銅鏡，其邊緣環繞著 48 個漢字銘文。其中「意柴沙加」（oshisaka）、「開中費直」（kawachinoatai）等都是日語詞。埼玉縣稻荷山古墳出土的「金錯銘鐵劍」，刻有 115 個漢字，其中「獲加多支鹵」幾個字，是日本雄略天皇名字的音譯。

　　東京國立博物館收藏著一座 7 世紀的菩薩半跏像，上面的漢字銘文是這樣的：

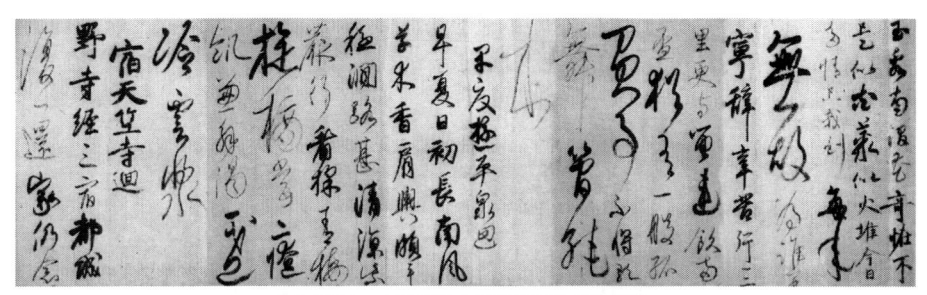

圖 6-27　小野道風《玉泉帖》(局部)

歲次丙寅年，正月生十八日記，高屋大夫為分韓婦夫人，名阿麻古，願南無頂禮作奏也。

末尾的「奏」，並非漢語中的「演奏」、「稟奏」等意思，而是日語動詞「作る」的補助動詞，表謙敬意。用漢字記錄日語，具體有哪些方法呢？概括來說，主要有「音讀」和「訓讀」兩類。「音讀」即只利用漢字的字形和讀音，不管它的字義，用漢字記錄日語中讀音相同或相近的詞語。比如日語的櫻花是「sakura」，《萬葉集》就寫成「散久良」，如果用唐宋時的字音來讀，和日語發音很接近。「訓讀」是指只利用漢字的字形和字義，不管原來的字音，用漢字記錄日語中意思相關的詞，但用日語發音朗讀。早期日本很多作品是採用這兩種方式書寫的，例如《萬葉集》中的一首天皇御製歌寫道：

籠毛與，美籠母乳。
布久思毛與，美夫君志持，
此嶽爾，菜採須兒，
家吉閒，名告紗根。

翻譯家錢稻孫翻譯成漢語為：

筐子也，拿的好筐子；
籤子也，拿的好籤子。

第六章　漢字傳播

在這山崗上，挑野菜的小娘子，

妳家住在哪裡？妳叫什麼名字？

這首詩中，有的漢字借用記音，如「毛輿」、「根」是日語中感嘆詞的音譯，「布久思」是挖掘工具名的音譯，這就是所謂的「音讀」。有的是借用字義，如「籠」指「筐子」，「菜」指「野菜」，和漢語中意思相近，但讀作日語詞的音，這就是所謂的「訓讀」。用「音讀」或「訓讀」來記載日語的形式，被稱為「假名」。與之相對，使用漢字本音本義的叫「真名」。由於《萬葉集》中這樣的用法最有代表性，故稱為「萬葉假名」。其實，不只是《萬葉集》，《古事記》、《日本書紀》等著作中，都有這種假名。日本出土的 7 世紀木簡上，也使用萬葉假名記錄日語。

不過，萬葉假名和今天的日文看起來並不相像，它是怎麼一步步演變成今天這個樣子的呢？想必大家也能感受到，像萬葉假名這樣使用漢字，雖然一定程度上解決了語言和文字脫節的問題，但仍然很不方便。日語中多音節詞很多，「音讀」的方法要用好幾個漢字音譯一個詞，書寫起來很複雜。「訓讀」則不容易規範和識讀，因為意思相近的詞很多，很難準確一一對應。而且漢字作為一種外來的文字，學習和掌握難度大，這必然會阻礙文化的普及。因此，日本人在萬葉假名的基礎上，開始進一步探索。

漢字草書的傳入，為日本提供了新思路。字形草化後書寫簡便，因此，日本在草書基礎上，創造了專門標記日語音節的符號系統——平假名。「平」是「一般、普通」的意思，強調其通俗和非正式性。平假名以一個固定的草體漢字作為純粹的記音符號，對應一個日語的音節，如「散」草化為さ，對應 sa，「久」草化為く，對應 ku，「良」草化為ら，對應 ra。有了平假名，「櫻花」就不用寫成「散久良」了，寫成「さ（sa）く

（ku）ら（ra）」就可以了。利用平假名，書寫日語詞變得簡單多了。在古代，教育程度較高的男性多使用漢字，而通俗簡便的平假名更多為女性所使用，故又被稱為「女手」。到了10世紀後，日本出現了《枕草子》、《源氏物語》等用平假名書寫的名著，象徵著這種文字已經走向成熟。

除了平假名，日本還產生了另一套記音符號——片假名。這也是從漢字衍生出來的。「片」是「片段、部分」的意思，是指這種文字是從漢字形體省略而來。例如「サ」源於「散」的一部分，表示日語音節 sa，「ク」源於「久」的一部分，表示日語音節 ku，「ラ」是漢字「良」的前兩筆，表示日語音節 ra。「櫻花」如果用片假名書寫，就是「サ（sa）ク（ku）ラ（ra）」。古代日本人學習漢文典籍時，用這種省簡的漢字在正文旁邊做標注，以方便理解和用日語朗讀，後來逐漸發展成片假名。而古代學習漢文經典的主要是男性，因此片假名又被稱為「男手」。

透過這些在漢字基礎上的再創造，日本人終於能自由記錄自己民族的語言了。但是假名產生後，並沒有完全取代漢字的地位。很長時間內，日本人認為假名不是正式文字，只是漢字的輔助。

近代以來，漢字在日本的使用範圍大大縮小，但並沒有被完全消滅。二戰後，日本曾經考慮完全廢除漢字。但是調查發現，國民識字率高達97.9%，說明漢字並沒有想像的那麼難學。另外，日語中大約有一半是漢字詞，同音詞大量存在，完全用拼音文字很可能造成誤解，漢字則能好好地區分同音詞。目前日本仍使用2,000多個常用漢字。今天的日語中，多種文字共存，人們一般用漢字書寫實詞和漢語借詞；用平假名書寫詞尾和助詞；用片假名書寫音譯外來詞，形成了日文多元化的風格。

如今，漢字在日本仍有廣泛的影響力。日本的天皇仍使用漢字年號，例如目前在位的德仁天皇，年號為「令和」。

第六章　漢字傳播

　　漢字在日本大街小巷隨處可見，街道上的招牌、交通號誌上，都常見漢字的身影（圖 6-28），甚至不懂日語的華人，也能大概猜出日文的一些意思。

圖 6-28　日本街景

　　日本每年還會舉辦「年度漢字」評選活動，選擇一個最能代表當年日本公眾焦點的漢字（圖 6-29），充分展現了漢字言簡意豐、底蘊深厚的特點。

圖 6-29　日本 2020 年度漢字 —— 密

漢字的傳播，使亞洲漢字文化圈國家有過漫長的「書同文」歷史，由此產生了不少獨特而有趣的現象。1905 年，越南的革命家潘佩珠遠赴東京，與同在日本的梁啟超、孫中山以及日本政治家大隈重信、犬養毅等討論時政。幾位政治家有三位只會說本土語，僅有兩位會說英語，並無共通的口頭語言，但在沒有翻譯的情況下，竟然能夠順暢地交流。這是怎麼做到的呢？原來，他們採用一種獨特的交流方法——筆談。我們知道，古代東亞各國的文人階層都自幼習讀儒家經典。隨著時間的推移，他們逐漸以自己的語言讀誦漢語文言，發音和讀法變得各不相同，但是書寫下來的字句，卻始終保持著大致相同的樣貌。正因如此，不同國家、語言不通的人們坐在一起，僅藉助文房四寶書寫漢語文言，就能暢所欲言，溝通無礙。這種漢文筆談，最早可追溯至隋唐。在拼音文字中，這樣的現象鮮有所聞，不能不讓人感嘆漢字的獨特魅力。

古老而神奇的方塊漢字，是語言的書寫符號，更是歷史文化的符號；是中華文化的精華，更是東方文明的象徵。作為漢字文化圈共同的文字基礎，漢字見證各國的深厚情誼，搭建起文化交流的橋梁，連結著情感溝通的紐帶。山川異域，風月同天。漢字，讓我們跨越國界和語言，即使遠隔萬里，仍能心意相連。

三、「絲綢之路」上的漢字

在河南洛陽龍門，考古學家意外發現了一座唐代的古墓。墓中的陪葬品十分豐富，有高大豔麗的唐三彩、工藝精細的瓷器、玲瓏的瑪瑙珠……在眾多的器物中，一枚小小的金幣，吸引了人們的注意。這枚金幣正面是一個頭戴王冠的男像，兩側畫著十字架，背面是長著翅膀的勝利女神像，旁邊還刻有外文字母。這顯然並非中原之物。金幣被發現

第六章　漢字傳播

時，握於墓主人右手，而他左手握著的，則是一枚唐朝的「開元通寶」錢幣。為何一枚外國貨幣會出現在中原的墓葬之中？對墓主人來說，是否有什麼特別的意義？

墓中儲存完好的石刻墓誌，為我們揭開了謎底。原來，墓的主人名叫安菩，他並非漢人，而是來自異域的粟特人。粟特是活躍在古代絲綢之路上的重要民族，安菩原來所在的安國，位於今天烏茲別克境內的布哈拉，是粟特人建立的一個小國。安菩的父親是一位領袖，在唐太宗貞觀年間，他率領部眾歸附唐朝，被封為五品京官和「定遠大將軍」。後來，安菩繼承了父親的封號，為保衛大唐邊疆立了不少戰功。與漢民族的來往，使安菩一家改變了很多，他們知曉了漢字、漢語，這從他們的名字就能反映出來。據安菩墓誌記載，他的曾祖叫缽達干，祖父叫系利，這明顯是外文名的音譯。而他本人則使用漢文名，姓安，名菩，字薩，這源於中土佛教中的「菩薩」一詞。他的兒子名為金剛、金藏，也是漢文名。

正史中並沒有關於安菩的記載。不過他的兒子，也是這座墓的修築者──安金藏，卻在史書中留下了濃墨重彩的一筆。安菩死後，安金藏並沒有繼承他的封號，而是進入宮廷，成為太常寺的一名樂工。粟特人能歌善舞，樂舞風靡大唐，安金藏可能是負責安國音樂演奏方面的人員。當時，唐睿宗李旦被武則天廢為皇嗣，雖為武則天之子，但備受猜忌，一般大臣都不敢與之來往。只有少數像安金藏這樣地位不高的樂工，能陪在他身邊。沒過多久，有人誣陷李旦有謀反之心，武則天命心狠手辣的酷吏來俊臣徹查。李旦身邊的人大多承受不了酷刑，準備誣告李旦，只有安金藏沒有屈服。面對來俊臣的審問，安金藏大呼：「如果您不相信我說的，那我就剖開胸膛來證明皇嗣沒有謀反！」說罷，他拿出

三、「絲綢之路」上的漢字

一把利刃，猛地劃開自己的腹部，一下子昏死過去。安金藏的舉動震驚了所有人，也使李旦重新獲得了武則天的信任。李旦即位後，不忘安金藏救命之恩，提拔他為右武衛中郎將。李旦之子唐玄宗李隆基登基後，更是極力表彰安金藏，封他為代國公。

一位西域來的小樂工，竟成為唐朝皇帝的救命恩人。這背後反映出了當時絲綢之路上不同國家和民族密切的往來。

安金藏為父親安菩修築的這座墓葬，也是中原文化與絲綢之路沿線國家文明互鑑的生動反映。墓中大量的唐三彩頗具胡風，深目高鼻的胡人牽著駱駝，傳神地再現了絲路商旅穿越茫茫大漠的情景。那枚外國金幣與唐代銅錢，同時握在墓主人手中，寄託著對故鄉的追憶，同時又反映出對中華文明的融入。而墓中資訊量最大的墓誌，則完全是用漢字撰寫的。墓誌蓋上有「大唐定遠將軍安君誌」9個楷書大字（圖6-30），誌文則用流暢的行楷書寫。

從沉睡中甦醒的文物，向人們述說著珍貴的歷史記憶。而漢字也隨著絲路文明的交流，傳播到更廣的天地。

圖6-30　安菩墓誌蓋

第六章　漢字傳播

1. 絲路要有「漢字橋」

　　進入 21 世紀以來，漢字和漢語越來越受到世界關注。據 2020 年統計，正在學中文的人數約有 2,500 萬，累計學習和使用中文的人數達 2 億。全球 4,000 多所大學、3 萬多所中小學、4.5 萬多所華文學校和培訓機構，開設了中文課程。全球有 70 個國家將中文納入國民教育體系，在俄羅斯、愛爾蘭等國家，漢語已經被列入高考科目。

　　作為聯合國六種正式工作語言之一的中文，還在 2010 年擁有了自己的節日——聯合國中文日，時間是每年農曆穀雨節氣這天，這是為了紀念「中華文字始祖」倉頡（圖 6-31）。相傳，倉頡創造文字感動上蒼，降下一場不平常的雨，落下無數穀米，這天就被稱為「穀雨」。

圖 6-31　聯合國中文日網站

　　日本漢字教育振興協會會長石井勳說過：「沒有一種文字，像漢字那樣有系統性和邏輯性，漢字是世界上唯一一種只需用眼睛看就能思考，即使口語不同，也能理解的文字。將來，漢字可能成為全世界的通行文字之一。」

　　事實上，自古以來，絲綢之路在經濟、政治、文化等各方面的交流，一直伴隨著語言文字，在不同時代，漢字在沿線地區有著不同程度的流傳和使用。

1. 陸上絲路的漢字傳播

　　提起絲綢之路，想必大家腦海中會浮現出這樣的畫面：一望無垠的大漠，遼闊而蒼涼。駝鈴聲悠悠響起，一列商隊在夕陽的餘暉中緩緩前行，投下長長的身影……絲綢之路，這條連線東西方的著名國際通道，東起西安（後東移至洛陽），經過河西走廊，通過新疆，到達中亞、西亞，最遠抵達歐洲。它連線了古代世界主要的大國，各異的文明在此交會。

　　伴隨著往來的使者和商人，漢字逐漸在絲路上流傳。絲綢之路沿線的西域、中亞、西亞地區，自古多民族雜居，既有黃種人，也有白種人，通行著多種語言文字。這些語言大都與漢語不屬於同一語系，文字則主要受印度婆羅米字母或西亞阿拉米字母影響，與漢語、漢字差別很大。因此，漢字在這裡傳播的情況與漢字文化圈頗為不同。讓我們由近及遠，一同來探尋漢字在絲路上留下的足跡。

　　河西走廊是絲路上漢字傳播的第一站。張騫出使西域後，漢武帝為了抵抗匈奴，在甘肅設酒泉、張掖、武威、敦煌四郡。河西走廊一帶原本生活著月氏、羌、匈奴等不同民族。隨著大量漢族軍民在此駐軍屯墾，漢字、漢語在此傳播開來，並逐漸影響到周圍民族和人群。近代以來，這裡出土了許多漢代的簡牘，主要是屯戍的漢人寫的。這些漢字簡牘以屯戍相關的公私文書為主，涉及日常生活各個方面，內容十分豐富。比如敦煌出土的一塊木簡上，寫著「九九八十一，八九七十二，七九六十三」等文字，就是當時的乘法口訣「九九歌」，與今天的「九九乘法表」沒太大差別，只是倒過來從「九九八十一」開始。這些漢簡中，還多次出現《倉頡篇》、《急就篇》等文字，是漢代時教兒童學漢字的啟蒙讀物，反映了當地漢字教育活動的

第六章 漢字傳播

開展。到了魏晉時期,中原戰亂動盪,甘肅的涼州則相對安定,很多名士來此避難,進一步促進了漢文化的傳播。

從河西走廊向西,漢字進一步擴散到新疆一帶。漢唐時期,這裡流行著佉盧文、婆羅米文等多種文字,與此同時,這裡也發現了很多漢字材料。漢字在當地也產生了廣泛影響,形成兼用漢字和胡書的文字面貌。

距敦煌不遠的巴里坤,位於新疆東部,出土了東漢時的碑刻「任尚碑」、「裴岑紀功碑」(圖 6-32),使用隸書書寫,是漢人抗擊匈奴的記功碑。

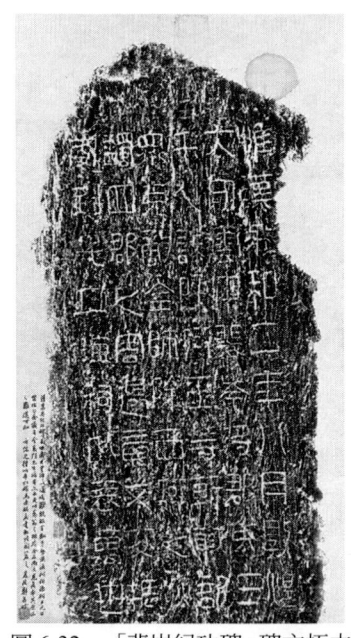

圖 6-32 「裴岑紀功碑」碑文拓本

沿絲綢之路再向西走,來到夢幻神祕的樓蘭古城。這是西域的一個古國,後來又名鄯善,東漢時在這裡置西域長史府,漢字成為當地通行的文字(圖 6-33)。西元 3 世紀,這裡開始使用佉盧文,這是源於印度地

三、「絲綢之路」上的漢字

區的一種拼音文字。當地形成了漢字和佉盧文兼用的局面。這裡出土的魏晉簡牘和殘紙中，有用漢字書寫的《左傳》、《論語》、《戰國策》等典籍殘卷，同時也有佉盧文的簡牘。在一枚佉盧文木牘的封檢上，印著一方「鄯善都尉」的篆印，鮮明展現了當地雙文並用的狀況。

圖 6-33　樓蘭出土的《李柏文書》

　　距樓蘭不遠的吐魯番地區，秦漢之際為車師國，南北朝時漢人在此建立高昌國。當地多民族雜居，其中有不少是粟特人。吐魯番廣泛使用漢字，當地出土的吐魯番文書，儲存了晉代到唐代珍貴的寫本文獻材料。這些文獻以漢字為主，有官方和私人文書、儒家典籍、漢字蒙書等，同時也有用粟特文、突厥文、回鶻文、吐蕃文等書寫的文書，說明當地流行著多種文字。吐魯番出土過一塊隋代的織錦，上面有「胡王」兩個字，還繡著牽駱駝的人，穿著小袖束腰胡服，描繪的正是絲綢之路上的場景（圖 6-34）。

第六章　漢字傳播

圖 6-34　高昌吐魯番阿斯塔那 18 號墓「胡王」錦

　　絲綢之路在西域分南北兩道。沿北道往西有龜茲國，位於今天的庫車。龜茲語屬印歐語系，先採用印度婆羅米字母，又稱龜茲文或吐火羅文，後來又採用回鶻文字。漢代時，隨著與中原的交流增加，當地開始接觸和使用漢字。漢字作為第二文字，在這裡一直有重要的影響。這裡發現了著名的東漢「劉平國刻石」，用隸書書寫，記載了龜茲左將軍劉平國帶領若干漢人和羌人開通絲路的事蹟，說明龜茲當時多民族雜居，有人使用漢字。今天的新疆沙雅縣位於古龜茲國境內，這裡出土了「漢歸義羌長」銅印（圖 6-35），印文用篆文書寫，應該是漢朝政府頒給當地羌人領袖的。

圖 6-35　漢王朝頒賜西域羌族領袖「漢歸義羌長」官印

漢末至兩晉南北朝時，龜茲仿照漢五銖錢鑄造貨幣，一面刻有篆文「五銖」，一面刻龜茲文，雙文合璧，生動反映出當地文化交融的面貌（圖6-36）。

圖 6-36 龜茲漢龜二體錢

絲綢之路南道上的尼雅河畔，是精絕國的故地。精絕國是漢代時絲路要道上的一個綠洲城邦小國，這裡先用漢字，又用佉盧文。當地出土了很多精美的漢字錦，上面織有「延年益壽」、「大宜子孫」等吉語（圖6-37、圖6-38）。類似的漢字錦在樓蘭、高昌、和田等地墓葬也很常見，不少墓主人服飾為異域風格，說明並非漢人。將這些漢字錦作為陪葬品，展現出他們對漢文化的熟悉和熱愛。

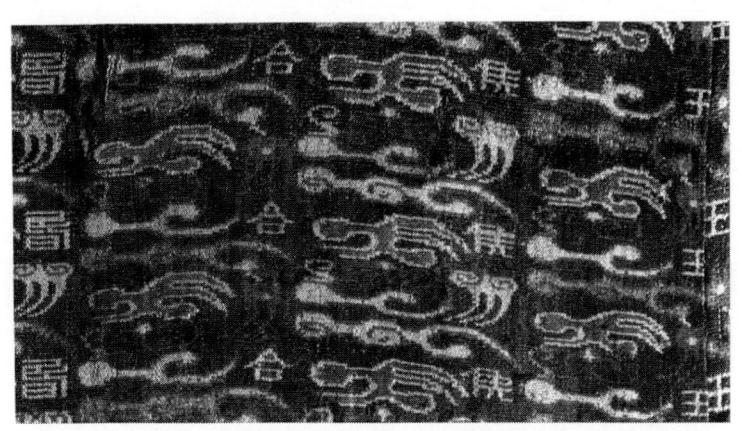

圖 6-37 尼雅出土的「王侯合昏（婚）千秋萬歲宜子孫」錦被（局部）

第六章　漢字傳播

圖 6-38　尼雅出土的漢代「延年益壽長葆子孫」錦（局部）

在當地一座漢代墓葬中，出土過一件色彩明豔的錦護臂，神奇的是，上面有「五星出東方利中國」的字樣（圖 6-39）。其實這裡的「中國」，並非指現在的中國，「五星」也不是指中國國旗上的五星，這句話本是一句天象占卜的吉言，不過這樣的巧合，饒有意趣。

圖 6-39　「五星出東方利中國」錦護臂

再往西，來到位於和田地區的于闐國。這裡的語言屬於印歐語系，不過漢代時，這裡已經有漢字的使用。西元 2 世紀左右，于闐受印度影響，使用過佉盧文，後來又受印度婆羅米字母影響，創造了于闐文，同時仍兼用漢字，形成了雙語、雙文的狀況。東漢末年，于闐鑄造了一種錢幣，上面刻有馬的影像，故稱「馬錢」（圖 6-40）。錢幣一面刻著佉盧文字母 20 字，一面刻有小篆「重廿四銖銅錢」。

圖 6-40 于闐漢佉二體錢

唐代于闐文書中有漢字、于闐文、梵文、藏文、粟特文、察合臺文等多種文字。有的文書如契約、辯狀等，兼用兩種文字書寫。整理這些文書的專家注意到，在一些正式的文書帳簿背面，保留有當時于闐人練習漢字的痕跡（圖6-41）。更遠的中亞，乃至西亞，也有漢字痕跡。

圖 6-41　于闐文書背面〈蘭亭序〉習字

碎葉城是唐朝在西域設的重鎮，也是絲路上重要的城市，位於中亞吉爾吉斯首都比斯凱克以東。1980年代，當地農民種田時無意中挖出一塊石頭，上面能清晰看出有41個漢字，經專家鑑定，這是唐代一個叫杜

第六章 漢字傳播

懷寶的戍邊官員為父母鑄造的佛像基座（圖6-42）。這裡還發現了大量帶有漢字的瓦片，以及唐朝貨幣「開元通寶」等漢字文物。

圖6-42　杜懷寶造像碑基座及摹本

今巴基斯坦、烏茲別克境內的罕薩等，曾經都是絲綢之路上的重要地點。這些地方都有漢字石刻出土，是人群沿絲綢之路遷徙跋涉留下的痕跡。

敘利亞的帕米拉位於絲綢之路西端，這裡出土了漢代時的漢字錦殘片，上面「子」、「孫」、「壽」、「年」等字依稀可辨，它的紋樣與樓蘭等地出土的類似。漢字以絲綢為媒介，竟然來到了如此遙遠的土地上。

縱觀陸上絲綢之路的漢字傳播歷史，經濟和政治的來往是其主要動因。西域、中亞、西亞地區一直是多種文明交會的地帶，由於絲綢之路建設，商業貿易的繁榮，漢語逐漸成為貿易活動重要的語言之一，商人們為了做生意，往往學習基礎的漢語、漢字。漢語也是各國與中原王朝溝通的通用語，因此，絲路沿線很多國家和地區都有熟悉漢語、漢字的人。為了方便溝通，各國還設翻譯官，主要由知曉多種語言的胡人擔任，加強了語言文字和文化的交流。

宗教交流也促進了漢字向絲綢之路上其他民族和人群的傳播。據記載，天竺僧人攝摩騰是最早來到中國的僧人。東漢明帝時，他在洛陽白

馬寺譯出第一部佛經《四十二章經》，說明他對漢字、漢語應當有所掌握。同時來到中國的還有竺法蘭，《高僧傳》明確記載：「少時便善漢言，愔於西域獲經，即為翻譯。」可見在當時的西域地區，外族人能夠有機會接觸和學習漢字、漢語。

事實上，絲綢之路上語言文字和文明交流是雙向的。其他語言文字反過來也影響了漢字。比如「石榴」、「苜蓿」、「葡萄」、「獅子」、「玻璃」等，很多新詞源於西域各國，進入中原後，人們還專門為某些借詞創造新字。在絲路文化交流中，漢字自身也變得更加豐富。

2. 海上絲路的漢字傳播

中國有漫長的海岸線，古中國的對外貿易和文化來往，不僅可以透過陸上交通，還可以揚帆入海，破浪遠航。海上絲綢之路以中國東南沿海諸港口為始發點，前赴海外各地。向東可直通朝鮮半島及日本，向南可經今東南亞、斯里蘭卡、印度等地，抵達紅海、地中海以及非洲東海岸等地。

漢字在海上絲路的傳播情況也各有特色。其中朝鮮半島、日本和越南深受漢字影響，前文已經介紹過了，以下主要看看漢字在東南亞越南以外地區的傳播。

在今天東南亞的一些地區，經常會見到漢字元素。例如馬來西亞吉隆坡街頭時常能見到漢字招牌，當地不少人會說漢語，這是怎麼回事呢？

在歷史上，東南亞受到不同外來文化的影響，包括中國、印度、阿拉伯文化等。最初，東南亞國家一般都沒有自己的文字，而是借用外來文字。除了越南主要借用漢字外，大多數國家受印度影響，在婆羅米字

第六章　漢字傳播

母基礎上創造本族文字,如孟文、驃文、占文、高棉文、卡維爪哇文等。13世紀後,印尼、馬來西亞、菲律賓等地又採用了阿拉伯字母。

　　東南亞地區與中國經濟文化往來一直密切。漢代已有中國與東南亞國家往來的記載。例如《後漢書・南蠻西南夷列傳》記載:「日南徼外蠻夷究不事人邑豪獻生犀、白雉。」據學者研究,「究不事」就是柬埔寨,「徼(ㄐㄧㄠˋ)外」是邊塞之外的意思,「邑豪」為人名。《後漢書・孝順孝沖孝質帝紀》記載:「日南徼外葉調國、撣國遣使貢獻。」葉調國在今印尼,撣國則位於緬甸,今天緬甸仍有撣族、撣邦。伴隨政治和經濟往來,中華文化包括漢字,自然也或多或少影響到東南亞地區。例如位於蘇門答臘島、馬來半島的室利佛逝(三佛齊),占據海上絲綢之路要道,宋代時與中國往來密切。當地使用馬來文,同時也使用漢字。南宋趙汝適《諸蕃志・三佛齊國》記載:「國中文字用番書,以其王指環為印;亦有中國文字,上章表則用焉。」

　　隨著貿易的繁榮,不少海上絲路沿線國家的人到中國。廣州和泉州作為海上絲綢之路起點,是最重要的港口城市,與很多國家地區通商,包括東南亞的安南國(越南北部)、占城國(越南中部)、真臘(柬埔寨及泰國南部)、蒲甘(緬甸),南亞的天竺、細蘭(錫蘭島,今斯里蘭卡),西亞的大食、大秦,非洲的勿斯里(埃及)等。頻繁的外貿往來,使廣州、泉州聚居了許多不同國家的人,成為國際大都市。政府在外國人的聚居地建立蕃坊、蕃巷,還設立蕃學,專門招收僑民子女,以漢字、漢語和漢文化為主要的教學內容。

　　不過,漢字在東南亞地區產生更為廣泛的影響,是隨著移民活動開始的。隨著海上絲路的繁盛,中國與東南亞經貿往來日益頻繁。從五代

開始，就有福建人定居東南亞，距今已有千年歷史。明朝鄭和七次下西洋，有五次都駐紮於今馬來西亞的三寶山（三保山）。後來，不少隨鄭和船隊而來的華人留居在這裡安家立業，故三寶山又稱中國山。至今，三寶山還保留了一萬多座明清時代華人的墳墓，目前所見最早的漢字墓碑，是明天啟二年（1622年）所立。

鴉片戰爭以前，「下南洋」的華人以經商謀生者居多。鴉片戰爭以後，歐洲在東南亞的殖民者招募大量華人勞工，導致了移民高潮，華人的辛勤工作，大大推動了東南亞經濟社會的發展。

經濟往來是中國與東南亞國家來往的重要方向，也是漢字、漢文化影響東南亞地區的主要途徑。這鮮明反映在東南亞地區貨幣的漢字元素上。唐宋時期，國力空前強大，陸上和海上絲路繁榮，中國貨幣在整個亞洲充當著國際貨幣的角色，東南亞、印度乃至波斯灣、北非等地，都出土過唐宋銅錢。唐宋的錢幣在東南亞影響尤其巨大，曾在印尼、馬來西亞、泰國、越南等地作為主要貨幣流通，一直到近代殖民時期之初，印尼還在使用中國的圓形方孔錢。宋代社會文化藝術水準很高，銅錢上的漢字書法形態多樣（圖6-43），有篆書、隸書、楷書、行書、草書等，一種錢同時有兩、三種書體形式，可謂是實物的漢字書法大全。漢字藉助錢幣這種媒介，進入東南亞人民的日常生活。

第六章 漢字傳播

圖 6-43　宋代銅錢上豐富的字形形態

　　後來東南亞又仿照方孔圓錢的樣式，鑄造自己的貨幣。例如 13 世紀印尼爪哇仿鑄的銅錢和錫錢，錢文是使用漢字書寫的、包含北宋年號的「咸平元寶」、「景德元寶」等。19 世紀以前，東南亞地區華人公司自行鑄造的錢幣上，有用漢字書寫的吉語或公司名稱。19 世紀到 20 世紀，東南亞殖民政府發行的紙幣和硬幣上也使用漢字。英國海峽殖民地發行的貨幣上有中文、英文、馬來文三種文字，其中漢字標記列於正中最上方，印有銀行名「叻嶼呷國庫銀票」以及幣值「××大圓」，華人俗稱「叻幣」。荷蘭人所統治的印尼稱荷屬東印度，發行紙幣背面有漢字書寫的說明。葡萄牙殖民地東帝汶，發行紙幣上用漢字書寫銀行名和面值（圖 6-44）。法屬印度支那，包括今越南、寮國和柬埔寨三國，其發行貨幣背面印有漢字（圖 6-45）。貨幣上使用漢字和華人華僑在這些地區經濟貿易方面的重要作用密不可分。

三、「絲綢之路」上的漢字

圖 6-44　東帝汶紙幣

圖 6-45　法屬印度支那紙幣

　　近代以來的移民高潮使東南亞成為海外最大華人居住區，據統計，東南亞華人華僑總人口超過 3348.6 萬，約占全球華人華僑的 73.5%，約占當地總人口的 6%。華人華僑在東南亞各國所占比重非常大，新加坡的華人占比超過 3/4；在馬來西亞，華人是第二大民族，約占總人口的 1/4。大量華人在這些地區生活，使用漢字、漢語，必然會影響當地其他民族和人群。伴隨著風雨和曲折，漢字在東南亞地區不斷傳承和傳播。

　　馬來西亞很早就有華人經商和生活，早在葡萄牙統治麻六甲時期，當地已有數百華商。許多華人與當地人通婚，華人男子與馬來女子結合成家庭，其男性後代稱為峇峇，女性稱為娘惹，形成新的華人社區，促進了漢文化與馬來文化的融合。19 世紀後期，隨著殖民經濟的發展，新一批華人湧入馬來西亞，他們更注重對中華文化的堅守和傳承。馬來西亞第一所華文學校五福書院創立於 1819 年，是一所舊式私塾。20 世紀初，馬來西亞開始興辦新式華文學校，獨立後，雖然政府抑制華文學校，但是在當

第六章　漢字傳播

地華人共同的努力下，華文學校堅持生存了下來。馬來西亞成為東南亞華文教育最完整的國家，擁有從小學到大學各個階段的華文學校。

　　新加坡是以華人為主體的移民國家，最初移民多是下層民眾，隨著當地經濟的發展，19世紀末、20世紀初，一些具有較高教育程度的華人來到新加坡，興起「辦學興儒」運動，在當地創辦華文學校，以「四書五經」和《三字經》、《千字文》之類童蒙讀物為主要內容，進行傳統儒家教育，還編寫了《淺易千字文》、《新出千字文》等適合新加坡華人教育的童蒙讀本。

　　印尼華人數量最多，達1,000多萬。在20世紀初，印尼創辦了很多華人學校，開展中文教育。

　　東南亞其他地區的華文教育也有著類似的發展過程。目前，東南亞大多數國家都已將漢語和漢字納入國民教育體系，東南亞各國華文學校中，非華裔學生的比例越來越高，其他學校也廣泛開設華文課程，孔子學院得到迅速發展。

　　放眼全球，拼音文字是世界的主流，表意的漢字顯得獨樹一幟。不過，漢字在絲綢之路的傳播讓我們看到，在流通著拼音文字的地方，漢字仍然能在經濟、政治、文化因素的推動下，得到廣泛的使用，具有頑強的生命力。

結語

中華文明之所以燦爛輝煌，是因為有漢字在不斷發光。

漢字不僅是中華文明的重要元素，且是傳承中華文明和傳播中華文化的重要符號。漢字源遠流長，閃耀恆久生命之光；漢字構造理性，閃耀智慧創造之光；漢字內涵豐富，閃耀文化傳承之光；漢字角色靈活，閃耀功能超常之光；漢字溝通方言，閃耀民族統合之光；漢字書寫美觀，閃耀匠心藝術之光；漢字傳播廣泛，閃耀文化互鑑之光。

從遠古發展至今，漢字的恆久生命力、智慧創造力、文化傳承力、超常表現力、民族凝聚力、藝術鑑賞力和跨文化影響力，匯聚為照亮中華文明的巨大火炬，足以令中華兒女引以自豪，並充滿自信。漢字擔負著傳統文化發揚光大的歷史使命，同時也是開啟現代文明和走向國際化大門的鑰匙。漢字及其蘊含和附帶的各種文化元素，在新時代依然生機勃勃，魅力無限！

漢字之光，將長伴中華文明之路，並與世界文明互鑑共享。文脈不絕，永久輝煌！

漢字裡的乾坤：

殷商龜甲 × 戊鼎銘文 × 出土竹簡……從古符到漢字，探索漢字跨越千年的流動與共鳴

主　　　編：	李運富
發 行 人：	黃振庭
出 版 者：	崧燁文化事業有限公司
發 行 者：	崧燁文化事業有限公司
E－mail：	sonbookservice@gmail.com
粉 絲 頁：	https://www.facebook.com/sonbookss/
網　　　址：	https://sonbook.net/
地　　　址：	台北市中正區重慶南路一段61號8樓 8F., No.61, Sec. 1, Chongqing S. Rd., Zhongzheng Dist., Taipei City 100, Taiwan
電　　　話：	(02)2370-3310
傳　　　真：	(02)2388-1990
印　　　刷：	京峯數位服務有限公司
律師顧問：	廣華律師事務所 張珮琦律師

—版權聲明————

本書版權為河南科學技術出版社所有授權崧燁文化事業有限公司獨家發行繁體字版電子書及紙本書。若有其他相關權利及授權需求請與本公司聯繫。

未經書面許可，不得複製、發行。

定　　　價：375元
發行日期：2024年12月第一版
◎本書以POD印製
Design Assets from Freepik.com

國家圖書館出版品預行編目資料

漢字裡的乾坤：殷商龜甲 × 戊鼎銘文 × 出土竹簡……從古符到漢字，探索漢字跨越千年的流動與共鳴 / 李運富 主編 . -- 第一版 . -- 臺北市：崧燁文化事業有限公司, 2024.12
面；　公分
POD版
ISBN 978-626-416-171-8(平裝)
1.CST: 漢字 2.CST: 文字學
802.2　　　　　113017900

電子書購買

爽讀APP　　　臉書